围棋的故事

The Story of Weiqi

何云波——著

浙江文艺出版社
Zhejiang Literature & Art Publishing House

图书在版编目（CIP）数据

围棋的故事 / 何云波著. -- 杭州：浙江文艺出版社, 2025. 5. -- ISBN 978-7-5339-7873-0

Ⅰ. I267.1

中国国家版本馆CIP数据核字第2025A3G165号

策划统筹	周海鸣	责任编辑	周海鸣　张　雯
营销编辑	宋佳音	封面设计	人马艺术设计·储平
数字编辑	姜梦冉　诸婧琦	版式设计	吕翡翠
责任印制	吴春娟	责任校对	牟杨茜

围棋的故事

何云波　著

出版发行　浙江文艺出版社
地　　址　杭州市环城北路177号
邮　　编　310003
电　　话　0571-85176953（总编办）
　　　　　0571-85152727（市场部）
制　　版　浙江新华图文制作有限公司
印　　刷　浙江新华印刷技术有限公司
开　　本　710毫米×1000毫米　1/16
字　　数　259千字
印　　张　22.25
插　　页　2
版　　次　2025年5月第1版
印　　次　2025年5月第1次印刷
书　　号　ISBN 978-7-5339-7873-0
定　　价　68.00元

版权所有　侵权必究

目录

① 1 — 第一章 源于先秦

② 27 — 第二章 汉魏际会

③ 57 — 第三章 两晋风度

④ 81 — 第四章 南北对弈

⑤ 103 — 第五章 盛唐气象

- 147 **第六章** 宋代雅尚
- 193 **第七章** 元明棋踪
- 237 **第八章** 清代盛衰
- 283 **第九章** 转型复兴
- 343 **第十章** 未来之棋
- 353 **后　记**

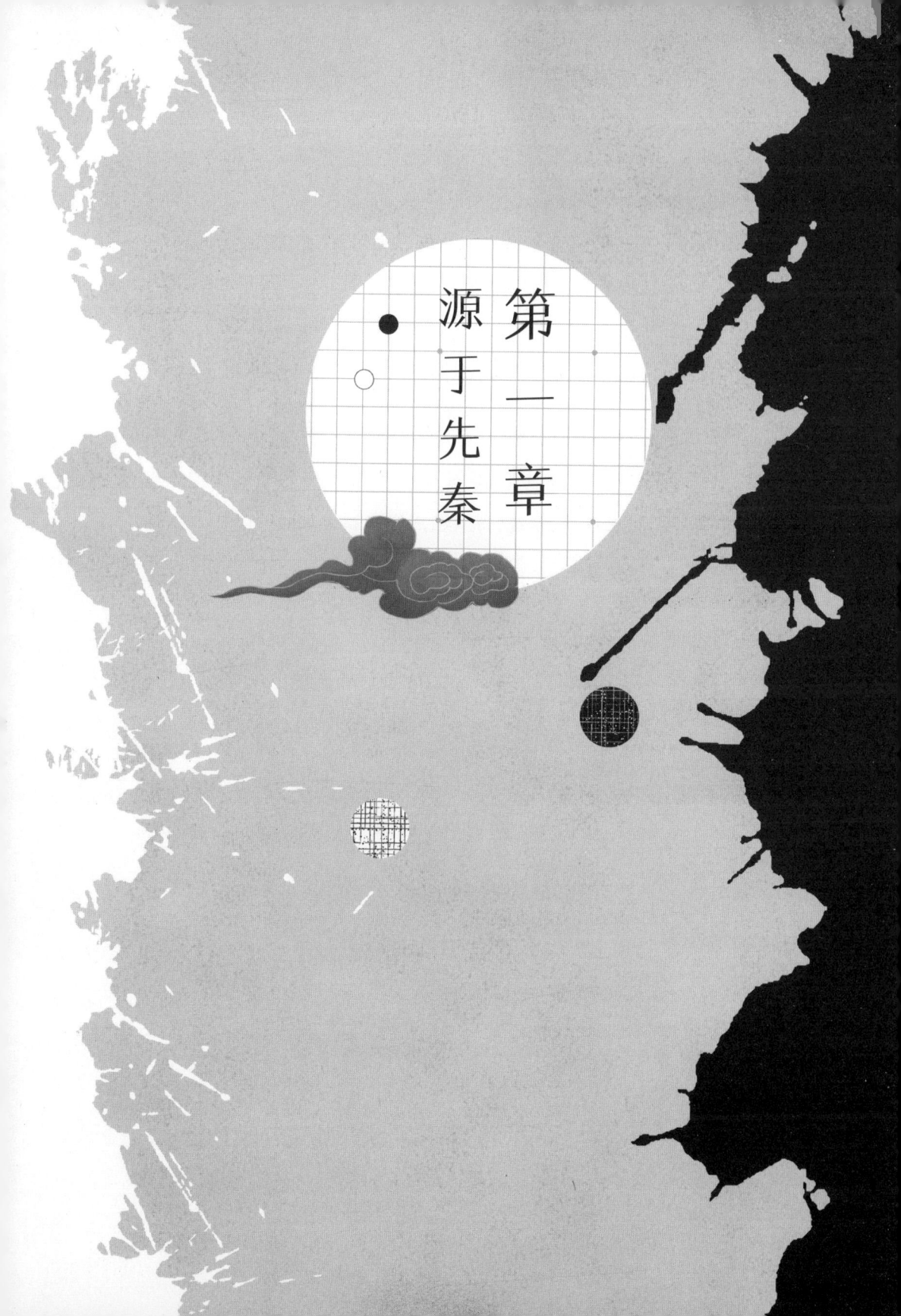

第一章 源于先秦

如果中国文化是一片浩瀚的海洋,汇聚百川,围棋则是其中的一条支流。

如果中国文化是一棵参天的大树,枝繁叶茂,围棋则是其中的一根枝干。

尧造围棋,教子丹朱,弈之为数,博弈犹贤……围棋与中国的历史、中国人的生活、中华民族的思维,相互纠缠、牵绕。围棋,成了中国文化的一个样本、一种象征。

天圆地方,人居其间。

第一节 围棋溯源

围棋文化源远流长,那么它的源头在哪里呢?

也许在伏羲画八卦的卦象里,在河图洛书中,便有了黑白子最初的信息。而农耕时代为争夺土地的战争,则促成了作为"围地之棋"的围棋的产生。

文化者,以文教化也。作为模拟战争游戏的围棋,又有了更多的使命。

一、围地之棋

围棋是在中国历史的土壤里生出的智慧之果,由三个要素组成:棋盘、棋子和行棋的规则。

我们先来看棋盘。

现代围棋盘为标准的十九路盘,最初的围棋盘并不是十九路,至于是五路、七路,还是九路、十一路,

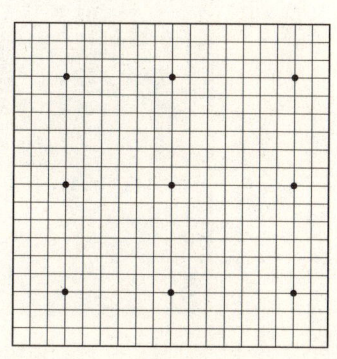

十九路棋盘

〔宋〕马麟 《道统五祖像·伏羲》

已经无从考证了。

看这方方正正的围棋盘,有人说像渔网,有人说,它就是大地的象征。而在考古过程中出土的中国上古农耕时代的文化遗存中,我们也可看到类似的图案。

西安半坡遗址出土的人面鱼纹彩陶盆,属于距今约5000年至3000年的仰韶文化。古代半坡人在许多陶盆上都画有鱼纹和网纹图案,这种装饰是他们生活的写照。

西安半坡遗址出土的人面鱼纹彩陶盆

出土于马家窑的陶罐,距今约3800年至2000年。罐上的图案,专家们称之为类棋盘纹图案。

马家窑文化陶罐网纹(类棋盘纹)图案

当然，它们不一定是棋盘，可能代指渔网，也可能是阡陌交通的田地。总之，跟渔猎、耕种、土地有关。而围棋盘，代表的也是土地，是人类的生存空间。

再来看棋子。

围棋只有黑白两色棋子，不像象棋，将(帅)、士(仕)、象(相)、马、车、炮、卒(兵)，天生就有着不同的身份。

最早的棋子，可能就是两种不同颜色的石子。因为它简单、抽象，后来又被当作文化符号，被赋予了各种象征意义。

文化是人类创造的。一块石头本身不是文化，但如果拿它打仗，它便成了武器；拿它耕种土地，它就是劳动工具。这块石头长得可爱、有特色，你喜爱它，捡回来放在桌子上，每天欣赏它，它便成了艺术品。当然，你如果拿它来下棋，它就成了游戏用具。而中国先人又在这简单的"黑"与"白"中，在形而下之"器"中，读出了许多形而上的意义。

人类最初以结绳记事，传说伏羲近取诸身，远取诸物，于是，有了那两个充满神秘的象征意义的符号："—"和"– –"。它们被称为阳爻和阴爻，这两个符号的不同组合，便成八卦。八卦两两组合，又成六十四卦，以此来推演大千世界无限丰富的变化，所谓太极生两仪，两仪生四象，四象生八卦……

《易经·系辞上》谓"河出图，洛出书，圣人则之"。据说伏羲也是因为看到有龙马背负"河图"从黄河出现，有神龟背负"洛书"出于洛水，始画八卦。中国先人就是这样通过八卦、河图洛书建构了一套宇宙时空合一、万物生成演化运行的模式。

一阴一阳之谓道。围棋的黑白子，也被跟阴阳联系起来，所谓"棋有白黑，阴阳分也"(班固《弈旨》)。围棋一度被看作在文字产生

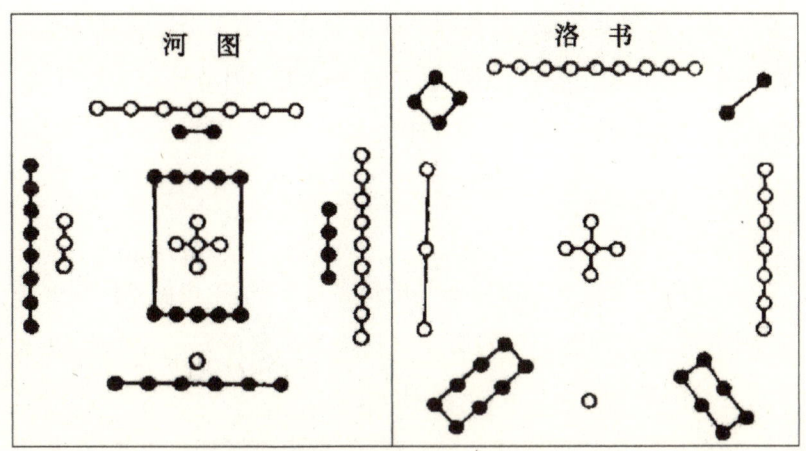

河图洛书

之前,用于记事、占卜的神秘符号。所谓划地为盘、折枝为子,推卦演易。

清代围棋国手施襄夏在《弈理指归·序》中谓"弈之为道,数叶天垣,理参河洛"。

南宋的陆九渊(1139—1193),人称"象山先生",少即好棋,传说他从棋局中悟河图,因而棋艺大进。宋罗大经《鹤林玉露》丙编卷一载:

> 陆象山少年时,常坐临安市肆观棋,如是者累日。棋工曰:"官人日日来看,必是高手,愿求教一局。"象山曰:"未也。"三日后却来,乃买棋局一副,归而悬之室中。卧而仰视之者两日,忽悟曰:"此河图数也。"遂往与棋工对,棋工连负二局,乃起谢曰:"某是临安第一手棋,凡来着者,皆饶一先。今官人之棋,反饶得某一先,天下无敌手矣。"象山笑而去。其聪明过人如此。

7

当然，这仅是传说，但类似的故事总让人津津乐道。这体现的是中国士人的文化心理，把所玩之物神秘化。但从另一个角度说，围棋之黑白，由"形"到"数"入"理"，本质上与中国哲学的阴阳之道是相通的，所谓阴阳既互相对立，又互为感应、转化乃至相生、合一，是易理也是棋理。

吴清源先生在《中的精神：吴清源自传》一书中也说："围棋起源于中国，有着大约五千年的历史。我认为在没有文字的年代，棋盘和棋子是用来观测天文、占卜阴阳的工具。"

洛阳围棋博物馆馆藏的两枚棋子，据说是汉代出土的，一枚棋子上有五个圆圈，圆圈中有一点，颇似太阳图案。而五星环绕，令人联想到金、木、水、火、土，五行互为依存，相生相克。另一枚棋子，类

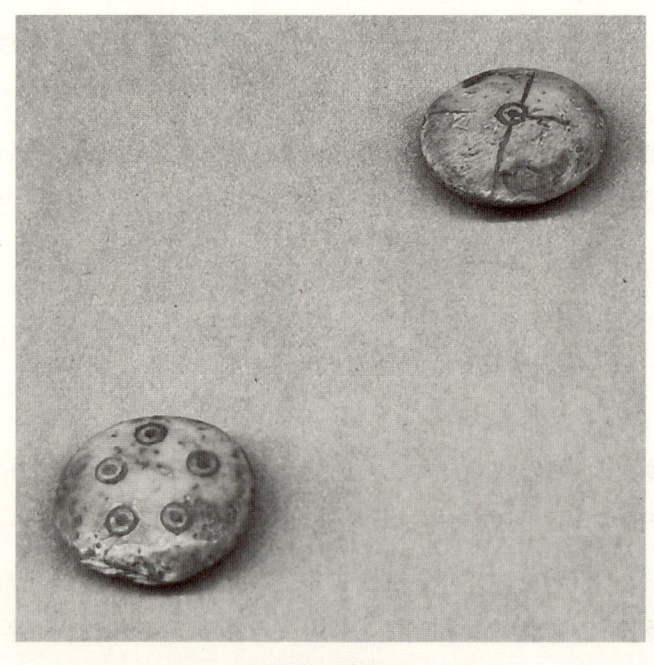

汉代带图案棋子

似后羿射日之象。这样的"棋子",也许真的是用来占卜的吧!

当然,也许真的有人用棋盘和棋子来观察天文、占卜阴阳,但这"棋盘"和"棋子"不能称"围棋"。围棋作为一种棋戏,关键是它有自己的一套游戏规则。就像中国象棋和国际象棋,尽管都有类似的棋盘、棋子,但行棋规则的不一样,决定了它们分属不同的棋戏。围棋亦然。

围棋最早被称为"弈"。许慎《说文解字》说:"弈,围棋也,从廾,亦声。"廾,乃是两人手握棋子对局之态。汉代开始有了"围棋"之说,围者,"以子围而相杀"也。

"以子围而相杀"的围棋,双方要争夺的是"地",所以,后人把围棋更多地理解为"围地之棋"。

在棋盘上,如果说棋子代表人,地便代表了人的生存空间。人要有空气才能生存,围棋规则最核心的一条就是"棋以气生,气尽棋亡"。而人要活得好,就需要扩大生存空间,在围棋盘上,就是要尽可能最有效地去围出更多的"空"。所以围棋作为游戏,其判定胜负的规则就是:子空皆地,地多为胜。行棋规则规定一人一手,轮流下子。

概括地说,围棋乃是围绕生存空间的争斗,是对人类战争的游戏性模拟。

棋以气生,代表的是中国人的生命观。地多为胜,体现的是中国人的生存观。一人一手,轮流下子,体现的则是公平原则。

二、尧造围棋

那么,围棋究竟产生于何时,是谁发明的呢?

在围棋的起源中,最古老、流传最广的是尧舜发明说。战国史官撰写的《世本·作篇》有"尧作围棋,乌曹作博"之说。

《世本》现已不存,其文字散见于后世的各种类书中。先秦时博弈并举,"博"指六博,是一种靠掷骰子行棋的盘上游戏。"弈"则是围棋。

尧为古史中的五帝之一。五帝生活的时代,大约从公元前30世纪初到公元前21世纪初,近千年的时间。其时,在经济形态上,正是从采集、渔猎经济走向生产性的农业、畜牧经济,完成"农业革命"的时期。在社会形态上,从原始氏族制度向私有制过渡。在战争形态上,从血亲复仇性战争向扩张、掠夺性战争过渡。而围棋,作为围绕土地而展开的战争的模拟性游戏,正适应了这种社会形态。

在农耕时代,土地是人生存的命脉。如果说象棋是在运动中以消灭对方的有生力量、最终捉"将(帅)"为目的,那么围棋则是以占有土地为目的,棋子下到棋盘上,就不能再移动。而五帝时代,发生的几次大规模的战争,如阪泉之战、涿鹿之战、伐三苗之战,都是以夺取土地、拓展生存空间作为目的。围棋被认为体现的正是这一战争形态。"略观围棋兮,法于用兵。三尺之局兮,为战斗场。"(马融《围棋赋》)三尺之局,演绎的正是原始公社制时代的全局性的、大规模的战争。

如果说象棋是阶级社会的产物,不同的棋子先天就有等级差异,围棋却只有黑白子,不分等级,众生平等。所以围棋更能体现原始公社制时代的特点。另一方面,象棋之战,除了人力,还要借助于车、马、炮,它一定是人类文明进化到一定程度的产物。围棋之战则更原始,除了人,不借助任何工具,人多为胜。所以,围棋是比象棋更古老的一种战争棋戏。

如果说围棋体现的是人类原始公社制时代的战争,那么,为何偏偏是尧发明了围棋呢?

中国围棋博物馆尧塑像

一方面,这跟中国传统思维有关,一定要把某种东西的发明权交到某位圣贤手上,让其有一个好的出身,就像伏羲画八卦,神农尝百草,黄帝造弓箭、作衣裳。另一方面,尧作围棋,另有他的目的。史称"尧造围棋,丹朱善之"。晋代张华《博物志》则进一步说明了发明围棋的动机:"尧造围棋,以教子丹朱。"宋代罗泌《路史·后纪》进一步发挥:

> 帝初取富宜氏,曰皇,生朱,骜很媢克。兄弟为阋嚚讼,嫚游而朋淫。帝悲之,为制弈棋,以闲其情。

尧为陶唐氏,古唐国(今山西临汾西南)人。作为中国古代部落氏族社会的一个著名的首领,在位时间在公元前2300年左右。尧被看作是一个著名的贤君,制天文历法,颁农耕时令,勤政亲民。司马迁《史记·五帝本纪》说他"其仁如天,其知如神。就之如日,望之如云。富而不骄,贵而不舒。……能明驯德,以亲九族。九族既睦,便章百姓。百姓昭明,合和万国"。这样一位"圣人",其子丹朱却有点不尽如人意,让尧头疼。

传说,尧娶散宜氏女,生丹朱。丹朱乃长子,因出生时全身红彤彤的,因此取名为"朱",因受封于丹水(今河南淅川),故称丹朱。当尧之时,部落之间的战争仍不断,且很激烈。尧时曾对南方的三苗进行讨伐。尧本在北方,但封丹朱于丹水,丹水接近南方的汉水流域,大约也有降大任于是人之意吧。

但传说中的丹朱,却有些桀骜不驯、顽劣散漫,所以尧才要造围棋以教子。一个"教"字,首先突出的就是围棋的教化作用。

在中国古代,"文化"的最初含义其实就是指"以文教化"。《易经》曰:"观乎天文,以察时变;观乎人文,以化成天下。""化成天下",即为文化。

尧被认为是围棋的发明者,其实未必是他造了棋盘棋子,因为最初人们在田间地头画几个格子,即可作棋盘,树枝或石头,就是天然的棋子。尧之作围棋,更多的是确定了围棋的下法,制定了围棋的初步规则。在围棋盘上模拟从局部到全局性的大规模的战争,推演战争之胜负,也许这就是中国最早的"兵棋"。

而这种兵棋推演,目的是教导丹朱如何去攻伐征战。另一方面,这当然也是一种智慧的训练,可开发智力,也可修身养性,以"闲其情"。

把丹朱培养好了,也许就可以让他接帝位吧!可惜,现实并不总是那么圆满。《史记·五帝本纪》说:"尧辟位凡二十八年而崩。百姓悲哀,如丧父母。三年,四方莫举乐,以思尧。尧知子丹朱之不肖,不足授天下,于是乃权授舜。授舜,则天下得其利而丹朱病;授丹朱,则天下病而丹朱得其利。尧曰:'终不以天下之病而利一人。'而卒授舜以天下。"

这让人津津乐道的"天下为公"的禅让,也许也有尧的一份无奈吧!舜乃东夷族的首领,有一种说法,因舜势力渐大,尧无奈才传位于他,却引起丹朱不满。丹朱率部族伐舜,双方在丹浦展开大战,丹朱败,不得不承认舜的地位。尧死,丹朱回来奔丧,舜这时却谦让起来,将首领之位让给丹朱。丹朱做了首领,但下面的人都还是去朝觐舜,不理会丹朱。就这样,三年之后,舜顺天之意,接了帝位。丹朱无可奈何,率领自己的部族再次向南迁徙。

舜也有子商均,据说也是愚笨之人,《博物志》在说明尧造围棋,以教子丹朱之后,又补充说:"或云:舜以子商均愚,故作围棋以教之。"于是,也许同样的故事又一次上演。商均难服众,舜将帝位禅让给了因治水有功而威望日隆的大禹。

丹朱、商均在现实权力之争中无所成,却无意中成就了在盘上争战游戏中的地位。明末的冯元仲在《弈旦评》中说:"凡制必原所始,不忘本也。今追尊陶唐氏、有虞氏为弈帝,如酒帝之都醉乡,草圣之君书苑也。丹朱抚军,商均监国,其为弈王,明适统也。"这叫失之东隅,收之桑榆,无意中成了"弈王",也算有失有得吧!

围棋由尧舜发明,在古代几成定论。国外棋界也深信不疑。日本江户时代享保十二年(1727)正月二十九日,日本围棋四大门派掌门人本因坊道知、井上因硕、安井仙角、林门入签了一张承诺书:"围棋创自尧舜,由吉备公传来。"《大英百科全书》和《美国百科全书》分别记载围棋于公元前2356年和公元前2300年由中国发明,这大约是他们所估算的尧舜在位的时间。

围棋的产生也有其他一些说法。一种是乌曹创始说。乌曹相传是夏桀的臣子,《世本·作篇》有"乌曹作博"的记载,明清人误"博"为"弈",故《潜确类书》《广博物志》《渊鉴类函》有"乌曹作赌博、围棋"之类的附会。一种是战国纵横家、兵家发明说。唐代皮日休在《原弈》中认为,围棋作为害、诈、争、伪之物,绝不可能是作为贤君圣主的尧舜所为,而是战国纵横家之流所造也。这里涉及对围棋之"用"的认识,皮日休的言论,权当是一家之言。

如果说"尧造围棋"还是属于传说,那么关于围棋最早的文献记载是《左传·襄公二十五年》:

> 卫献公自夷仪使与宁喜言,宁喜许之。大叔文子闻之,曰:"……今宁子视君不如弈棋,其何以免乎?弈者举棋不定,不胜

其耦,而况置君而弗定乎？必不免矣……"

《左传》相传为鲁国太史左丘明为春秋所作的传,是春秋时鲁国的编年史。襄公二十五年即公元前548年。公元前559年,卫国国君卫献公因专横粗暴,上卿孙林父、亚卿宁殖共同发动宫廷政变,迎立殇公为君。卫献公逃到齐国。十二年后,宁殖的儿子宁喜当了左相,和孙氏交恶。卫献公遂派人与宁喜谈判,表示如果宁氏废去殇公,支持他复国,以后一切国政皆由宁氏处理。宁喜答应了献公的要求。大叔文子听到这一消息后,便发了这一通议论,指出下围棋若举棋不定,就不能战胜对手,何况迎立国君而下不定决心呢？宁氏的失败必不可免了。后来卫国政局的变化果然不出大叔文子所料。

这里是用下围棋作比方来评论政事,说明围棋在当时位于淇水流域的卫国已较为普遍。无论下棋还是其他,都要避免"举棋不定",也成了一条重要的下棋及人生的经验。

第二节 儒道对弈

中国文化,儒道互补。儒家入世,道家出世;儒家进取,道家退守;儒家有为,道家无为;儒家刚,道家柔;儒家是山,道家是水;儒家修身齐家治国平天下,道家鲲鹏展翅作逍遥之游。它们看似对立,又相反相成。

如果让儒道两家在棋盘上来一场对决,结果又会如何?

一、儒道互补

在日本古代绘画中,有一幅《孔子老子对局图》。孔子儒服、正冠,有仙鹤和女子观棋,不亦快哉!

老子则麻衣褴褛,不假修饰,那个高高突起的头颅,让人印象深刻。他那异乎常人的超群智慧都在这脑瓜里。

这真是一幅意味深长的画面。守正、入世的儒家与不羁、出世的道家,形成了鲜明的对照。

孔子和老子不一定会下围棋,但他们似乎在下一盘天地之大棋,所谓棋盘小宇宙,天地大棋局,在中国思想文化史上,儒道既互相对立,又相互依存,儒道互补构成了中国文化的一大特点。

春秋战国时期,周王朝衰落,各国争霸,战火纷飞的时代,却也给思想文化提供了自由生长的空间。各家纷纷自创新说,儒、道、墨、法、农、兵、阴阳等百家争鸣,开启了一个"文明轴心时代"。其中,儒、道两家逐渐脱颖而出,各领风骚。

先说孔子及其所代表的儒家。《说文解字》说:"儒,柔也,术士之称。"儒者,最初乃术士,是负责治丧、祭神等各种宗教仪式之人。孔子自己也曾说:"吾与史、巫同途而殊归也。"不过,他说自己与专门沟通鬼神的术士不同,"吾求其德而已"。从孔子开始,"儒"的观念发生变化,它承袭殷商以来的巫史文化,发展西周的礼乐传统,成了一个重血亲人伦,追求现实事功的学派。

儒家的创始宗师孔子(前551—前479),名丘,字仲尼,春秋时鲁国陬邑(今山东曲阜东南)人。孔子最仰慕周公之世,制礼乐、建立完备的典章制度,敬德保民,使天下风同。孔子周游列国,希望恢复周礼,拯救世道人心,匡复社会,建大同世界,可惜无人理睬,惶惶然如"丧家之犬",晚年只好授徒讲学,将满怀的理想、希望寄托于教育中。弟子们将他讲课的内容记录下来,遂有《论语》。《论语》奠定了儒家思想的基础,其核心就是三个字:"仁""礼""和"。

先说"仁"。《论语·颜渊》说仁者"爱人",强调的是一种仁爱精神。而从主体道德修养的角度说,孔子强调恭、宽、信、敏、惠为仁。"恭则不侮,宽则得众,信则人任焉,敏则有功,惠则足以使人。"(《论语·阳货》)从人我关系上说:孝悌为仁之本,忠恕为仁之道。

"仁"成了儒家的修身之本。所谓"格物、致知、正心、诚意、修身、齐家、治国、平天下",而后"止于至善",构成了儒士的内圣外王之道。

再说"礼"。礼代表的是一种礼法规范,一种秩序,一种上下尊卑的等级关系。孔子说:"不学礼,无以立。"(《论语·季氏》)"克己复礼,天下归仁焉……非礼勿视,非礼勿听,非礼勿言,非礼勿动。"(《论语·颜渊》)齐景公问政于孔子,孔子答曰:"君君、臣臣、父父、子子。"(《论语·颜渊》)这构成了儒家的一整套以伦理为核心的等级体系。它也使政治伦理化、伦理政治化,所谓忠孝一体。

仁与礼最终都是为了"和"。《论语》说"致中和""过犹不及""君子矜而不争"等。孟子也说,"天时不如地利,地利不如人和"。实现人与自我、人与人、人与社会、人与自然之和谐,使道一风同,建立大同世界,正是儒家最高的社会理想。

再说道家。

道家的祖师爷老子,姓李名耳,字聃,一字伯阳,春秋末期人,生卒年不详,籍贯也多有争议,《史记》等记载老子出生于陈国。传说他的母亲怀孕时,走到一棵李树下生了他。这孩子生下来就会说话,指着李树说:"这就是俺的姓了!"他为什么叫老子呢?据说是母亲怀了他七十二年,生他时,剖开左腋才弄出来的。在娘肚子里面待了七十二年,一来到这个世界就白了头,只好叫"老子"了。老子少年老成,智慧过人。他做过周朝的"守藏室之史"(相当于图书馆馆长),守着书过日子,学问自然不小。后来,见周朝日益动荡、衰落,就想着离开这是非之地,去隐居。走到关口,被守关的尹喜拦住,说,你走可以,但得留下买路钱,罚你写一本书。老子没办法,只好写了五千个字交差。这五千字可了不得,后人把它称作《道德经》,那可是一字千金啊。老子扬长而去,不知所终。后被道教尊为始祖,被认为是"太上老君"的化身。

老子的核心思想是"道"。"道"在孔子那里是仁德之道。而在老子这里,"道"首先是宇宙本源,万物都从道化生而来,所谓"道生一,一生二,二生三,三生万物"(《老子·四十二章》)。"一"是太极,"二"是阴阳,阴阳合,生出天下之万物。但道无名,也不可说,所谓"道可道,非常道"(《老子·一章》),"天下万物生于有,有生于无"(《老子·四十章》)。"道"是以"无"的方式存在的。这"无"有点玄妙。西方哲学是关于"有"、关于"存在"的学问,讨论一个事物是什么,构成西方哲学对事物之本源的追问。老子则说"有生于无",万物有无相生,就像一座房子,一个轮子,有"有"有"无",才构成其房子、轮子。"无"不是空无、虚无,而是事物存在的一种方式。就像武侠小说里说"无招之招",武功的最高境界不是有招,而是无招。

"道"既然视之不见,听之不觉,并且道常无为,那么如何去体悟"道"? 老子说:"人法地,地法天,天法道,道法自然。"(《老子·二十五章》)在大自然的四季更替、花谢花飞、云起云落中,自然有"道"的存在,不需要你去人为干预,顺乎自然,无为就好。无为而无不为,不争故天下莫能与之争,老子的哲学充满了一种辩证法。

据说孔子比老子小二十岁左右。孔子曾去都城洛邑(今河南洛阳)向老子问道。老子说,你那套仁义之类,并不能通于大道。天地本来就有自己的常规,就像日月本来就是光明的,星辰都有自己的位置,树木有自己的生长规律,白鹤自白,乌鸦自黑,黑白都是本来就有的。不需要刻意去求,一切顺乎自然就可以了。这便是老子的自然、无为之道。正所谓"行到水穷处,坐看云起时"。

道家的另外一个重要人物庄子也讲"道",讲顺应自然之性,虚己以游世,无己无功作逍遥之游,以达"齐生死、泯物我、一是非"的人生自由之境。"天地与我并生,而万物与我为一"(《庄子·齐物论第二》),庄子思想充满了一种人生自由与超越的精神。

没听说老子、庄子会下围棋,他们也没有留下关于棋的片言只语。他们的徒子徒孙中,却不乏以棋言道者。正像老子的弟子尹喜,一说关尹,就是老子出函谷关时的那位"关长",因为遇到老子,得授《道德经》,由此得道,成了关尹子。后被封为"文始真人",其著《关尹子》也成了《文始真经》。

《关尹子》中有两处涉及"弈"的文字,一则为:

习射习御习琴习弈,终无一事可以一息得者,惟道无形无方,故可得之于一息。

这是第一次将弈与射、御、琴并列在一起,构成"四习"。射、御、琴(代指乐)属于君子必备之"六艺",弈并列于后,客观上也将弈划归到了"艺"之体系中。射、御、琴、弈作为技艺,都需要勤学苦练,不能一息得之,唯有"道",无形无方,妙悟可得也。

还有一则:

两人射相遇,则巧拙见。两人弈相遇,则胜负见。两人道相遇,则无可示。无可示者,无巧无拙,无胜无负。

这里还是强调围棋是一种争胜负的游戏,只有"道",无所谓巧拙胜负。总的来说,弈之类,还是"道"的陪衬。至于如何以弈见道,道法自然,无为而胜,那是后来者之事了。

稷下道家学派的代表尹文在《尹文子》一书中也有一条关于弈棋的记录:

> 以智力求者,喻如弈棋,进退取与,攻劫收放,在我者也。

这里强调围棋是一种智力竞技游戏。"进退取与,攻劫收放",已是一种较高级的围棋战略战术,充满辩证色彩。"在我"则涉及先手主动权的问题。由此看来,这个时候的围棋已脱离初级草创阶段,开始与汉魏围棋接轨了。

在中国传统社会里,儒家与道家,一个讲积极入世,刚健有为,一个讲以退为进、以柔克刚;一个重群体,一个重个体;其理想人格,一为圣贤,一为隐士。看似对立,又相辅相成。儒家与道家若能到棋盘上来博弈一局,输赢先不说,过程一定很有意思。据说20世纪围棋棋圣吴清源就曾设想过老子与孔子对弈的情景,老子肯定会毫不犹豫地以天元开局,而孔子则会从角部开始着子。老子的学说哲理宏大无边,难以轻易索解。孔子的学说因为指向人之道,所以更容易让人领会。这是深刻理解了道、儒两家学说的精髓,而后在棋盘上展示出来的结果。儒道对弈,给人留下无穷的想象空间。

二、孔子的博弈观

前面说孔子、老子的"对局",其实他们未必会下围棋,或者说,他们下的是人生的一盘大棋。他们的思想对后世影响巨大。而孔子关于"博弈"的言说,也开了"棋论"之先河,奠定了儒家围棋观的基调。

孔子以天命自任,重外修内省,以"仁""礼"为核心,构成了一套政治与伦理本位的思想体系。孔子被后世尊为孔圣人、至圣先师、大成至圣文宣先师。所谓"天纵之圣""万世师表",越来越被神圣化,仿佛一副不食人间烟火的样子。其实"仁""德"作为人所追求的一种精神境界,是后天教化的结果,求乐是人的天性。所以孔子说"吾未见好德如好色者也"(《论语·子罕》)。"知之者不如好之者,好之者不如乐之者。"(《论语·雍也》)只有产生情感的愉悦,获得审美的享受,才能真正地深入人心。孔子曾问弟子们的志向,有立志于"千乘之国"施展抱负的,有立志使"民足",知"礼乐"的,有愿学"宗庙之事"的,而点(曾晳)回答他的理想是:"莫(同'暮')春者,春服既成,冠者五六人,童子六七人,浴乎沂,风乎舞雩,咏而归。"孔子喟然叹曰:"吾与点也!"(《论语·先进》)

这也影响到孔子对游艺之事的看法。孔子《论语·述而》中说"志于道,据于德,依于仁,游于艺",这显然代表了君子的修身之道。以道立志,以德、仁立身,以艺游心。

这里的艺,是指儒家的"六艺":礼、乐、射、御、书、数。"艺"既是君子所必备的技艺,也能给人提供精神的快乐。这也影响到对博弈之类游戏之事的看法。孔子曾在《论语·阳货》中提到围棋:"饱食终日,无所用心,难矣哉!不有博弈者乎,为之,犹贤乎已。"这里的"博"指"六博",弈则指围棋。整天吃饱喝足了,无所事事,这日子可无聊难过啊。既然如此,还不如下下棋呢,免得饱暖思淫欲,去干那些邪门歪道的事。

孔子把围棋看作为有闲阶级提供娱乐消遣的工具。与其饱食终日,不如有所用心,免得心生邪念。而游戏,就是吃饱了之后的一种文化。

过去中国人见了面,首先问"吃了吗"。在吃不饱的时代,吃就是最重要的。吃过之后,尽量少运动,早点歇息,以减少能量的消耗。如果哪个人哪一天,吃了大鱼大肉,吃得过饱,要去唱歌、跳舞、打球、下棋,那么这个人在那些吃不饱的人眼里,一定是"吃饱了撑的"。

游戏就是"饱食终日""吃饱了撑的"之后的一种需要,它给人提供的是精神的满足与快乐。

孔子也正是在这个意义上肯定了作为"数",作为游艺之事的"博弈"。他也开启了围棋的休闲娱乐说。围棋作为一种有益的休闲娱乐活动,获得了存在的意义。

三、孟子论弈

孟子(约前372—前289),名轲,字子舆,邹(今山东邹城东南)人。相传师从孔子嫡孙子思之门人(一说是受业于子思),思想也与孔子一脉相承。

孟子的学说,政治上倡导"仁政",道德上相信人之"善性",所谓人皆有"恻隐之心""羞恶之心""恭敬之心""是非之心"。当外在的王权已经分崩离析时,孟子只能寄希望于人性的自觉。所谓"天下之本在国,国之本在家,家之本在身"(《孟子·离娄上》),以仁为本,发扬善性,反身而诚,通过"尽心""知性"而"知天"。所以孟子往往将心性的修养放在外在的事功之上。而当时,诸侯争霸,孟子之"见"则难免被视为"迂远而阔于事情"了。在某种意义上,孔子、孟子其实都是道德理想主义者。

这种对仁、德的重视,也就影响到孔、孟对弈棋之类游戏的看法。孟子有两次提到弈棋之事,一次是在《孟子·离娄下》中,当公都子提问"匡章,通国皆称不孝焉。夫子与之游,又从而礼貌之,敢问何也"的时候,孟子回答说:

世俗所谓不孝者五:惰其四支,不顾父母之养,一不孝也;

博弈好饮酒,不顾父母之养,二不孝也;好货财,私妻子,不顾父母之养,三不孝也;从耳目之欲,以为父母戮,四不孝也;好勇斗很(同"狠"),以危父母,五不孝也。章子有一于是乎?

儒家讲孝道,当年三圣主之一的舜,就是以孝闻名。舜的父亲是个盲人,母亲很早就去世,父亲续娶,父亲、继母和同父异母的弟弟,都三番五次想加害于他,可他都装作不知,一如既往地善待他们。因为对虐待、迫害自己的父母坚持孝道,作为孝子的舜被推荐给了尧。尧又把两个女儿娥皇和女英许配给他,这正所谓好人就有好报。

幸运的是,孟子自己有个伟大的母亲。据说孟子三岁的时候,他的父亲就死了,他的母亲为他能健康成长可操了不少心。史书上有"孟母三迁"的故事。

俗话说:近朱者赤,近墨者黑。孟子后来果然大有所成。他跟着孔子孙子子思的门人学习,学成后游历诸国去推销自己的政治主张。晚年退居讲学,写成《孟子》一书,传之后世。南宋时朱熹将《孟子》与《论语》《大学》《中庸》合在一起并称"四书"。

而孝道也成了儒家仁德之道中的重要方面。孟子以"博弈好饮酒,不顾父母之养"为不孝之一,说明在他那个时代,博弈之风盛行,人耽于博弈,不思正业,可能已经危及社会的基本道德秩序。在这里,孟子倒不是反对博弈本身,而是强调不能到沉溺于其中,连"父母之养"也顾不上的程度。

《孟子·告子上》还有一次提到弈:

今夫弈之为数,小数也。不专心致志,则不得也。弈秋,通国之善弈者也。使弈秋诲二人弈,其一人专心致志,惟弈秋之为听。一人虽听之,一心以为有鸿鹄将至,思援弓缴而射之。虽与之俱学,弗若之矣。为是其智弗若与?曰:非然也。

这段话有几点重要的信息:其一,弈秋,作为"通国之善弈者",成为有史记载的第一个围棋国手。其二,以二人从弈秋学弈,结果却大不一样,来说明在学习中专心致志的重要性。就棋而言,客观上说明了围棋在当时的流行程度,因为流行,有人趋之、好之,便有了围棋教育。弈秋成了最早的有记载的围棋老师。其三,孟子提出了他最重要的围棋观,弈为"小数"说。

孟子的博弈"不孝"论与"小数"说,构成了他关于"弈"的基本言说。"不孝"论在汉代有种种回响,但逐渐被人淡忘。围棋"小数"说却影响巨大,也给了后人以无限的发挥空间。

中国文化传统中的"数",大有讲究。"数"的本义是"算",所谓"算术",但中国传统的"数",远非"算数事物"的"算"可以概括。"数"同时"顺性命之理",也可以是大衍之"数"。《易经》中谓:"参伍以变,错综其数,通其变,遂成天地之文;极其数,遂定天下之象。"《易经》对"数"的阐释,使《易经》中的"数"逐渐由筮法范畴上升到哲学范畴,具有了思想的意义。

孟子称弈为"小数"。既有"小数",在孟子心目中,当然应有"大数"。"大数"应是《周易》中的天数、地数、大衍之数。"小数"则首先应是"算数",其次即为"术数"。以"算"论,围棋其实就是关于"数"的计算、推衍的一种游戏。不过,中国思想文化重"道"轻"术"的特点,决定了后来的许多人不满足于仅仅以围棋为"小数",而是竭力将"小数"往"大数"乃至"大道"靠拢,以此来提高围棋的地位。宋代

《棋经十三篇·棋局篇第一》谓：

> 夫万物之数，从一而起。局之路，三百六十一。一者，生数之主，据其极而运四方也。三百六十，以象周天之数。分而为四，以象四时。隅各九十路，以象其日。外周七十二路，以象其候。枯棋三百六十，黑白相半，以法阴阳。

当围棋与"大衍之数"、天地之象联系起来时，围棋也就不仅仅是围棋了。

第二章 汉魏际会

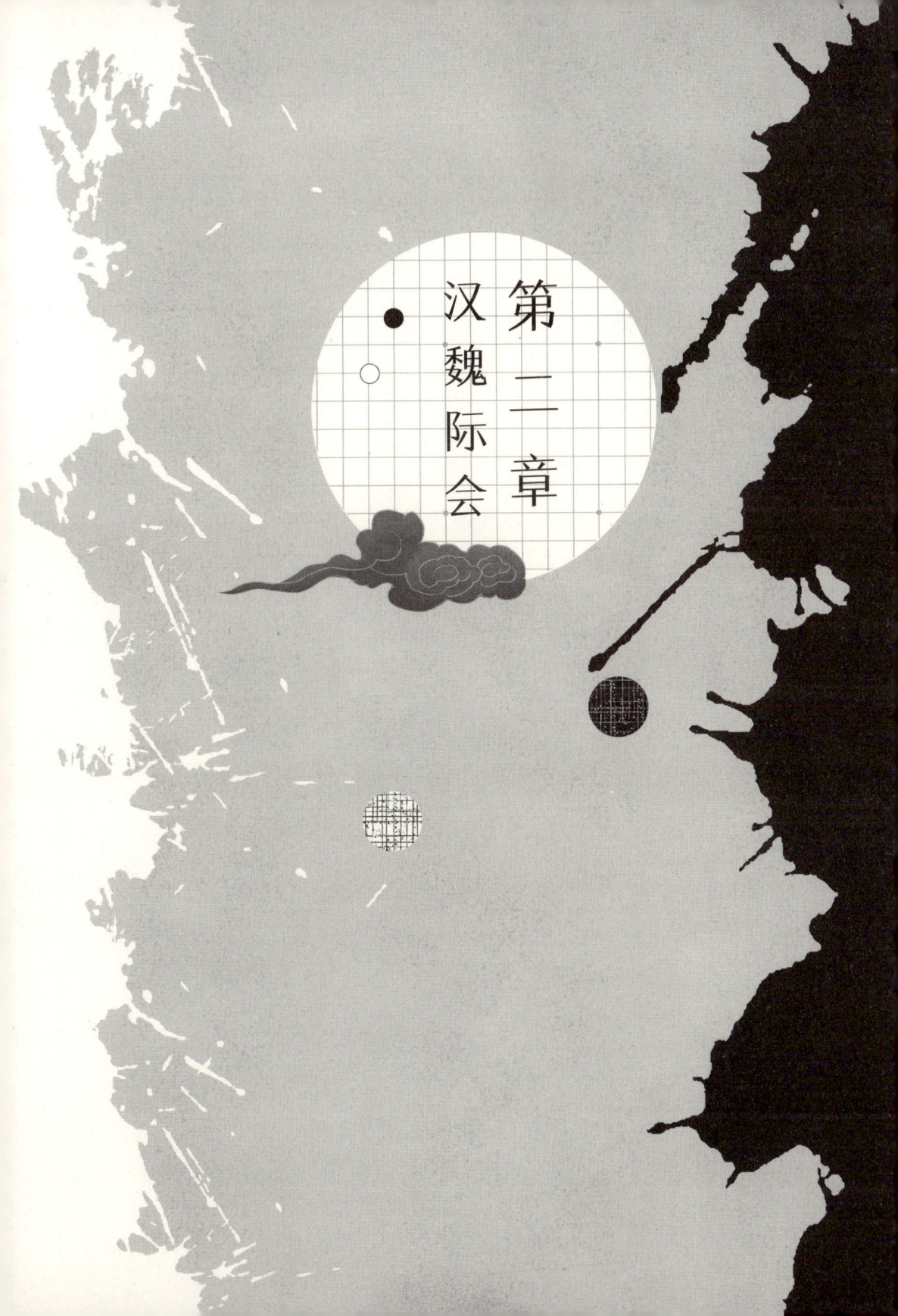

滚滚长江东逝水,浪花淘尽英雄。

秦汉三国,风云际会。世局棋局,波谲云诡。从围棋不仁、失礼迷风到象天则地、通于大道,围棋也经历了不断被提升的过程。而围棋"有用"与"无用"论,本质上体现的都是儒家功利的围棋观。

苍天如圆盖,陆地似棋局。天下大势分久必合,合久必分。三国演弈,棋盘上也硝烟弥漫。

古今多少事,都付棋局中。

第一节　两汉风云

汉宫春晓,商山四皓,棋盘上祸福相依,宫廷中风云际会,衍生出一幕幕的故事。

西汉既有围棋"不仁""失礼迷风"之说,班固《弈旨》则第一次全面地肯定了围棋,将围棋与"天地之象""帝王之治""战国之事"联系在一起。而对围棋的"毁"与"誉",体现的都是儒家功利的围棋观。

一、汉宫春晓

战国七雄争霸,秦国消灭韩、赵、魏、楚、燕、齐六国,"六王毕,四海一",公元前221年,秦王嬴政完成统一中国大业,成为秦始皇。秦始皇本想建立万世一统的江山,却因为以"焚书坑儒"为代表的一系列苛政,加上继位的秦二世的昏庸残暴,引发各地纷纷揭竿而起。先有陈胜、吴广的农民起义,后有楚国贵族世家项梁、项羽起兵。而最终取秦而代之的,是沛县(今属江苏)的一个农家子弟——刘邦。

公元前207年,汉王刘邦兵临咸阳,结束了秦王朝的统治。接着,楚汉争霸,汉王刘邦以弱胜强,击败西楚霸王项羽,公元前202年,刘邦称帝,改国号为"汉"。之后,刘邦在洛阳举行盛大的庆功宴,酒至半酣,刘邦问众人取胜的原因,众人有说是因为皇上能与大家共享利益,而项羽自私自利、嫉贤妒能,刘邦承认他们说得有理,但并没有切中要害。他总结说:论运筹于帷幄之中,决胜于千里之外,他不如张良;论镇国家,抚百姓,给馈饷,不绝粮道,他不如萧何;论连百万之军,战必胜,攻必取,他不如韩信。"此三者,皆人杰也,吾能用之,此吾所以取天下也。项羽有一范增而不能用,此其所以为我擒也。"

这里强调的是用人的重要性,就像下棋,把每个子放在最合适的位置上,充分发挥其作用,就是取胜之道。

秦朝短命,且在暴政之下,大家也无心于游艺之事。到了汉代,在连年的动荡之后,大家渴望罢戈息兵,休养生息,围棋之类的游心之事,才有了一席之地。

汉代的围棋自宫廷始,跟汉高祖刘邦的一个宠妃戚夫人有关。

刘邦还在沛县做亭长时,有个叫吕公的慧眼识人,将女儿嫁给了刘邦。后来,刘邦做了皇帝,吕后便成了皇后。但刘邦最宠信的是妃子戚姬。戚姬多才多艺,能歌善舞,特别是她的舞,可说是一绝。她如迎风细柳,婀娜多姿,既会跳当时流行、刘邦又很喜爱的"楚舞",又擅长一种"翘袖折腰之舞",让刘邦着迷。

戚夫人乖巧聪明,还会下棋,经常在宫中与刘邦对弈。据传晋代葛洪辑抄的《西京杂记》记载,戚夫人侍儿贾佩兰说:

又说在宫内时,尝以弦管歌舞相欢娱,竞为妖服,以趣良时。十月十五日,共入灵女庙,以豚黍乐神,吹笛击筑,歌《上灵》之曲。既而相与连臂,踏地为节,歌《赤凤凰来》。至七月七日,临百子池,作于阗乐。乐毕,以五色缕相羁,谓为"相连爱"。八月四日,出雕房北户,竹下围棋,胜者终年有福,负者终年疾病,取丝缕,就北辰星求长命乃免。九月九日,佩茱萸,食蓬饵,饮菊华酒,令人长寿。菊华舒时,并采茎叶,杂黍米酿之,至来年九月九日始熟,就饮焉,故谓之"菊华酒"。正月上辰,出池边盥濯,食蓬饵,以被妖邪。三月上巳,张乐于流水,如此终岁焉。

这记载几乎囊括了一年的主要活动,像七月七日、九月九日、三月上巳的习俗也流传了下来。

特别值得注意的是关于围棋的记载。戚夫人侍奉高祖,在竹林里下围棋。他们下棋不光是为了争胜负,还跟人的祸福有关。赢了的终年都有福,输了的就会有病痛相随。那么怎么办呢?输了棋的,就要拿丝线对着北斗星求长命百岁,疾病也就消除了。

戚夫人可以说是中国历史上第一个有文字记载的女棋手。八月四日,或许可跟七夕、重阳节一样,来个"围棋节"了。

明代画家仇英画过一幅《汉宫春晓图》,画中描绘的就是汉代宫廷中的嫔妃生活。这里有的在梳妆,有的在赏花,有的在画画,有的在逗小孩子玩。而处在画面中心位置的,是两个女子在下棋,旁边还有看棋的、打扇子的,整个就是一幅宫廷生活游乐图。《汉宫春晓图》也成了中国古代宫廷生活的缩影。

《西京杂记》还有一段:

戚夫人侍儿贾佩兰,后出为扶风人段儒妻。说在宫内时,见戚夫人侍高帝,常以赵王如意为言,而高祖思之,几半日不

〔明〕仇英 《汉宫春晓图》(局部)

言,叹息凄怆,而未知其术,辄使夫人击筑,高祖歌《大风诗》以和之。

二、商山四皓

公元前205年,刘邦就立了吕后所生的刘盈为太子。后来,刘邦与戚夫人的孩子如意被封为赵王。有一段时间,刘邦见太子刘盈天生懦弱,才华平庸,如意却聪明过人,才学出众,就有意废刘盈而立如意。吕后听到后,非常着急,请求开国重臣张良出面阻止这件事。张良说:"我说话恐怕也不一定有用,但我知道有四个人,德高望重,皇上非常敬重他们。如果太子能请到这四人,那就不一样了。"

太子听从了张良的计策,如此这般安排好了。在一次宴会中,太子侍奉在皇上的身边,有四个老人跟随在后面。刘邦见那四个陌生的老人,都已八十开外,衣冠奇特,胡须雪白,非常惊讶,问起他们的来历,四人说出了自己的姓名。刘邦大吃一惊,说:"多年来我一直在寻访各位高人,你们都避而不见,现在为何来追随我的儿子呢?"四个老人回答:"听说陛下一向怠慢士人,臣等不愿自取其辱。如今听说太子仁厚孝顺,恭敬爱士,天下之人无不伸长脖子仰望着,希望为太子效力,所以臣等自愿前来。"刘邦说:"那就有劳诸位今后辅佐太子了。"四人向刘邦敬酒祝寿之后,告辞而去。

宴会结束后,刘邦招来戚夫人,对她说:"我本想更换太子,但是有他们四人辅佐,看来太子羽翼已成,难以动他了。"说完后长叹一声。

刘邦去世后,惠帝即位,吕后做了皇太后,下令将戚夫人幽禁在永巷,后又杀害了赵王刘如意,接着砍断了戚夫人的手脚,剜掉眼珠,熏聋耳朵,灌喝哑药,把她扔在猪圈里,称为"人彘"。

而那四位老人是谁呢？这四人就是秦末汉初的四个隐士东园公、夏黄公、绮里季、甪里先生,当时的他们都是八十多岁的著名学者,隐居在商山,须发皆白,所以被称为"商山四皓"。四人在辅助太子刘盈登上皇位后,谢绝高官厚禄,又回到了商山,继续当起隐士来。

四皓在隐居时,围棋就成了他们的一大快乐之事。他们经常以下棋为乐,过着神仙一样的日子。

有人把围棋称为"橘中之乐",还干脆把它跟"商山四皓"联系起来。唐牛僧孺《玄怪录》讲过这样一个故事。四川有一户人家,家中有一片橘园,结了许多诱人的橘子。有两个橘子长得特别大,主人舍不得摘它们。一天夜晚,起了北风,风呼呼地刮着,主人从睡梦中惊醒,心里惦念着大橘子,急忙起身出屋。听到有叮叮咚咚的声音,还有说话声。奇怪了,哪里来的这些声音呢？橘园主人循着声音找过去,发现那些声音竟然是从大橘子里发出的,主人止不住好奇之心,将大橘子摘了下来,打开一看,里边对坐着两对白发老者,面色红润,正在下棋。虽然橘子被剖开了,四个老人仍然旁若无人,聚精会神地下着,直至下完,他们才叹了口气,说:"我们在橘中的快乐,不下于在商山时。只遗憾不能深根固蒂,为那愚人摘下,真是扫兴。算了,我们还是走吧!"说着,四老如一阵清风,飘然而去……

四个老人的围棋故事,以后越传越神,成了一个流传广泛的传说。"四皓围棋",也成了许多画家热衷表现的题材。宋代马远即有《商山四皓图》,今已失传。元有佚名《商山四皓图》。明代画家张路、谢时臣都画过《四皓图》,清代黄慎、葛尊也有《商山四皓图》。还有,现代画家傅抱石也画过《商山四皓》。世间事,不如意者十有七八,围棋就成了超越俗世的一种精神解脱之物。

〔明〕张路 《四皓图》

三、"失礼迷风"

其实,在西汉的主流舆论中,围棋大多数时候是带些负面色彩的。

秦汉时期,各阶层的人都热衷于博塞活动,"世家子弟富人,或斗鸡走狗马,弋猎博戏,乱齐民"(司马迁《史记·平准书》),围棋颇受冷落。西汉初军人当政,武风大盛,人们好喧嚣、逐财利,"博戏驰逐,斗鸡走狗,作色相矜,必争胜者,重失负也"(司马迁《史记·货殖列传》),宜静的围棋不被社会大众所关注。班固在《弈旨》中说:"今博行于世,而弈独绝。博义既弘,弈义不述。"说的就是这种状况。

汉武帝时,军人政治逐渐被文官制度所取代,但董仲舒"罢黜百家、独尊儒术"的建议被采纳,围棋的竞争与儒家仁、礼之道相冲突,围棋被当作"失礼迷风""简慢、相轻"之物被贬抑。围棋面对来自"上"的贬抑与"下"的敬而远之,处在夹缝中,难以获得正常的发展,也就是必然的了。

而在士人的眼中,弈与博其实是同类之物。西汉初的贾谊(前

傅抱石 《商山四皓》

200—前168)指斥围棋"失礼迷风"。贾谊身为儒生,尽管汉初黄老之学盛行,有感于秦的暴政,清净无为为人们所崇尚,但贾谊孜孜以求的是恢复古制古风,针对秦朝废弃礼义,认为应该移风易俗,使天下回心向道。他向汉文帝建议制定新的典章制度,兴礼乐,改正朔,易服色。贾谊的才气得到汉文帝的赏识,不到一年被破格提为太中大夫。但是在二十五岁时,因遭群臣忌恨,被贬为长沙王的太傅。后被召回长安,为梁怀王太傅。梁怀王坠马而死后,贾谊深自歉疚,直至三十三岁忧伤而死。贾谊的一生,是典型的儒家士子感时忧世的一生。他对博弈之事的贬斥也就自然而然了。

中国社会是个"尊礼"的社会,周代建立了完备的"尊礼文化"。统治者有意地"制礼作乐",以乐配礼,有了礼的规范,政的划一,刑的强制,再配以乐的感染,便能使天下道一风同。孔子处在纷乱之世,为了拯救"礼乐崩坏"的社会,将周代的"尊礼文化"理想化,所谓"君君、臣臣、父父、子子"。后人更是把儒家伦理总结为"三纲五常",所谓"君为臣纲,父为子纲,夫为妻纲",每个人都遵守上下尊卑的等级秩序,然后有了社会的理想和谐。

而下棋,讲究的是平等竞争,所谓棋上无父子。这自然容易"失礼迷风"。西汉还有"围棋不仁"之说。在儒家传统中,孝敬父母、敬爱兄弟、对人友爱、修身养性,就是仁。"礼"呢,就是讲礼节,懂礼貌。每个人要安守本分,遵守上下尊卑的等级秩序。而下棋呢,往往容易起争斗之心,下棋时,时时算计别人,动不动就杀、杀、杀的,在儒士们看来,难免"不仁"。还有,下棋的时候没大没小,连天王老子我也敢赢,更不用说父辈兄长了。儒家讲的是君臣、父子、夫妻,尊卑有序,你连皇帝和老子的棋也敢吃,岂不乱了套了?

汉元帝时,史游在《急就篇》中还有"棋局博戏相易轻"之说,颜师古注曰:"棋局谓弹棋、围棋之局也。……凡人相与为棋博之戏者,因有争心,则言语轻侮,失于敬礼,故曰相易轻也。"《急就篇》是一本字书,教童蒙识字的启蒙课本。也就是说,这种围棋观不仅限于士大夫,还可能成为社会的一般"知识"。这种观念一直影响到东汉,宋代孔平仲《谈苑》说"白黑简心,此东汉书语也。或以命谢帅直诘讥具好弈也"。

现实生活中,还真有因棋起争心,导致言语轻侮、行为失范之事。一次,吴太子(刘濞的儿子)入朝觐见汉文帝,和太子刘启下棋,谁知一言不合争吵起来,刘启一气之下,抓起棋盘扔过去,把吴太子砸死了。汉文帝派人将尸体送回吴国,吴王刘濞却不肯接受,又派人将灵柩运回长安,并从此称病,再也不去长安觐见皇帝了。文帝本来就是宽厚之君,以德治天下,赐吴王老年人用的茶几和手杖,准许他不再朝请。尽管如此,这事还是成了后来"七国之乱"的一个导火索。刘启当上皇帝(汉景帝)才三年,公元前154年,吴王刘濞率领六个诸侯王起兵叛乱,景帝得大将周亚夫鼎力相助,才得以平息七国之乱。

文帝、景帝都算有德之君,才有"文景之治"的繁荣局面。但景帝刘启在做太子时一次因下棋引发的冲动之举,大约在他做了皇帝后,内心也在不断反省吧!

总的来说,西汉承继的是先秦儒家功利的围棋观,以实际功用来衡量世俗之事。淮南王刘安(前179—前122)召集门人撰《淮南子》,在《泰族训》中教导人:"人莫不知学之有益于己也,然而不能者,嬉戏害人也。……以弋猎博弈之日诵《诗》读《书》,闻识必博矣。"博弈之类,终不过是玩物而已。玩物容易丧志,还是以"弋猎博弈"的时间多读点正经的书,才是正道。《汉书》中写汉宣帝为"博弈"

定位:"辞赋比之,尚有仁义风喻,鸟兽草木多闻之观,贤于倡优博弈远矣。"

孔子说:"诗可以兴,可以观,可以群,可以怨。迩之事父,远之事君,多识于鸟兽草木之名。"(《论语·阳货》)博弈既无益于兴、观、群、怨,连"多识于鸟兽草木之名"也不能,只能与"倡优"为伍了。

当然,在"主流"之外,西汉也有从另一角度诠释围棋的。扬雄《法言·问道篇》有一问答:"或曰:刑名非道邪?何自然也?曰:何必刑名。围棋、击剑、反目、眩形,亦皆自然也。由其大者作正道,由其小者作奸道。"这可谓开道家论棋之先河,所谓棋法自然,道为经纬。将"自然"范畴引入棋中,对后世的围棋观产生了深远的影响。

《西京杂记》还有一则关于围棋的记载:"杜陵杜夫子善弈棋,为天下第一。人或讥其费日。夫子曰:'精其理者,足以大裨圣教。'"杜陵杜夫子算得上是继弈秋之后,有文字记载的第二位围棋国手。而围棋可"大裨圣教",可看作是儒家围棋观的一大转折,开启了经由班固《弈旨》正面论棋、将围棋发扬光大的传统。用俗话说,就是围棋的春天快要到来了。

四、象天则地

如果说,西汉时期的围棋观念,围棋无益论是其主导,到东汉时,围棋观念为之一变,其标志就是班固《弈旨》的出现。《弈旨》是我国现存第一篇系统阐述围棋理论的文章。班固将围棋与天文、阴阳、王政、仁德联系在一起,突出围棋在游戏之外的意义,把它上升到治国安邦的高度,开了儒家从正面角度论棋的先河。

班固(32—92),字孟坚,东汉扶风安陵(今陕西咸阳东北)人。历光武、明、章、和四朝,官至兰台令史。班固撰《汉书》,作《两都

东汉画像石《弈棋图》局部

赋》,著《白虎通义》,于史学、文学、经学均取得很高成就。鉴于其所生活的时代,"博行于世,而弈独绝,博义既弘,弈义不述",班固为弘扬弈道,在《弈旨》中,一开始就强调:

> 局必方正,象地则也。道必正直,神明德也。棋有白黑,阴阳分也。骈罗列布,效天文也。四象既陈,行之在人,盖王政也。成败臧否,为仁由己,危之正也。

这一下子,就把围棋抬到了无比高大上的位置。方方正正的棋盘,象征大地,棋盘上又正又直的线道,昭示的就是神明之德。棋子分黑白,代表阴阳。它们落在棋盘上,就像那灿烂的星空。棋盘有东西南北四面,而行棋在人,就像帝王治国。成败毁誉,只要牢记一个"仁"字,就是正道。

经常说,作文章立意要深,起点要高,作者可谓深得作文之诀窍,一下子把人的胃口吊起来了。接着文章比较"博"与"弈":"夫博悬于投,不专在行。优者有不遇,劣者有侥幸。踦挐相凌,气势力争,虽有雄雌,未足以为平也。"博靠掷骰子行棋,所以"优者有不遇,劣者有侥幸"。其实这也是赌博类游戏的共同特点。至于弈则不然。班固用孔氏之门,唐虞之朝,庖羲罔罟之制,夏后治水,曹刿深入虎穴勇劫齐桓公,齐将田单坚守即墨用火牛计击退燕军,苏秦、张仪合纵连横,周文王之据天下,秦穆公的智慧,来喻围棋,由此得出结论:

　　上有天地之象,次有帝王之治,中有五霸之权,下有战国之事。览其得失,古今略备。

这段话呼应文中开头的一段,如同一块棋的两只眼,统领全文,构成了班固围棋观的核心。它将围棋与天地之象、帝王之治、五霸之权、战国之事联系在一起,这意思是,围棋既有天地之象,又合治国之道,还与兵法相通,简直是文韬武略,无所不能啊!

以下班固具体说到下围棋的好处,围棋可以让人"发愤忘食,乐以忘忧",这本是孔子自况。有人问子路,孔子是个什么样的人。子路不好评价自己的老师,孔子就说,你为什么不说,这个人,"发愤忘食,乐以忘忧,不知老之将至云尔"。班固还把围棋与《诗》《书》联系起来,所谓"乐而不淫,哀而不伤",虽然有些牵强,但也显露了班固为围棋张目的良苦用心。因为之前汉宣帝说辞赋"贤于倡优博弈远矣",班固有点要跟前朝皇帝辩驳一番的意思。围棋还可以调理阴阳,修身养性,可以像彭祖一样长寿(相传彭祖活到了八百岁)……

总之,何以为乐,何以养性,何以长寿,下棋吧!

　　班固为围棋张目,可谓不遗余力。玩物未必丧志,当一种"玩物"在社会上已经很流行,士大夫也很热衷时,最好的办法就是把这一"玩物"跟其他"玩物"区别开来。比如让"弈"与"博"划清界限,然后突出这一"玩物"的正面意义。当围棋与天地之象、帝王之治有了关联时,大家也就可以玩得名正言顺了。围棋如此,其他游艺亦然。

　　总的来说,班固继承了儒家文化的传统,"立象比德",把各种事物都道德化,突出其道德意义。从"有用"的角度竭力为围棋辩护,体现了儒家功利的围棋观。

　　班固论棋,也体现了中国传统的一种思维方式,即"玄象思维",它以"大道"提升"小道",把游戏政治化、伦理化、玄妙化。当围棋之象与天地之道联系在一起时,它也就成为一种玄之又玄的东西了。蔡洪《围棋赋》曰:"秉二仪之极要,握众巧之至权,若八卦之初兆,遂消息乎天文。"后世论棋,基本上沿袭的是班固的思路。作为游戏的围棋,与天地之象、神明之道有了沟通,也就有了不一般的意义。

第二节 三国演弈

滚滚长江东逝水,浪花淘尽英雄。是非成败转头空。青山依旧在,几度夕阳红。　　白发渔樵江渚上,惯看秋月春风。一壶浊酒喜相逢。古今多少事,都付笑谈中。

话说天下大势,分久必合,合久必分。《三国演义》开篇,引用明代杨慎的《临江仙》,道尽了王朝更替、历史兴废的种种曲折与感慨。而"三国演弈",也在棋盘上演绎了许多的故事,给后人留下无尽的回味。

一、曹操父子的棋局

东汉末年,外戚与宦官争权,群雄并起,皇帝成为傀儡。先有黄巾起义,后有董卓专权,接着曹操陈留起兵,势力逐渐壮大。汉献帝为重兴汉室,召曹操来洛阳,对抗其余军事势力。曹操作为丞相,"挟天子以令诸侯",逼献帝迁都武昌,同时兴置屯田,发展经济,逐渐消灭董卓、吕布、袁绍、袁术、刘表等军事势力，统一北方。

曹操被封魏王。建安二十五年（220），曹操病死，汉献帝满心欢喜，以为从此可以亲自执掌政权了，却被继承魏王爵位的曹丕所逼，将皇位"禅让"于曹丕。曹丕"三让三辞"，220年十月，登上受禅坛，接受玉玺，改国号为"魏"，定都洛阳。曹丕成了魏文帝，追尊曹操为太祖武皇帝。

居蜀地的刘备，作为"帝王之胄"，以继承汉室之名，被诸葛亮等人劝进，于221年夏历四月正式称帝，国号"汉"，又称蜀汉，都成都。

占据长江中下游的孙权则在222年称王，229年在武昌（今湖北鄂州）称帝，后迁都建业（今江苏南京），国号"吴"，史称"东吴"。

从此，魏、蜀、吴正式三分天下，三足鼎立，是为三国。三国明争暗斗，如同错综复杂的棋局，演绎出许多故事。这里单表曹氏父子的围棋因缘。

曹操（155—220），人谓"治世之能臣，乱世之奸雄"，一生雄才大略，既成就了经邦济世之大业，又多才多艺。在文学上，颇多佳作，与子曹丕、曹植并称"三曹"。

　　　　对酒当歌，人生几何！
　　　　譬如朝露，去日苦多。
　　　　慨当以慷，忧思难忘。
　　　　何以解忧？唯有杜康。

《短歌行》道尽人生无限况味，让人过目即难忘。曹操也多艺能，还是一名围棋好手，晋张华《博物志》载：

> 汉世安平崔瑗,瑗子实,弘农张芝,芝弟昶,并善草书,而太祖亚焉。桓谭、蔡邕善音乐,冯翊、山子道、王九真、郭凯等善围棋,太祖皆与埒能。又好养性法,亦解方药,招引方术之士。

这里说曹操书法、音乐皆能。至于围棋,冯翊、山子道、王九真、郭凯,应该都是当时的高手,曹操能跟他们旗鼓相当,可能有些夸饰的成分,但曹操之热爱围棋且水平不低,应是实情。而在戎马倥偬和治国理政中,围棋既让人忘忧,于战场上的排兵布阵,大约也不无启发意义吧!

曹操有二十五个儿子,其中三个儿子曹丕、曹植、曹彰都是卞皇后所生。曹植文思敏捷、文采出众,很受曹操的喜欢;曹彰则是曹操所有的儿子中武功最出众的,经常领兵出征,驰骋战场,他也特别喜欢下围棋,因此曹操对他宠爱有加;曹丕呢,则更善于玩弄权术,曹丕当了皇帝之后,一直不放心他的两个兄弟,想方设法要除掉他们。《世说新语》载:

> 魏文帝忌弟任城王骁壮,因在卞太后阁共围棋,并啖枣,文帝以毒置诸枣蒂中,自选可食者而进。王弗悟,遂杂进之。既中毒,太后索水救之。帝预敕左右毁瓶罐。太后徒跣趋井,无以汲,须臾遂卒。复欲害东阿,太后曰:"汝已杀我任城,不得复杀我东阿。"

宫廷中的权力争斗从来就充满了血腥的色彩,围棋在这里不过是个道具。曹丕欲加害东阿王曹植的故事在中国也几乎家喻户晓。他命曹植在七步之内作出一首诗,否则便要处死他。然后有了那首著名的诗:"煮豆燃豆萁,豆在釜中泣。本是同根生,相煎何太急。"

其实,如果不是因为权力的诱惑,曹丕本来也有可能做一个多才多艺的著名文人。他在《典论·论文》中称文章为"经国之大业,不朽之盛事"。他自己在这"经国大业"中也表现出很高的天赋与才华。曹丕好棋,曾作《夏日诗》云:

> 棋局纵横陈,博弈合双扬。
> 巧拙更胜负,欢美乐人肠。

博弈之戏,每每让人乐以忘忧。《世说新语》说:弹棋也是始自魏宫内,"文帝于此戏特妙,用手巾角拂之,无不中"。在曹氏父子的倡导下,魏地好弈之风盛行,每每有文士雅聚,以棋为乐。尤其是建安十六年(211)五月的那次"南皮之游",让曹丕念念不忘,多年后还在给友人吴质的信中再三提起:

> 每念昔日南皮之游,诚不可忘。既妙思六经,逍遥百氏,弹棋闲设,终以六博,高谈娱心,哀筝顺耳。驰骛北场,旅食南馆,浮甘瓜于清泉,沈朱李于寒水。皦日既没,继以朗月,同乘并载,以游后园,舆轮徐动,宾从无声,清风夜起,悲笳微吟,乐往哀来,凄然伤怀。

这可以说是一场堪比"兰亭修禊"的盛会,建安七子中的徐干、陈琳、应场、刘桢、阮瑀都有参加。南朝梁代刘孝绰的《赋得照棋烛诗刻五分成》"南皮弦吹罢,终弈且留宾",也正是写的南皮之会的情景。给吴质的信的后面,已经做了皇帝的曹丕感叹,如今年龄大了,心中所想千头万绪,时常有所思虑,以致整夜不眠,曾经的高远志向和意趣也难再有。德才不足,却身居高位,一举一动都有人注意,恐怕永远不能再像过去那样游玩了。

棋局如世局,世间事,有得必有失,信然。

二、天地棋局

且说汉末群雄蜂起之际,河北涿县(今河北涿州)有一西汉景帝之子中山靖王刘胜的后代,姓刘,名备,字玄德,此时家道早已中落,少年丧父的刘备与母亲以贩鞋织席为生。但他人穷志不穷,立志长大后要干一番大事业,喜结交天下豪侠,与关羽、张飞桃园三结义。黄巾起义时,刘备投身军中,参与镇压起义,慢慢有了自己的一支力量。刘备一度投靠在许昌的曹操,曹操对他看起来敬重有加,出则同车,坐则同席。一次,他们在一个亭子中,青梅煮酒,纵论天下英雄。曹操说:"天下英雄,唯使君与操耳。"刘备闻之大惊,心想此处不可久留,走为上计。

刘备带着他的兵马,辗转四方,先后投靠袁绍、刘表,但始终没有独立的地盘,兵少,又缺少高人辅佐,难成大势。直到得遇诸葛亮,才柳暗花明,开辟了一个新的局面。

诸葛亮,字孔明,有雄才大略,自比于管仲、乐毅,但开始并不得志,隐居在距襄阳西北约二十里的隆中(在今湖北襄阳)。诸葛亮虽过着清贫的生活,但潜心读书,观天下大势,熟知天文、地理、兵法。刘备的谋士徐庶与诸葛亮是好友,竭力向刘备推荐,说诸葛先生乃"卧龙",得之,即可大展宏图也。

那天,刘备同关羽、张飞去隆中拜见诸葛亮,在路上,遥望山畔数人,荷锄耕于田间,在唱歌:

苍天如圆盖,陆地似棋局。

世人黑白分,往来争荣辱。

荣者自安安,辱者定碌碌。

南阳有隐居,高眠卧不足!

　　这歌的作者正是诸葛亮,把苍天比作一个圆盖,这是中国古人对天地的认识,天圆地方,天是圆的,地是方的。所以大地就像一个方方正正的棋局。而世界上的人呢,有黑有白,有好有坏,他们都是在那里争来争去,就像在棋盘上争斗一样。

　　刘玄德一行继续策马前行。不数里,遥望卧龙岗,果然清景异常。可惜卧龙先生不在家。如此三顾茅庐,刘备才见到了诸葛亮,诸葛亮向刘备分析当时的天下大势,当时北方的曹操最强,并且汉帝就被他控制,他可以"挟天子以令诸侯",吴国盘踞江南一带,实力也不小。诸葛亮向刘备提出以西南为根据地,先据荆州,再取益州:"将军既帝室之胄,信义著于四海,总揽英雄,思贤如渴,若跨有荆、益,保其岩阻,西和诸戎,南抚夷越,外结好孙权,内修政理;天下有变,则命一上将将荆州之军以向宛、洛,将军身率益州之众出于秦川,百姓孰敢不箪食壶浆,以迎将军者乎?诚如是,则霸业可成,汉室可兴矣。"(《隆中对》)刘备听后,大为赞赏,并力邀诸葛亮出山。之后经过努力,刘备终于在诸葛亮的辅佐下,建立了蜀国。诸葛亮也成了蜀国的丞相。

　　"苍天如圆盖,陆地似棋局",诸葛亮可谓是以天地为棋局,下了一盘大棋。诸葛亮喜欢下棋,在他一路西征、南征的时候,兵马到哪里,就将围棋传到了哪里。据说藏棋也是诸葛先生将围棋带入云南，又由云南流入西藏的。在成都的棋盘市，诸葛武侯曾在此安营扎寨。而湖南省邵阳市，古称宝庆府。清《宝庆府志》也曾载："棋盘崖在宝庆府城南五里，相传武侯宴兵着棋于此。有石盘广六尺，棋痕尚存。"

蜀国的不少将领都喜欢下棋，比如费祎，作为大将军，公务繁忙，但他还常常在大敌当前，镇静自若，与人对弈，体现了一种大将风度。《三国志·蜀书·费祎传》载有费祎下棋的故事。蜀后期正国家多事之秋，公务烦琐。费祎"常以朝晡听事，其间接纳宾客，饮食嬉戏，加之博弈，每尽人之欢，事亦不废"。当魏军来犯时，祎率众往御之。光禄大夫来敏为费祎送别，求共围棋。于时羽檄交驰，人马擐甲，一切整装待发。祎与敏留意对戏，色无厌倦。费祎一出马，敌人即退。

在蜀国下棋的将领中，关羽算得上是一个超级发烧友。

说到关羽，人们首先就会想到"忠勇"两个字。想当初，他与刘备、张飞桃园三结义，从此对大哥刘备忠心耿耿。一度身陷曹营，曹操对他可说是礼遇有加，他却身在曹营心在汉，最后千里走单骑，过五关斩六将，回到刘备军中。关羽死后，人们景仰他，把他奉为"关公"，很多地方还有关公庙。他还被封为"武圣"，与"文圣"孔子齐名，一武一文，成为中国历史上两个著名的"圣人"。

《三国演义》中，写得最生动的，是关羽一边下棋一边刮骨疗毒的故事。关羽攻打樊城时，被曹兵的毒箭射中右臂。神医华佗知道后，主动前来为关羽治病。华佗察看了伤势，看到箭毒已经透入臂骨，建议立一根柱子，设一个铁环，将关羽捆在那里，以便下刀。关羽听了，却大笑，说："哪用得着什么柱环？"随即设席款待华佗。关羽喝了几杯，一边和马良下棋，一边伸出伤臂让华佗割治。

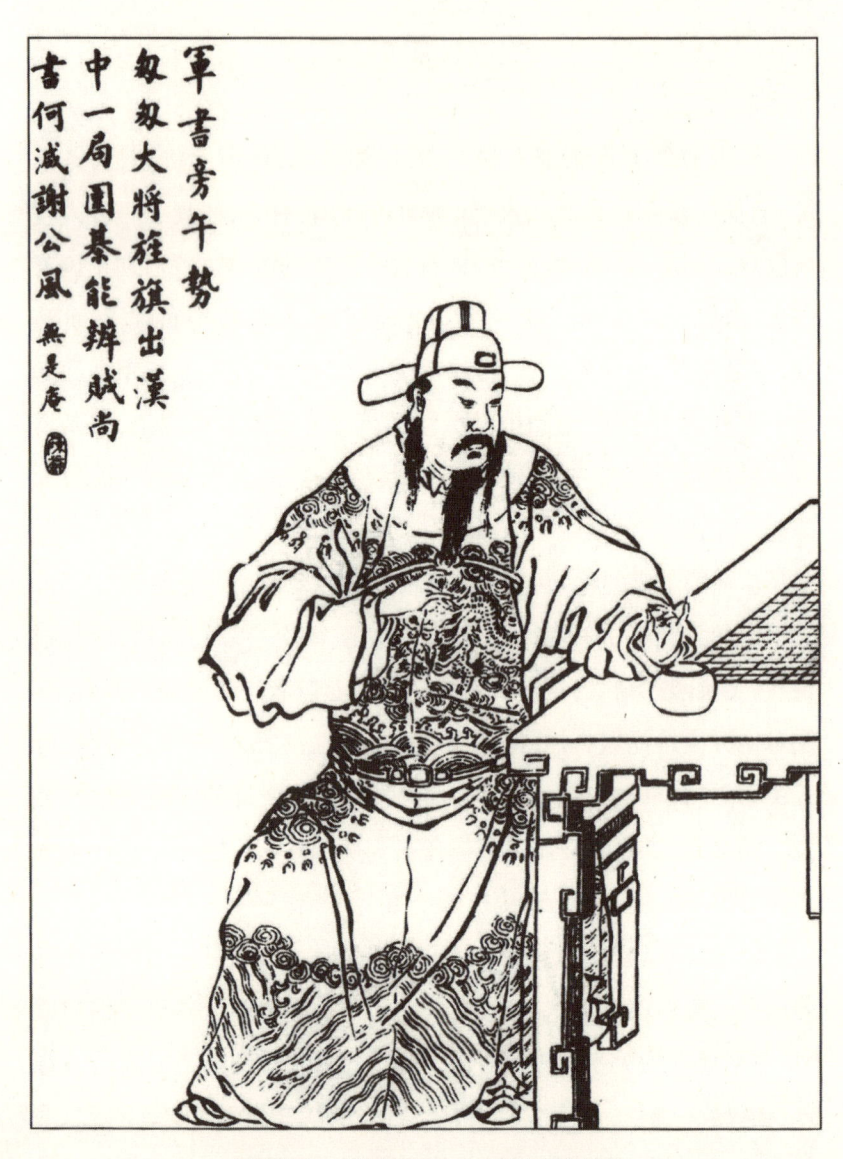

軍書旁午勢匆匆，大將旌旗出漢中。一局圍棋能辨賊，尚書何減謝公風。 無是庵

〔清〕佚名 《增像全圖三國演義》費禕像

颐和园长廊彩绘《刮骨疗毒》

关羽在刮骨疗毒时,还在一边谈笑,一边下棋。这一方面突出的是关公如天神一般的神威;另一方面,也说明了棋的魅力。下棋可转移注意力,在一定程度上能起到镇痛的效果。

《三国演义》写到的诸葛亮、关羽跟棋的关联,其实重点不在棋本身,而是通过棋写人,写出棋的深意,人的英雄气。

三、一灯明暗覆吴图

唐代诗人杜牧有一首诗《重送绝句》:

绝艺如君天下少,闲人似我世间无。

别后竹窗风雪夜,一灯明暗覆吴图。

这"吴图"是指围棋古谱,而以吴图代指棋谱,可见当年吴国的围棋之盛。

魏、蜀、吴三国争霸,如果大家订一个协议,说不要打仗了,打来打去,多残酷啊,死那么多人,还不如就在棋盘上见个高低算了,那举双手赞成的,恐怕首先是吴国。

吴国从孙坚、孙策到孙权,在他们的经营之下,逐渐在江南站稳脚跟。江南本富庶之地,社会比较安定,统治阶层和士大夫中好棋者最多,如孙策、吕范、顾雍、陆逊、蔡颖等等。水涨船高,那个时候的围棋最高手也应该在吴国。严子卿、马绥明就被称为"棋圣",棋圣,首先应该是棋下得最好的,这也是中国古代最早被称为"棋圣"的。

现在流传下来的最早的棋谱,也出自吴国,那就是《孙策诏吕范弈棋局面》。

孙策是孙坚的长子。孙坚在与刘表部将黄祖的战斗中,虽取胜,但在追击中中箭身亡,年仅三十七岁。孙策带领父亲的旧部千余人,去依附袁术。后来率军渡江,占领了一些地方,逐渐在江东站稳脚跟。孙策也就成了吴国的奠基人。

再说那吕范,是汝南细阳(今安徽太和东南)人。他曾为了避难,逃到一个叫寿春的地方。孙策见他长相不凡,并且勇武异常,对他另眼相看,很是厚待。他跟着孙策一路攻关夺隘,成了孙策手下的一个得力干将。后来,吕范成了吴国的财政大臣,孙策做很多决策前都会先和他商量。孙策待吕范像待亲戚一样,他们之间的关系自然非同一般了。

孙策和吕范两人还是棋友,他们经常在一起下棋,现在流传下来的《孙策诏吕范弈棋局面》,就是他们一次对局的记录。

这盘棋采用的是古代通行的座子制,即黑白双方在下棋之前,先在对角星位上各自放上子。也就是说,古人下的永远是对角星布局。还有就是由白棋先走。在行棋上,这盘棋也体现了古棋的典型风格。黑2大飞,是古人惯用的着数。因为古代围棋规则规定,每一

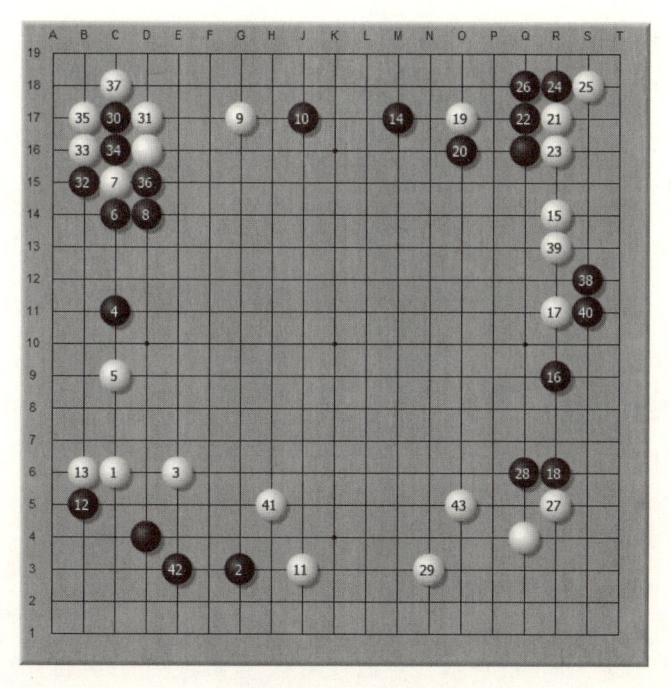

《孙策诏吕范弈棋局面》

　　块棋中活棋所需的最基本的两眼(气)不算"路"(即目),下完后计算胜负时,你多一块棋,就要多贴还对方一个子,这样就不怕你进角来谋活,我当然要大飞了。果然,白3既不进角,也不分边,而是往空中一跳,在古人眼里,还是中腹重要。当黑4分投时,白5拆逼,白7尖顶,白8长,以下白9又是一大飞。黑10、白11各往对方的角紧逼过去,想要近身肉搏,这也体现了古棋的作风。而白19打入,当对手压盖时,白21轻灵转身,又颇有些现代棋的味道了。

　　这张棋谱见于宋代的《忘忧清乐集》中,其真伪一直存在争议。认为是后人伪托的主要理由就是三国时流行的是十七路棋盘,而这盘棋是唐代才流行的十九路棋盘。也有当代的职业棋手认为,从着法看,这棋更像是摆出来的,而不是实战下出来的。

《孙策诏吕范弈棋局面》作为现今流传下来的最早的一张棋谱,无论真伪,都有重要的史料价值。并且,哪怕是后人所托,将这盘棋托于孙策,也客观上说明了吴国围棋的盛行。敦煌《棋经》中有"吴图二十四盘"之说,可见杜牧的"一灯明暗覆吴图"并非毫无根据。

孙策之后,孙权也喜欢下棋,上行下效,东吴下棋的风气越来越浓厚。大家在棋盘上乐此不疲,有可能把许多正经的事也耽误了,这可把孙权的儿子,也就是三太子孙和急坏了。皇帝不急太子急,孙和赶紧把大臣韦曜找来,授命他写一篇文章,来说明下棋的害处。晋代陈寿《三国志·吴书·孙和传》曾记其事:

> 孙和字子孝……赤乌五年,立为太子,时年十九。……常言当世士人宜讲修术学,校习射御,以周世务,而但交游博弈以妨事业,非进取之谓。后群寮侍宴,言及博弈,以为妨事费日而无益于用,劳精损思而终无所成,非所以进德修业,积累功绪者也。且志士爱日惜力,君子慕其大者,高山景行,耻非其次。夫以天地长久,而人居其间,有白驹过隙之喻,年齿一暮,荣华不再。凡所患者,在于人情所不能绝,诚能绝无益之欲以奉德义之涂。弃不急之务以修功业之基,其于名行,岂不善哉?夫人情犹不能无嬉娱,嬉娱之好,亦在于饮宴、琴书、射御之间,何必博弈,然后为欢。乃命侍坐者八人,各著论以矫之。于是中庶子韦曜退而论奏,和以示宾客。时蔡颖好弈,直事在署者颇敩焉。故以此讽之。

韦曜(约204—约273),原名昭,字弘嗣,三国吴郡云阳(今江苏丹阳)人。其在经学、史学方面著述颇丰,注解《孝经》《论语》《国语》,主撰《吴书》,另有名物典章研究若干部。韦曜的《博弈论》可说是古今最完备的一篇贬抑围棋的文章。

《博弈论》首先谈到古之"君子"的操守与风范:"盖闻君子耻当年而功不立,疾没世而名不称,故曰'学如不及,犹恐失之'。是以古之志士,悼年齿之流迈,而惧名称之不立也。故勉精励操,晨兴夜寐,不遑宁息。……历观古今立功名之士,皆有累积殊异之迹,劳身苦体,契阔勤思。平居不堕其业,穷困不易其素。"以下以古之君子之风,对照今人:

> 今世之人,多不务经术。好玩博弈,废事弃业。忘寝与食,穷日尽明,继以脂烛。当其临局交争,雌雄未决,专精锐意,心劳体倦。人事旷而不修,宾旅阙而不接。虽有太牢之馔、《韶》《夏》之乐,不暇存也。至或赌及衣物,徙棋易行,廉耻之意弛,而忿戾之色发。然其所志不出一枰之上,所务不过方罫之间。胜敌无封爵之赏,获地无兼土之实。技非六艺,用非经国。立身者不阶其术,征选者不由其道。求之于战阵,则非孙吴之伦也;考之于道艺,则非孔氏之门也。以变诈为务,则非忠信之事也;以劫杀之名,则非仁者之意也。而空妨日废业,终无补益。是何异设木而击之,置石而投之哉!

对围棋的贬抑,这段文字可谓集大成之作。概括起来,它强调说下棋有四害:第一,没日没夜地下棋,耽误时间;第二,沉溺在棋中,把人身体、精神也都搞疲了,还怎么去干正事呢;第三,在棋上,净使些阴谋诡计,杀来杀去,把人心也搞坏了;第四,费了这么多脑子,赢了棋又怎么样呢,既不能加官晋爵,那获得的"地盘"也是虚的。韦曜由此劝告那些下棋的人,少在棋盘上白操心,还是去建功立业要紧。

韦曜的《博弈论》与班固的《弈旨》相比,一个把围棋说得一钱不值,一个把围棋捧到"天上"去,其观点完全相反,但出发点其实是一样的,它们都是出于"经世济国"之目的,一个讲无用,一个讲有用,体现的都是儒家功利的围棋观。

韦大人作《博弈论》,试图纠正吴国下棋的风气。其实下棋并没什么不好,关键是要把握一个"度",也就是说,下棋可以,只是不要没日没夜,只会下棋,其他事都不管了,这叫过犹不及。

孙权死后,想要励精图治的太子孙和并没有接上位,吴国也由此陷入为争王位的各种宫斗、倾轧中。280年,末代吴君孙皓投降西晋,宣告了吴国的终结。

第三章 两晋风度

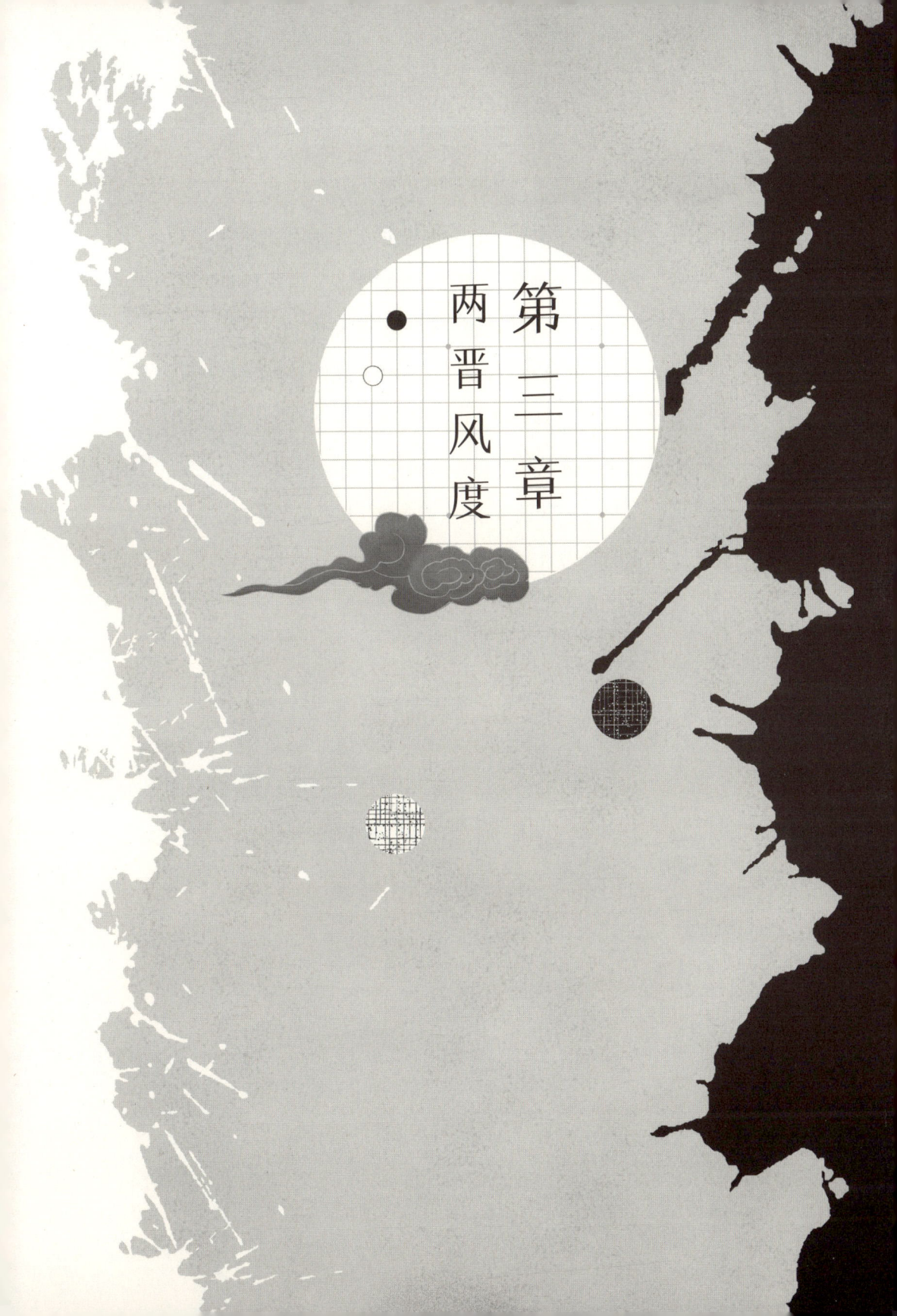

两晋被看作是一个人的自觉、艺术的自觉的时代。围棋观念的一大变化，就是确立了围棋作为"戏"的独立存在的价值，并将它纳入到"艺"的范畴。围棋，被称为"手谈""坐隐""忘忧""烂柯"，它成了晋人的一种精神寄托。这种游乐意识正凸现了人的生命意识和自由意识的觉醒。

　　竹林七贤诗酒琴棋、啸傲山林，谢安风宇条畅、弈棋退敌，"当日清谭赌墅，风流犹记东山"，这正所谓魏晋风度。

第一节 西晋：庙堂与江湖

晋武帝司马炎登位，是为西晋。晋武帝在政治上颇有作为，棋艺亦不凡，由此带动了晋代宫廷围棋的兴盛。而"竹林七贤"啸傲山林，诗酒琴棋，贵在适意。围棋，居庙堂之上，处江湖之远，各有各的风景。

一、晋武帝与围棋

曹魏政权后期，司马氏逐渐掌握了实际的控制权。王夫之说："魏之亡，自曹丕遗诏，命司马懿辅政始。"

司马懿在与北伐的诸葛亮的对垒中，斗智斗勇，诸葛亮六出祁山，司马懿都让其无功而返。"出师未捷身先死，长使英雄泪满襟"，却成就了司马懿的赫赫声名。司马懿逐渐取得了朝政的控制权，到其子司马昭，已是"司马昭之心，路人皆知"。263年，司马昭派兵灭蜀，264年，司马昭进封晋王。但天不假人命，还没来得及坐上皇帝的宝座，司马昭就西去了。265年，司马昭之子司马炎逼魏元帝曹奂"禅让"帝位，成为晋武帝，国号"晋"，都洛阳，史称"西晋"。

司马炎称帝后,为了巩固自己的政权,他强调以仁义治国,推行了一系列改革,他曾向地方郡国颁布了五个诏书:一是正身;二是勤百姓;三是抚孤寡;四是敦本息末(农业为本,商业为末);五是去人事,精简机构,裁撤冗员。大力发展生产,使社会出现暂时的繁荣景象,史称"太康之治"。280年,西晋又灭了东吴,结束了三国时代,重新统一了中国。

晋武帝司马炎在政治上尚有作为,才艺也不凡。他喜欢书法、围棋。西晋讨伐吴国,还有一个与围棋有关的故事。话说279年,有大臣上表请求晋武帝伐吴。这时,晋武帝正在与臣子张华下棋,张华见状,马上把棋局推掉,决然地说:"陛下神武英明,朝野清平,国富兵强,号令如一。而吴主荒淫骄奢,诛杀贤能。当今讨之,可不劳而定!"张华的这一席话,坚定了晋武帝的决心。结果也如张华所料,两个月就把吴国搞定了。

明代刘基在《百战奇略·势战》中专门以灭吴为例,讲到势战的重要性。"凡战,所谓势者,乘势也。因敌有破灭之势,则我从而迫之,其军必溃。法曰:因势而破之。"战之势,与棋之势,可谓同理。

晋武帝的棋艺不凡。《忘忧清乐集》收有《晋武帝诏王武子弈棋局》。王济,字武子,既有文才,又擅长骑马射箭,勇武过人,《晋书·王济传》说他"少有逸才,风姿英爽,气盖一时"。晋武帝喜欢他,把自己的女儿常山公主嫁给了他。

有一次,王济和晋武帝一起下棋。王济并不因对手是皇帝而感到拘谨,反而心态放松,不知不觉间就把脚伸到了棋桌的下面。这在中国人还在跪坐的时代里,是无礼的举动。正好此时东吴的亡国之君孙皓在一旁看棋,晋武帝随口问他:"你在江南做皇帝时,为什么喜欢剥人家的面皮?"孙皓看了看王济,故意说:"看见对君王无礼的人，就该剥他的面皮。"言下之意就是，王某人太无礼了。

  王济善于言辞，喜欢议论朝政，好在他的皇帝岳父一直非常赏识他，并不怪罪。他们常在一起下棋，可以想见，棋盘上，面对自己的岳父皇帝老子，王济也不会让棋。《晋武帝诏王武子弈棋局》没有注明谁执白先走，双方下得非常激烈。白3、黑4、白5、黑8、白9，都是非常凶狠地逼上去，近身肉搏，这也是古棋的风格。这盘棋还有个特点，黑白双方都掏了对方一个角，这在古棋中并不多见。因为古棋中有个"还棋头"的规定，多一块棋，终局计算胜负时就要多贴还对方一个子，一进一出，如果是两目活棋，这两目便算打水漂，没了。

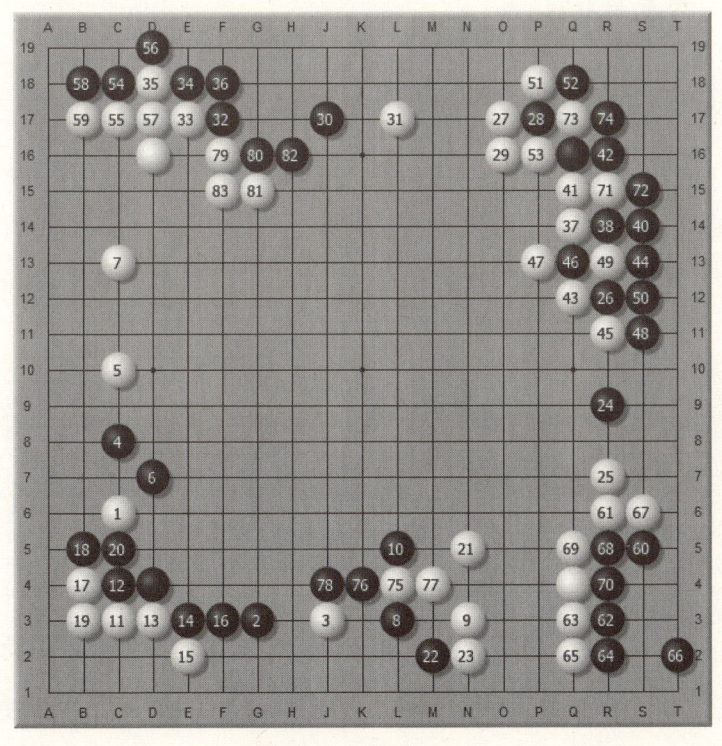

《晋武帝诏王武子弈棋局》

《晋武帝诏王武子弈棋局》与《孙策诏吕范弈棋局面》一样,都是十九路棋盘。由于在目前的考古发现中,魏晋时期的围棋盘都是十七路,有人便据此推断,这两局棋都是后来的人伪造出来的。真也罢,假也罢,皇帝好棋,虽然鉴于司马王朝刚刚建立,司马炎将主要精力放在恢复和发展社会经济、巩固政权上,并没有着意提倡围棋,但在客观上,还是推动了那个时代的围棋的发展。

短暂的太康之治后,因为分封诸王,埋下隐患。司马炎死后,白痴太子司马衷继位,引发八王之乱,也导致北方少数民族进入中原。316年,西晋王朝仅历五十二年,便宣告灭亡。

二、竹林七贤

在王权更替,不同利益集团相互倾轧、你方唱罢我登台的社会动荡中,保全性命于乱世,及时行乐,就成为许多人的人生选择。"生年不满百,常怀千岁忧","人生寄一世,奄忽若飙尘",让人生出无尽的感叹。一些士人为了保全自己,索性拒绝做官,常常聚在山林间,喝酒、下棋、弹琴、吟诗,他们的这种生活方式,引起很多人的羡慕,

〔唐〕孙位 《竹林七贤图》残卷

"竹林七贤"就是其中的代表。

"七贤"是指魏末晋初时的七个著名的士人：嵇康、阮籍、山涛、向秀、刘伶、王戎、阮咸，因为他们七人常聚会于茂林修竹中，酣畅恣意，故有"竹林七贤"之称。

七贤中最著名的是嵇康(223—262，或224—263)。嵇康自幼聪颖，长得高大、英俊而脱俗。《世说新语》说他"肃肃如松下风，高而徐引"。他博览群书，广习诸艺，尤为喜爱老庄学说。"非汤武而薄周孔，越名教而任自然"，当儒家的纲常名教被弃置一旁时，"任自然"就成为其人生选择。

嵇康曾在诗中表达人生理想：

> 琴诗自乐，远游可珍。
> 含道独往，弃智遗身。
> 寂乎无累，何求于人？
> 长寄灵岳，怡志养神。

诗酒琴棋山水，这也是七贤共同的人生理想追求。他们常常酣饮高卧，啸傲山林，在身心的释放扩张中体验一种自我解放的感觉。七贤大多好酒，阮籍一度答应去补步兵校尉之缺，只是因为事先打听到"厨中有贮酒数百斛"。阮籍邻家有一美少妇，当垆卖酒。阮常去喝酒，每喝必醉，醉便倒在美少妇脚边，呼呼大睡。少妇之夫开始心存疑虑，久而久之，觉得他并无歹意，也就习惯了。

有人问："阮籍何如司马相如？"答："阮籍胸中垒块，故须酒浇之。"

《世说新语》还有一篇《刘伶病酒》：

刘伶病酒，渴甚，从妇求酒。妇捐酒毁器，涕泣谏曰："君饮太过，非摄生之道，必宜断之！"伶曰："甚善。我不能自禁，唯当祝鬼神，自誓断之耳。便可具酒肉。"妇曰："敬闻命。"供酒肉于神前，请伶祝誓。伶跪而祝曰："天生刘伶，以酒为名，一饮一斛，五斗解酲。妇人之言，慎不可听！"便引酒进肉，隗然已醉矣。

刘伶纵酒放达，在屋子里脱衣裸体喝酒，人见讥之，刘伶说："我以天地为栋宇，屋室为裈衣，诸君何为入我裈中？"

随性自然，吾辈岂为礼法所拘，包含的是一份真性情。史书上有王戎、阮籍等观棋、下棋的记载。《晋书·王戎传》说王戎是个孝子，母亲去世后，辞官回家，为母亲守孝。他每天沉浸在悲痛之中，茶不思，饭不想，以致越来越憔悴。他的妻子很着急，就让他去看别人下棋，以分散注意力。这样过了好一段时间，他的心情才逐渐平静下来，人也变得正常了。

《晋书·阮籍传》还有阮籍下棋的著名故事，说阮籍："性至孝，母终，正与人围棋，对者求止，籍留与决赌。既而饮酒二斗，举声一号，吐血数升。"

其后，在为母亲守孝时，因悲伤过度而形销骨立，又饮酒吃肉。有人说母亲死了，阮籍却还在那里下棋，真是没良心。其实，阮籍表面上无动于衷，他是想通过下棋来压抑、缓解内心的悲痛。他不想在外人面前失态。下棋的人走了，他的真情才流露出来，所以史书上才会说他"性至孝"。

至情至性而不拘礼法，任性逍遥，随缘放旷，体现的正是后人所称的"魏晋风度"。如果说儒家传统把"戏"与"道"对立起来,魏晋士人则让"戏"具有了独立的人生意义。这种游乐意识凸现了人的生命意识和自由意识的觉醒。所谓魏晋风度,正是这一意识的体现。《世说新语》写王子猷雪夜访戴安道:

> 王子猷居山阴,夜大雪,眠觉,开室命酌酒,四望皎然。因起彷徨,咏左思《招隐》诗,忽忆戴安道。时戴在剡,即便夜乘小船就之。经宿方至,造门不前而返。人问其故,王曰:"吾本乘兴而行,兴尽而返,何必见戴!"

眠觉对雪,饮酒吟诗,兴之所至,乘船去访另一隐士戴安道,至其门却不入。正所谓"乘兴而行,兴尽而返",它典型地体现了魏晋士人的任情率性、潇洒不群。而弈棋,也往往成了他们展示其风度的一个方面。

其实,竹林七贤的下棋,往往是棋翁之意不在棋,而在山林之间。棋成了他们追求精神自由、排解人生痛苦的一种方式。这也影响到后来的文人士子们。明代高启就有一首题为《围棋》的诗:

> 偶与消闲客,围棋向竹林。
> 声敲惊鹤梦,局罢转桐阴。
> 坐对忘言久,相攻运意深。
> 此间元有乐,何用橘中寻?

这种美好的场景,也成了后来的许多艺术家乐于表现的题材。明代画家刘仲贤有《七贤图》,唐寅有《竹林七贤图》,清代画家谢彬、诸昇、金史、傅德容、葛尊、施桢，还有现代画家王舜来，都画过《竹林七贤图》。历代上至王公贵族、下至平民百姓的生活文化用品中，也有许多以"竹林七贤"为题材。竹林围棋，成了文人士子雅集、诗性生存的一种象征。

李泽厚在《美的历程》中，称魏晋是一个人的自觉、艺术的自觉的时代，"人"是这个时代的艺术的主题："这个核心便是在怀疑论哲学思潮下对人生的执着。从表面看来似乎是如此颓废、悲观、消极的感叹中，深藏着的恰恰是它的反面，是对人生、生命、命运、生活的强烈的欲求和留恋。"

人的自觉、艺术的自觉，也使围棋逐渐脱离儒家的"有用"与"无用"的纠结，而有了作为独立的精神存在的意义。

〔清〕谢彬、诸昇 《竹林七贤图》

第二节 东晋:风流且坐隐

316年,西晋王朝最后一个皇帝司马邺投降,西晋王朝灭亡。317年,司马邺的堂叔,镇守建康(今江苏南京)的琅邪王司马睿在以王导为首的江南士族的支持下,宣布继位,定都建康,是谓东晋。

东晋之时,文化中心南移,围棋成为士大夫之风尚。"当日清谭赌墅,风流犹记东山",谢安便是其典型代表。而围棋被称为"手谈""坐隐""忘忧""烂柯",正体现了围棋的日益精神化、审美化。

一、弈棋退敌

东晋有两大家族,王氏与谢氏,且两大家族好棋者众。王氏家族是江南有名的大族,王导主内政,王导的堂兄王敦在外掌兵,一内一外,逐渐掌握了朝廷的大权,以至民间有"王与马,共天下"之说。

王导好棋,六子中也不乏围棋好手。《晋书·王导传》载:

> 悦字长豫,弱冠有高名,事亲色养,导甚爱之,导尝共悦弈棋争道,导笑曰:"相与有瓜葛,那得为尔邪!"

傅抱石 《东山捷报图卷》

    王悦是王导的长子，事亲色养，对父母颇孝顺，所以深得王导喜爱。可一旦"弈棋争道"，则本性暴露，一心要赢棋，连老子也不让。好在作为父亲的王导也不以为意，只是笑着说："跟你还算有瓜葛，哪能这样啊？"

    王导的次子王恬，却不得父亲喜爱。

    恬字敬豫，少好武，不为公门所重。导见悦辄喜，见恬便有怒色。……晚节更好士，多技艺，善弈棋，为中兴第一。

    看来，王恬还是高手。与王恬齐名的还有一位江霦，应该就是《世说新语》中说的那位江仆射。江仆射年少时，与王导下棋，就王导的实力要被让两子，王丞相仗着自己的身份，想平下，江少年硬是不肯落子。丞相大人只好苦笑，不过江少年的人品由此也受到赞赏。

    王氏家族后来还出了不少围棋好手，客观上推动了士族围棋的

69

发展。而东晋围棋的复兴，也与西晋灭亡后，北方士人的纷纷南迁有关，它也带动了文化中心的南移。

此时北方处在各种势力割据的大混乱时期，前后历十六国。其间前秦苻坚逐渐统一了北方，382年，苻坚下决心南下进攻东晋，先用了将近一年攻陷襄阳。383年，又率八十七万大军，号称百万，试图过淮水、渡长江，一举消灭东晋，完成统一天下之大业。

此时东晋的皇帝是晋孝武帝司马曜，丞相是谢安。谢安（320—385），字安石，陈郡阳夏（今河南太康）人。谢安出身名门世家，曾祖、祖父都曾在曹魏朝廷中为官，父亲永嘉之乱时携家南渡，曾在东晋朝廷中任侍中、吏部尚书等要职。谢氏家族的好几个人也曾在朝中为官。谢安虽从小就习文练武，表现出过人的才华，却一直无心功业，隐居在会稽东山，与王羲之、许询、支道林等名士名僧交游，"出则渔弋山水，入则言咏属文"，数次拒绝让他出山的邀请。谢安四十余岁才出仕，后又做了宰相，成为东晋朝廷中举足轻重的人物，谢安由此也被称为谢东山，历史上有"东山再起"之说。

此时的东晋王朝，经谢安的励精图治，政治较为稳定，经济上也出现了"谷帛殷阜"的繁荣景象，军事上，谢安侄子谢玄在京口招募北方流民及其后裔组建的"北府兵"颇为骁勇，为东晋抵御前秦奠定了基础。

但毕竟东晋能出动的兵力有限，当前秦大军进抵淝水，东晋的都城建康一片惊慌。晋帝封谢安为征讨大都督，负责抗击敌人。当时东晋派出的军队只有八万人，以弱敌强，能否取胜，大家心里都没底。关于这一战事，《晋书·谢安传》有一段描述：

坚后率众，号百万，次于淮肥，京师震恐。加安征讨大都督,玄入问计,安夷然无惧色,答曰:"已别有旨。"既而寂然。玄不敢复言,乃令张玄重请。安遂命驾出山墅,亲朋毕集,方与玄围棋赌别墅。安常棋劣于玄,是日玄惧,便为敌手而又不胜。安顾谓其甥羊昙曰:"以墅乞汝。"安遂游涉,至夜乃还,指授将帅,各当其任。玄等既破坚,有驿书至,安方对客围棋,看书既竟,便摄放床上,了无喜色,棋如故。客问之,徐答云:"小儿辈遂已破贼。"既罢还内,过户限,心喜甚,不觉屐齿之折。其矫情镇物如此。

中国历史上能够打胜仗的将军很多,但能举重若轻,化胜负于无形之中的却难得。大敌当前,谢安却还在那里游山玩水,围棋赌墅,其实目的是针对"京师震恐",为了安定人心。说白了,就是做给人看的。两军对垒,最忌讳一方先惊慌失措,精神上先败下阵来。谢安晚上回来,把谢石、谢玄等将领召集到自己家里,从容布置。

谢安将主要兵力布置在淮河一线,严阵以待。苻坚见晋军军容整齐,不敢贸然出击,遂派曾是晋臣的降将朱序渡河去劝降。朱序曾镇守襄阳,以寡敌众,守城快一年,城破才不得已投降。朱序见到谢石,不仅不劝降,反而为晋军出谋划策,劝谢石趁秦军立足未稳,先攻其前锋部分,果然致其前锋部队溃败。谢石抓住秦军想速战速决、一举吞下东晋的心理,让苻融在淮河北退后一步,让出一块地方来,大家好决一死战。苻融将计就计,想趁晋军半渡而击之,下令前军后撤。不料后军见前军退却,以为前军已败,阵脚大乱,争先后退。苻融想阻止,却落马而亡。加上后面有人喊,晋军追来了,他们更慌了,就这样一发不可收拾,乱作一团,连听到风吹和鹤叫声,看到草木晃动,都以为是追兵到了。号称百万的前秦大军就这样一泻

清乾隆黄杨木笔筒《东山报捷图》

千里,溃不成军。遂有成语"风声鹤唳""草木皆兵"之说。

前方捷报传来,谢安正与人下围棋。信使送来报捷的书信,谢安看了一眼,一句话不说,继续下棋。客人很好奇,问前线的战事怎么样了。谢安平静地说:"小儿辈们已经把敌人打败了。"接下来,《世说新语》说谢安"意色举止,不异于常"。《晋书·谢安传》却说谢安一副轻描淡写、不动声色的样子,下完棋,回自己的房间,却因为内心的激动,过门槛时,不小心把木屐的齿也踩断了。

谢安之弈棋退敌,体现的正是"魏晋风度"。谢安是儒将,更是名士。魏晋的名士标准,其一要人长得英俊,正像潘岳"有姿容,好神情",出洛阳道,妇人争相拦截他,哪怕能摸一下衣角也是好的。谢安"神识沈敏,风宇条畅",论长相,参加选秀毫无问题。其二,"魏晋风度"更讲究精神、品格、气度,就像那嵇康,风姿特秀,爽朗清举,其为人也,岩岩若孤松之独立,连醉了酒,也若玉山之将崩,醉得潇洒。《晋书·谢安传》说谢安:"始居尘外,高谢人间,啸咏山林,浮泛江海,当此之时,萧然有凌霞之致。"丰采一点不逊色于嵇康,正所谓"当日清谭赌墅,风流犹记东山"。

不过,谢安作为中兴名将,临危受命,匡扶社稷,又比一般名士多了些使命感,多了些儒家所弘扬的浩然之气。谢安也就成了行藏由己、进退自如、大智大勇、运筹帷幄、决胜千里的儒将风度的理想化身。正像诸葛亮,"南阳有隐居,高眠卧不足",一旦出山,折扇轻摇,挥兵弈棋两不误,让人油然而生倾慕之情。看来,就打仗而言,张飞、李逵似的粗人都会,但光会使长矛、板斧,总觉不雅,羽扇纶巾,拈棋微笑,方为真正的大将风度。于是,围棋在这里便成了某种形象、精神的象征,或者说,就是一个文化符号。

"江东全倚谢家安,雅量形容对弈间。"(元王恽《谢安石弈棋图》)谢安既为名士,有高世隐逸之志,棋上自有风景,又为儒将,杀敌于阵前,挽狂澜于将倾。治国安邦、从容对弈两不误,这正代表了许多人心目中的理想形象。于是,济世之儒家与出世之道家都接受了他。谢安围棋,也被传为佳话,文人诗文吟诵,画家丹青描摹,明代尤求有《围棋报捷图》,清代苏六朋有《东山报捷图》,现代画家张大千也有《围棋赌墅》,占尽千古风流。

二、坐隐烂柯

东汉李尤(44—126)有一《围棋铭》:

> 诗人幽忆,感物则思。
> 志之空闲,玩弄游意。
> 局为宪矩,棋法阴阳。
> 道为经纬,方错列张。

李尤将"诗"与"棋"并称,诗人一方面"感物则思",一方面在"志之空闲"之时"玩弄游意"。"游意"却带有了精神的意味,令人想起孔子的"游于艺",儒家六艺本为实用性的技艺,化为精神之"意",且在"玩"中获得精神之乐。这本身便预示了"艺"的观念的变化。而当"弈"也被纳入这样一种"游艺"的范畴时,也就预示了围棋观念的革新。

功用与游意,构成了中国围棋思想发展的两大路向。东汉后期,儒家经学逐渐被偏重于道家的玄学所取代。玄者,清虚玄妙也。而棋道,恰恰也与玄妙之道,有着种种相通之处。

魏晋时,围棋观念的一大变化就是确立了围棋作为"戏"的独立

〔清〕苏六朋 《东山报捷图》

存在的价值,并将它纳入"艺"的范畴。而围棋,被称为"手谈""坐隐""忘忧""烂柯",在某种程度上,也就成了魏晋士人的一种精神寄托。

"坐隐"之说,源于东晋王坦之。《世说新语》云:"王中郎以围棋是坐隐,支公以围棋为手谈。"王坦之因官居北中郎将,世称王中郎。他对围棋情有独钟。据《世说新语》载,他在守丧时,有客来访,竟置礼教于不顾,而与客对弈。这一方面表现出魏晋士人的名士风范,另一方面也显示了其对围棋的痴迷程度。中国古人谓,大隐隐于朝,中隐隐于市,小隐隐于野。以围棋是坐隐,正可隐于朝市,虽以仕宦之身,却可保持心的归隐之态。所谓"坐隐不知岩穴乐,手谈胜与俗人言"。

支公(314—366),东晋高僧,名遁,字道林。据称少时聪颖好佛,二十五岁出家,善结交名流,清谈玄义。《晋书·谢安传》谓安未出仕前"寓居会稽,与王羲之及高阳许询、桑门支遁游处,出则渔弋山水,入则言咏属文"。

支遁好诗、好山水、好棋,俨然一名士,佛教的"空",在他身上似演化成了中国文人崇尚的任性逍遥、随缘放旷。他融玄言佛理于山水、棋中。以围棋为"手谈",乃是以手谈代清谈,其中自有妙不可言之处。

"忘忧"之说,出自东晋的另一名流祖纳。祖纳之弟即是历史上有名的闻鸡起舞、击楫中流的壮士祖逖。祖逖素有大志,永嘉五年(311),洛阳陷落,祖逖率族众南下,居京口(今江苏镇江)。祖逖不满朝廷偏安一隅,主动上书要求北伐。司马睿任命祖逖为奋威将军、豫州刺史,但令其自己招募士兵、自造兵器。祖逖北伐,得到中原人民的响应与支持,收复了黄河以南的大片失地。正当祖逖准备进军河北,完成统一大业之时,司马睿听说祖逖在河南深得民心,屡建战功,怕其因势力太大难以控制,任命戴渊为都督,总领六州军事,以节制祖逖。此时,又恰逢王敦专权,与司马睿明争暗斗,眼看内乱将起,北伐无望,祖逖忧愤成疾,死于军中。

祖纳对弟弟的失败十分痛心,终日弈棋。朋友王隐劝他珍惜光阴,祖纳答曰:"聊用忘忧耳。"王隐进一步劝曰:"故君子疾没世而无闻。《易》称自强不息,况国史明乎得失之迹,何必博弈而后忘忧哉!"纳喟然叹曰:"非不悦子之道,力不足也。"

称围棋为"烂柯",则出自中国人家喻户晓的王质观棋烂柯的传说。烂柯传说首见于南朝梁任昉的《述异记》:

> 信安郡石室山,晋时王质伐木至,见童子数人,棋而歌。质因听之。童子以一物与质,如枣核,质含之,不觉饥。俄顷,童子谓曰:"何不去?"质起,视斧柯烂尽。既归,无复时人。

魏晋之世,社会混乱动荡,不少人遁迹山林,求仙访道,一时间,仙乡奇境的志怪故事大为流行,它成了世人不满现实,希望在现实外寻找一理想之境的心态的曲折反映。就像陶渊明不肯为五斗米折腰,毅然归隐,"久在樊笼里,复得返自然"。他的《桃花源记》构建了一个人人怡然自乐的"桃源仙境"。

围棋在给人提供充分的精神愉悦的同时,也就超越了凡俗的现实关系,营造出别一洞天,于是有了"烂柯"之类的传说。人一方面要依托于现实,另一方面又感到现实关系的种种束缚与桎梏,有着种种的痛苦和烦恼。围棋作为精神的游戏的艺术,便为人提供了一个由凡俗走向人生的自由之境的途径。黑白世界是一个虚拟的世界,又是一个可以供你自由挥洒的神仙世界。

但是,神仙世界与现实世界,在时间与空间上都是对立的。天上比人间舒服快乐,所以神仙的日子也就过得快,所谓"洞中才七日,世上已千年",便是这种心理的反映。反过来,人在痛苦的时候,便会有"度日如年"之感。

烂柯传说体现了中国人的一种超现实想象,但这仅仅是一个"梦"而已。事实上两个世界是无法相通的。"山"中一局棋,"山"外来的斧头却在遵循它固有的生命节律老化、烂掉。一局棋终,当王质重新回到原来的世界,江山依旧,人事已非。这次奇遇也是唯一的,即使他想再寻回到山中的路,也只会像《桃花源记》中所描写的,"遂迷不复得路"。烂柯围棋的魅力也正在于此,它让后人永远虽不能至,而心向往之。

烂柯故事产生后,得到广泛传播。一般认为,故事的发生地是在浙江衢州的烂柯山,它位于衢州城东南,山虽不高(最高峰中岩海拔177米),但地貌不凡,拥有南北中空的石室(所以又名石室山),东西跨度约40米、宽约30米的现知浙江最大的天生石桥(因又得名石桥山)。道书中又谓之青霞第八洞天。道教把地上的仙人安顿在三十六洞天、七十二福地等名山胜景居住,烂柯山也就成了仙弈圣地。

烂柯故事在各地广泛传播,中国文人也深为喜爱这一想象的故事,纷纷进行艺术加工,在诗歌、绘画等领域出现了一批以"烂柯"为题材的艺术作品。在绘画领域,以"烂柯"为题材的绘画作品,有宋代郑思肖的《烂柯图》,明代张以宁的《烂柯山图》、徐渭的《烂柯图》,清代丁观鹏的《烂柯仙迹图》等。

以烂柯为题材的诗歌更是层出不穷,其中最著名的是孟郊的《烂柯石》:

〔清〕丁观鹏 《烂柯仙迹图》

仙界一日内,人间千载穷。
双棋未遍局,万物皆为空。
樵客返归路,斧柯烂从风。
唯余石桥在,犹自凌丹虹。

青山依旧,人事已非,宇宙永恒,人生短暂,这构成了人生的一份永远的"痛",于是,才有那么多文人墨客不断地涂抹吟咏烂柯故事,构成了一种独特的烂柯艺术与烂柯文化。

陈少梅 《烂柯人》

第四章 南北对弈

宋、齐、梁（包括后梁）、陈，是为南朝；北魏、东魏、西魏、北齐、北周，合称北朝。你方唱罢我登台，南北对弈，精彩纷呈。

南朝宫廷，棋子丁丁；朝野盛士，逸思争流。围棋州邑，皇家棋品，创棋坛新制，武帝论棋，尽有戏之要道，穷情理之奥秘。

那边厢，虽弈棋难成时尚，却高品间出，得胜回朝。敦煌《棋经》，彪炳千古。正所谓棋上自有风景。

第一节　南朝烟雨

420年,刘裕取代东晋王朝,建国称帝,国号为"宋"。此后,又相继出现齐、梁、陈三个政权,直到589年陈被隋所灭,史称"南朝"。

南朝的围棋,颇为兴盛,构成了中国围棋历史上的第一个高峰。

一、刘宋:围棋初盛

且说刘裕本出身低级士族,后征战有功,逐渐大权在握。419年,图谋皇帝宝座的刘裕攻克建康,先逼死司马德宗,立司马德文为帝。420年,逼司马德文下禅让诏书,结束了东晋王朝的统治,建立了刘宋政权。

登基刚刚三年,刘裕即病逝,十七岁的皇太子刘义符继位。刘义符不问政事,一味游玩享乐,被废,刘义隆接位,是为宋文帝。宋文帝在其统治的三十年(424—453)中,政治较为清明,社会安定,生产有较大的发展,史称"元嘉之治"。有此政治、经济基础,围棋也开始进入一个繁荣时期,出现了褚思庄、羊玄保、褚胤、何尚之、檀道济等围棋好手。

文帝好棋,下面的官员中也不乏围棋好手。其中有一个叫羊玄保的,"善弈棋,棋品第三"。宋文帝与羊玄保常在一起对局。一次,文帝召玄保下棋,为了激发羊玄保的斗志,文帝说,这次我们来个以棋赌郡。结果,羊玄保赢了棋,文帝没有食言,让他补了宣城太守的官,这就是弈史上有名的"赌郡戏"。靠下棋得官位,这在历史上也算是头一回。唐代陆龟蒙有诗云:"满目山川似势棋,况当秋雁正斜飞。金门若召羊玄保,赌取江东太守归。"(《唐甫里先生文集·送棋客》)

玄保凭下棋"赌取江东太守归",虽然才干平平,没有什么特别值得夸耀的政绩,但他廉素寡欲,不营财利,因此能博得宋文帝的信任。文帝曾说:"人仕宦非唯须才,然亦须运命,每有好官缺,我未尝不先忆羊玄保。"(沈约《宋书·羊玄保传》)羊玄保也因此官运亨通,担任过许多名郡的长官。

羊玄保当会稽太守时,文帝心血来潮,派遣第二品吴郡褚思庄,到会

傅抱石 《春亭对弈图》

稽与羊玄保对局。还让褚思庄将对局过程记录下来,作成棋谱(时称"局图"),回到京城建康后,"于帝前覆之"。这可以说是我国围棋历史上最早的记谱复盘记录了。

刘宋政权中,还有一个好弈的皇帝宋明帝刘彧。宋明帝在位时,宗室相残,国匮民穷,政治日益腐败,宋明帝却热衷于下棋。《南齐书·虞愿传》载:

> 帝好围棋,甚拙,去格七八道,物议共欺为第三品。与第一品王抗围棋,依品赌戏。抗每饶借之,曰:"皇帝飞棋,臣抗不能断。"帝终不觉,以为信然,好之愈笃。愿又曰:"尧以此教丹朱,非人主所宜好也。"虽数忤旨,而蒙赏赐,犹异余人。

分明棋艺低劣,离初级都还差得很远,臣子们为满足他的虚荣心,骗他说棋艺已达到了第三品。宋明帝信以为真,自信心爆棚,提出与第一品王抗"依品赌戏",王抗无奈,在棋盘上处处让着他,还不时地吹捧:"皇帝飞的这一着棋,臣抗不能断。"宋明帝信以为真,从此好之愈笃。大臣中只有虞愿敢于进谏:"尧以此教丹朱,非人主所宜好也。"但宋明帝一点都听不进去。好在虞愿虽然一次次顶撞皇帝,宋明帝还是对他另眼相看,予以赏赐。

宋明帝虽然昏庸,在围棋上却做了一件有历史意义的事情,那就是首次设立了围棋州邑。《南齐书·王谌传》载:

> 明帝好围棋,置围棋州邑,以建安王休仁为围棋州都大中正,谌与太子右率沈勃、尚书水部郎庾珪之、彭城丞王抗四人为小中正,朝请褚思庄、傅楚之为清定访问。

两晋和南北朝的地方行政单位为州、郡、县三级。《晋书·职官志》载:"州置刺史","郡皆置太守","县大者置令,小者置长"。邑是自然村落、人群聚居的地方,而不是地方行政单位。围棋州邑应是掌管围棋的专业机构,仿州、郡设大、小中正,职掌棋者的选举、推荐,棋谱的收集、整理等。这应是中国最早的官方围棋机构,直接负责其事的建安王刘休仁,是明帝的弟弟。组委会成员中,也是一帮大佬。而"清定访问"大约相当于顾问之类吧!这也意味着,作为游戏的围棋,有了制度的保障。

二、棋品制度

刘宋政权后期,掌权者争权夺利,自相残杀,成就了一个叫萧道成(427—482)的禁军将领登上政治舞台。479年,萧道成夺得皇位,建立齐朝,是为齐高帝。

萧道成成了天子,颇想有些作为。李延寿《南史·高帝本纪》说:"上少有大量,喜怒不形于色,深沉静默,常有四海之心。"他也好棋,多艺能,"博学,善属文,工草隶书,弈棋第二品"。高帝经常与直阁将军周覆、给事中褚思庄共棋,甚至于"累局不倦"。但作为皇帝,他性情颇为宽厚,一次与周覆下棋,萧道成想悔棋,周覆就抓住皇帝的手不许他悔棋。在封建社会里,这是属于"争道"的无礼行为,但萧道成并不动怒,确有一点平等竞技的意识。与"皇帝飞棋,臣抗不能断"之类相比,已算是难能可贵了。

萧道成的棋艺颇高,名列第二品,仅次于国手王抗,而能与名手褚思庄、夏赤松并驾齐驱,算是皇帝中的高手了。他还喜欢看棋,一次,令褚思庄与王抗交赌,自食时至日暮,观战的萧道成看得兴味盎

〔清〕章夏 《绿窗对弈图》

然,直到疲倦不堪时才离去。而这次赌弈直到五更方决,王抗睡于局后,思庄达晓不寐。

萧道成还亲自撰写弈著,著有《齐高棋图》二卷,是有史记载的第一位有弈著问世的皇帝。

建元四年(482),萧道成病死,太子萧赜继位,是为齐武帝,年号永明。齐武帝好弈有其父之风。在位时,下令组织了一次品棋活动,《南史·萧惠基传》载:

> 永明中,敕使(王)抗品棋,竟陵王(萧)子良使惠基掌其事。

这是棋史上第一次由国君正式下令评定全国棋手棋品的活动。由王抗负责技术评定,王抗是前朝的第一品,曾出任刘宋时围棋州邑小中正,经验极为丰富,由他担任专家组组长,众人信服。竟陵王萧子良(460—494)为武帝次子,虽棋艺未臻上乘,但有皇家身份,由他张罗,做组委会主任,保证了品棋活动的权威性。而萧惠基在永明时历任侍中、骁骑将军、给事中,他解音律,善隶书及围棋,多才多艺,由他负责具体事务,亦属最佳人选。

这次品棋活动,规格很高,品棋的结果由褚思庄编成《建元永明棋品》二卷。经过品定的棋手名单可考者有四人:齐高帝萧道成第二品;武陵工萧晔登名品,具体品级不详;会稽夏赤松第二品;江斅第五品。

除上面有品位可考者外,有记载的弈人尚有萧缅、萧遥光、崔慰祖、陶弘景等。

棋品制度的创立,是南朝弈坛的大事。它与当时的文官选拔制度有关。秦和西汉前期,选官实行的是军功爵制度,董仲舒倡儒学,主仁政,以察举和征辟(征召、辟举)代军功爵制,创立了文官制度,也形成了一种人物品藻之风。孔子依人的才智高低将人分三类:上智、中人、下愚。东汉班固在《汉书·古今人表》中将历史人物分为"九等之序":上上、上中、上下;中上、中中、中下;下上、下中、下下。曹魏在此基础上进一步完善,创立了九品中正制。其一,设中正,州设大中正,郡设小中正;其二,中正负责品第人物,将士人分为九品;其三,按品授官。这一制度为后来几个朝代所继承。

在这种品第人物的风气之下,各个艺术领域都有品评活动,出现了以品命名的著作。南朝钟嵘有《诗品》,谢赫有《古画品录》,庾肩吾有《书品》。这种品第风气自然也影响到围棋。与九品中正制相应,曹魏时也出现了将棋艺分为九品的说法。元陶宗仪《说郛》引邯郸淳《艺经·棋品》云:"夫围棋之品有九,一曰入神,二曰坐照,三曰具体,四曰通幽,五曰用智,六曰小巧,七曰斗力,八曰若愚,九曰守拙。"

到东晋时,范汪有《棋品》,袁遵有《棋后九品序》,标志着围棋作为独立的艺术品评体制的形成。南朝时,棋品制度进入黄金时代,遂有了大规模的正式的皇家品棋活动,第一次是在齐武帝萧赜时,另外在梁武帝时还有两次皇家品棋活动。由专门的权威机构负责品评弈人棋艺,意味着围棋逐渐进入官方体制,也开启了现代围棋段位制度的先河。

三、梁武帝与围棋

南朝围棋承接两晋的遗风,呈现出全面繁荣的态势。有学者罗列出南朝围棋进入黄金时代的九大标志:

1.南朝帝王尽管棋艺高低悬殊,但他们远比魏晋帝王更热衷、更自觉、更着力地倡导围棋。

2.围棋州邑的建立,皇家品棋活动的兴起,"逸品"概念的提出,标志着棋品制度进入了崭新的发展时期。

3.围棋人口激增。

4.高品棋手已形成了独特鲜明的个性与风格。

5.围棋专著的问世在数量上超过前代。

6.形成了"天下唯有文义棋书"的社会风尚。

7.南朝士人的围棋活动和棋品等级,特为当代史家所重,被作为纪传的有机组成部分而载入史册。

8.出现了南北棋艺双向交流的新局面。

9.围棋文化向周边国家辐射,至迟在南北朝时期传入朝鲜和日本,为唐代形成三国争雄的局面奠定了基础。①

在这个过程中,各朝帝王的提倡,可以说起到最重要的作用。而其中,建立梁朝的梁武帝是代表性的人物。

梁武帝萧衍(464—549),字叔达,是兰陵萧氏的世家子弟,为汉朝相国萧何的二十五世孙。父亲萧顺之是齐高帝的族弟,萧衍原在南齐为官,502年,迫齐和帝"禅位",建立梁朝。萧衍在位时间达四十八年,前期励精图治,颇有政绩。后期醉心佛事,大造寺庙,荒废政事,导致"侯景之乱",都城陷落,被侯景囚禁,死于台城。

萧衍博通众艺,《梁书·武帝本纪》称其"六艺备闲,棋登逸品,阴阳纬候、卜筮占决,并悉称善"。说武帝"棋登逸品",围棋九品中并无"逸品"之说,"逸品"应该是九品之外更高的一个境界。梁武帝的棋未必真的那么高明,但显然是高手,以"逸品"来夸奖人,也体现了那个时代的一种美学趣味。梁武帝棋高瘾大,《梁书·陈庆之传》说

---

① 张如安:《中国围棋史》,团结出版社1998年版,第96—98页。

武帝"性好棋,每从夜达旦不辍,等辈皆倦寐,惟庆之不寝,闻呼即至,甚见亲赏"。萧衍在宫中经常搞通宵棋会,棋瘾之大,可见一斑。

梁武帝经常与近臣下棋,有一次沉浸于棋局中,还闹出了误杀人命的事。梁武帝醉心于佛教,曾宣召高僧榼头师入宫,中使带僧至,而武帝正跟近臣下棋,欲吃敌一块棋,说了一声"杀"。中使误以为是命杀此僧,将榼头师推出处斩。武帝下完棋,命榼头师入见,中师慌忙回答说:"向者陛下令杀,已法之矣。"梁武帝非常后悔自责,平时为政"缓于权贵",没想到因为沉迷于棋局中,误杀高僧。

齐梁之际,围棋在宫廷和士人阶层中盛行,出现了沈约所说的"天下唯有文义棋书"的情况,围棋能与文学、玄释义理、书法并驾齐驱,由此可见其社会地位。梁武帝执政时,还有两次大规模的品棋活动。一次是在天监年间(502—519)。《南史·柳元景传》说:"梁武帝好弈棋,使恽品定棋谱,登格者二百七十八人,第其优劣,为棋品三卷。"这次品棋,是通过品定棋谱来实现的。第二次是在大同(535—546)末年。《南史·陆晓慧传》说:"大同末,(陆)云公受梁武帝诏,校定棋品,到溉、朱异以下并集。"这次是对过去已定的棋品做了校定工作。

柳恽"品定棋谱",编为《棋品》三卷,武帝命沈约作序。《棋品序》曰:

> 弈之时义,大矣哉!体希微之趣,舍奇正之情。静则合道,动必适变。若夫入神造极之灵,经武纬文之德,故可与和乐等妙,上艺齐工。支公以为手谈,王生谓之坐隐。是以汉魏名贤,高品间出;晋宋盛士,逸思争流。虽复理生于数,研求之所不能涉;义出乎几,爻象未之或尽。圣上听朝之余,因日之暇,回景

纡情,降临小道,以为凝神之性难限,入玄之致不穷。今撰录名氏,随品详书,俾粹理深情,永垂芳于来叶。

在中国古代,"艺"有"技艺"与"道艺"之分。"道艺"指儒家六艺:礼、乐、射、御、书、数,甚至就指六经。"技艺"则是各类"术""技",如医、卜、相术、博弈等,执此业者则为"技艺之徒"。沈约说围棋"可与和乐等妙,上艺齐工"。沈约不仅肯定了围棋是"艺",同时还强调此"艺"是一种可比"道艺"的"上艺"。如果说孟子只是把围棋称为"小数",围棋到这时可算正式拥有了"艺"的身份。到唐代,棋正式成为琴、棋、书、画四艺之一。

梁武帝还带头撰写棋艺专著,有《围棋品》一卷,《围棋赋》一卷,《棋评》一卷。梁武帝的《围棋赋》,作为汉魏到南北朝时期的围棋"五赋"之一,以"围奁象天,方局法地"开始,以"尽有戏之要道,穷情理之奥秘"作结。一方面高屋建瓴,确立了围棋象天则地、穷理尽性的地位;另一方面,就棋理的阐发而言,全篇尽管也是以兵言棋,但在马融、蔡洪、曹摅《围棋赋》的基础上,进一步摆脱了围棋战术与史上战例的简单比附,而更注重棋理本身的归纳、概括。如"用忿兵而不顾,亦凭河而必危。痴无成术而好斗,非智者之所为",强调背水为阵,不合兵法,非常危险。韩信的置之死地而后生,乃非常规战法,智者不可常为。"运疑心而犹豫,志无成而必亏。今一棋之出手,思九事而为防。"是说下棋要思虑周详,一旦考虑清楚,就要当机立断。下棋还要善于应变,不可拘泥死板,墨守成规:"或龙化而超绝,或神变而独悟。勿胶柱以调瑟,专守株而待兔。"下棋还要分清大小,不可为无关大局的"少棋",陷入苦战,招致"败亡",能做到"城有所不攻,地有所不争",那肯定就是高棋了。梁武帝《围棋赋》还涉及一些基本的死活棋型和定式,如玉壶银台、车厢井栏、方四聚五、花六持七等。尽管围棋不过是游戏,但"君子以之游神,先达以之安思",自有其存在的价值与意义。

敦煌写本《棋经》中还附了一篇梁武帝的《棋评要略》,通篇都是对"棋之大要"的归纳与总结。《棋评要略》强调,棋之大要,第一在"当立根源",以"带生为先"。其二,提出了"争地校利"的原则。"若我获有宜,虽少必取;彼得相匹,虽大可遗"。其三,确立了开局的走法,"先据四道,守角依傍"。其四,需时刻掌握先手的主动权。其五,要有良好的大局观,时刻根据盘上的形势调整其策略。

梁武帝的棋论,将"艺术和技术"结合起来,将南朝的棋艺,无论是实践还是理论,都推向了一个新的高度。

〔明〕钱穀 《竹亭对棋图》

第二节 北朝棋踪

公元439年，北魏太武帝拓跋焘统一北方。历史上将北魏与魏末分裂的东魏、西魏，以及继起的北齐、北周合称北朝。

与继承了魏晋风流的南方相比，一直由少数民族统治，且战火不断的北方相对而言就是文化的"蛮荒区"。拓跋焘统一北方后，采用汉人的文化制度，征招汉族士人担任要职，加速了鲜卑族的汉化过程。围棋，也有了一定的生长空间，特别是敦煌《棋经》，标志着北朝的棋艺理论，也达到了很高的水平。

一、南北对话

491年12月，北魏曾派使团出使南齐。使团由北魏孝文帝钦命的李彪带队，主要目的是加强南北的文化交流。当时南北通使，都"务以俊乂相夸"。孝文帝对这次交流颇为重视，派遣的使者都是各行各业的佼佼者，"必尽一时之选，无才地者不得与焉"。在这支文化使团中，有一位棋手，名叫范宁儿，应该就是北方弈坛的最高手了。

齐武帝对这次交流也很是看重，不敢怠慢，派出第一品高手王抗与范宁儿对弈。比赛结果却出人意料，范宁儿制胜而还。

这是围棋史上非常重要的一次南北对抗。本来在南北朝时期，南朝的围棋普及程度比北方高，最高水平也应该高于北方。但王抗与范宁儿的对决，却是南方败北，一盘棋的胜负，这里面应该有各种原因。明代王世贞的《弈问》解释：

> 问：范宁儿之胜王抗，信乎？
>
> 曰：有之。抗重而宁微也。宁儿以有心待抗，而抗以无心待宁儿，犹之乎司马仲达之于孔明也。且此一局耳，未可定也。

这解释有一定道理。范宁儿是有备而来，志在必得，而王抗成名已久，可能有些大意。并且只是一局棋，难免有偶然因素。还有其他方面的原因，王抗在宋明帝时，就已经是第一品，作为历两朝的围棋名宿，此时应该年过半百了。虽然经验丰富，但毕竟巅峰期已过，碰到年富力强的年轻棋手，难免精力不济。况且，王抗久在朝廷，陪皇帝和贵胄下棋，"皇帝飞棋，臣抗不能断"。这种应酬棋下多了，一旦碰到棋风凶猛、下野棋的草莽英雄，就像秀才碰到兵，有理说不清，难免不适应。

这次南北对话，可谓意义深远。因为北魏孝文帝此时已经有了迁都洛阳、全面汉化的构想。李彪的副手是北朝著名的建筑师蒋少游，他以他天才的记忆力将建康城的建筑构造铭记于心，为洛阳城的修建奠定了基础。而范宁儿取得的围棋胜利，更证明了北人在南人擅长的文化领域上亦不逊色。三年后，494年，孝文帝拓跋宏正式迁都洛阳，更加速了南北文化的融合过程。

如果说自魏晋开始,庄、老、释日益在南方文化中占据重要地位,北方的文化则依然以儒家文化为主体。南方的士人耽于逸乐,闲适成性,北方汉族士人多在少数民族统治下生存,既无很高的政治地位,亦无经济保障,他们崇尚的还是经世致用的儒学,将嬉娱之好规范在饮宴、琴书、射御之间,认为博弈活动有废事、赌博、交争之类的消极弊端,所谓"兼行恶道"。正如《魏书·甄琛传》记载的甄琛迷途知返的故事:

> 甄琛,字思伯,中山毋极人,汉太保甄邯后也。父凝,州主簿。琛少敏悟,闺门之内,兄弟戏狎,不以礼法自居。颇学经史,称有刀笔,而形貌短陋,鲜风仪。举秀才。入都积岁,颇以弈棋弃日,至乃通夜不止。手下苍头常令秉烛,或时睡顿,大加其杖,如此非一。奴后不胜楚痛,乃白琛曰:"郎君辞父母,仕宦京师。若为读书执烛,奴不敢辞罪,乃以围棋,日夜不息,岂是向京之意?而赐加杖罚,不亦非理!"琛惕然惭感,遂从许睿、李彪假书研习,闻见益优。

这个浪子回头金不换的故事,颇能折射出北魏时期的主流价值观。甄琛自少敏悟,颇学经史,却经年围棋,通夜不止,将宝贵的青春浪费在博弈之事上,这一方面说明了孝文帝时洛阳弈风的兴盛,而《魏书》记他终于悔悟,接受了《淮南子》以来"以弋猎博弈之日诵《诗》读《书》,闻识必博矣"的古训,则又折射出了河朔士人贵经轻弈的传统观念。

魏晋和南朝士人以博弈为时尚,不少皇帝对围棋也颇为重视,大力提倡,所以才会有竹林七贤琴棋自乐、啸傲山林,谢安弈棋退敌的种种雅事。北朝的个别帝王虽也有好弈的,但也仅仅是玩玩而已,并不着意倡导。《魏书·古弼传》载,魏太武帝拓跋焘曾与给事中刘树下棋,大臣古弼来奏事,武帝心不在焉,古弼大怒,用手揪着刘树的耳朵,并且用拳头捶其背,武帝大惊,赶紧把棋收起来,为刘树解了围。从这件事上也可看出北魏朝中棋及事棋之臣的地位。至于南朝不时有因侍弈得赏乃至得官的故事,那在北人听来,恐怕真的是天方夜谭了。

二、敦煌《棋经》

1900年5月26日,敦煌莫高窟下寺道士王圆箓在清理积沙时,无意中发现了藏经洞,并挖出了公元4至11世纪的佛教经卷、社会

中国棋院杭州分院中国围棋博物馆敦煌《棋经》创作过程场景再现

文书、刺绣、绢画、法器等文物五万余件。

自西汉开辟丝绸之路以来,敦煌成了丝绸之路上的一个重镇,往来客商、使者和政府驻军络绎不绝,丝绸之路也成了沟通中西文化的一个重要通道,到唐代达到鼎盛。但从宋朝开始,国力下降,朝廷失去对河西走廊的控制。景德三年(1006),信奉伊斯兰教的黑韩王朝灭掉于阗佛教王国,在穆斯林东进的威胁下,莫高窟的一些寺院将一些重要的经卷和佛像、幡画等集中起来,收藏在其中的一个洞窟中,并将洞口封闭起来。后来,随着当事人和知情者逐渐离开人世,年久日深,洞窟甬道被风沙淤塞,藏经洞就此淹没在历史的烟尘中。

直到1900年,藏经洞才被道士王圆箓发现,但他及当时的清政府并没有意识到这批文物的价值,致使藏经洞中的大批敦煌遗书和文物先后被外国"探险队"掠去。从此,除了劫余部分被清政府运至北京入藏京师图书馆,大部分经卷和文物分散到世界各地。

在这些经卷中,有一部手抄《棋经》,它跟其他一些经卷,落到英籍匈牙利人斯坦因手里,之后被藏于大英博物馆。1933年,清华大学历史系教授张荫麟"偶过"大英博物馆,有幸看到《棋经》写本。张教授在《不列颠博物院所藏中国写本瞥记》一文中对《棋经》写本做了简要述评,并全录了经文卷末所附的梁武帝的《棋评要略》。这是国人对敦煌写本《棋经》的最早记载。1960年,中国科学院以交换的方式,获得全部伦敦劫经的显微胶片。1962年《敦煌遗书总目索引》由商务印书馆出版。在《棋经》条下报道了《棋经》七篇的篇名。此时,离敦煌遗书的发现,已经六十多年了。1964年,成恩元先生写成《敦煌写本〈棋经〉初探》一文,连载于《围棋》月刊第1—7期。

敦煌写本《棋经》,原书名与作者均已不详,因发现于敦煌卷子

敦煌《棋经》手抄本

中又为写本而得名。据成恩元先生考证，《棋经》系北周写本。它是现存我国最早的一部棋经。

《棋经》正文共分七篇。第一篇篇名不详，从残存的文字看，主要是阐述弈棋的基本要领和法则。

第二篇《诱征篇》，专论征子之法。

第三篇《势用篇》，综论各种"势"的运用，即一些具体的死活和对杀图形。

第四篇《像名篇》。"像名"乃是古人对棋局及一些特定的棋形，赋予一形象的名称。

第五篇《释图势篇》，论述图与势的关系和复图打谱的重要性。

第六篇《棋制篇》，叙述弈棋的规则和计算输赢的方法。

第七篇《部帙篇》，作者自述"姓（性）好手谈"，阐述将棋势分为四部的标准和内容。"依情具理，搜觅所知，使学者可观，寻思易解"。

《部帙篇》后还专列了《棋病法》《棋法》。《棋病法》提出棋有"三恶""二不祥"。"三恶"即：第一，傍畔萦角；第二，应手鹿鹿；第三，断绝不续。"二不祥"：一谓下子无理，任急速；二谓救死形势不足。同时还提出棋有"两存""二好"。"两存"即："一者，入内不绝，远望相连；二者，八通四达，以或（惑）敌人。""二好"者，无力不贪为一好，有力怯弱必少功。《棋经》作者还特别强调了树立全局观的重要性：

> 兵书云："全军第一。"棋之大体，本拟全局，审知得局，然后可奇兵异讨，虏掠敌人。局势未分，已救五三死子，复局倾败，有何疑也。

"棋法"则在第一篇的基础上更具体地总结了行棋之大法。关

101

于《棋法》,成恩元先生推断,应就是梁武帝已经失传的著作之一《棋法》。敦煌《棋经》正文七篇及所附的《棋病法》《棋法》将围棋之"法"推向了中国古代围棋思想的一个高峰。

  这么一部奇书,却出现于在人们的印象中围棋并不发达的北周,真是匪夷所思。《隋书·经籍志四》说:"后周草创,干戈不戢,君臣勠力,专事经营,风流文雅,我则未暇。"宇文氏肇兴基业之初,顾不上"风流文雅"之类。直到周武帝宇文邕即位,长安棋类活动才出现一些新的景象。周武帝喜爱象戏,亲撰《象经》,集百僚讲说,由南入北的著名文人王褒为《象经》作注,庾信作《象戏赋》,称象戏可以"变俗移风,可以莅官行政"。皇帝倡导,百僚附和,使象戏在北周兴盛一时,对姊妹棋种围棋的发展,大约也起到了一定的推动作用。《周书》记载,宇文贵"好音乐,耽弈棋,留连不倦"。宇文氏集团中应有一些好弈之人,且不乏高手。《周书·乐逊传》曰:"譬犹棋劫相持,争行先后,若一行不当,或成彼利,诚应舍小营大,先保封域,不宜贪利在边,轻为兴动。"这乐逊,应该就是北周的弈林高手之一。敦煌写本《棋经》,是集南北棋艺理论之大成的一部著作,具有重要的价值。

第五章 盛唐气象

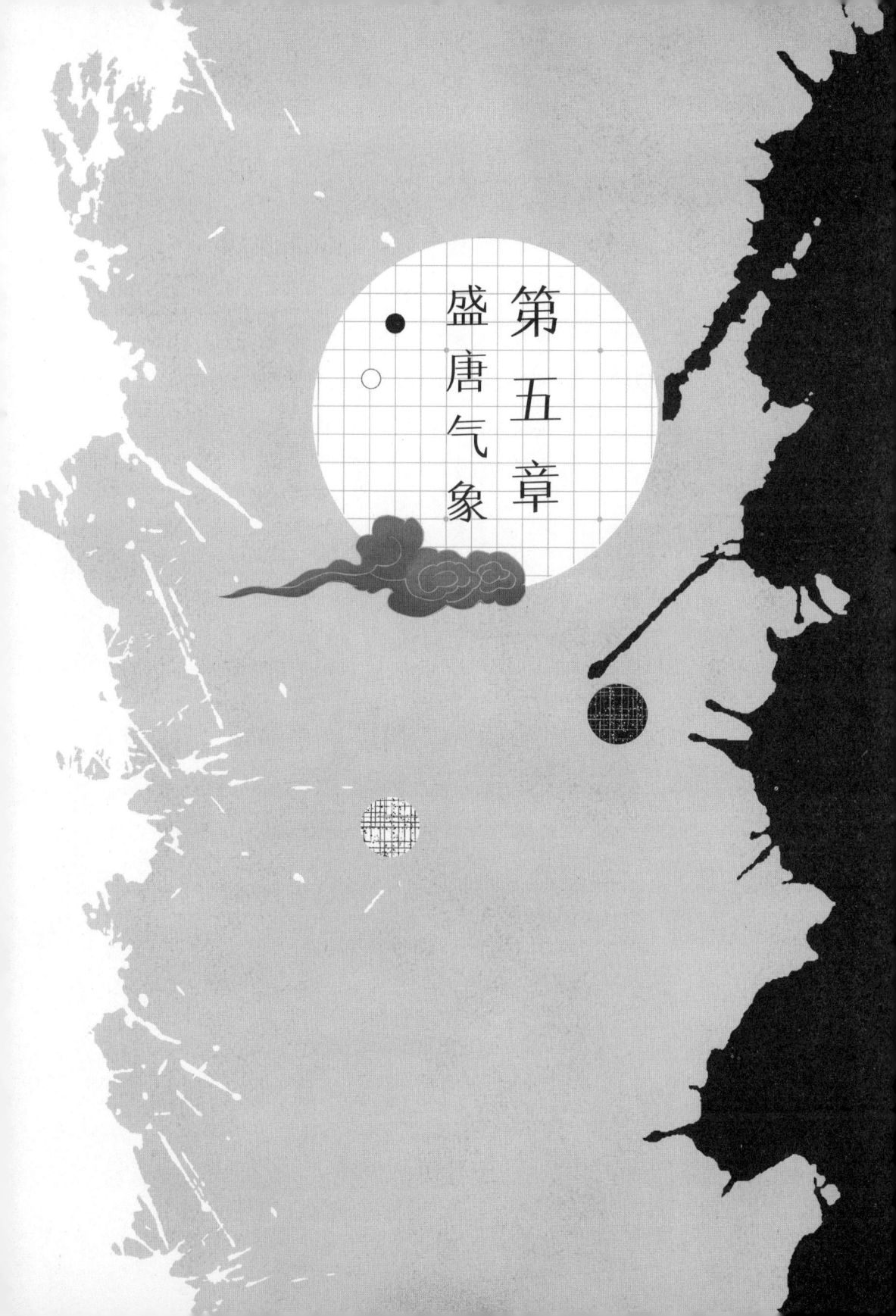

大唐帝国威震海内的国势,也造就了围棋的繁荣。李世民一子定乾坤,王积薪奇遇成高人。文人士子也以弈棋为时尚。"楚江巫峡半云雨,清簟疏帘看弈棋","唯共嵩阳刘处士,围棋赌酒到天明",成为文人雅尚。围棋西游东渡,从此,四海之内,都可以听到那丁丁不绝的棋子声……

第一节　宫廷围棋

581年,北周大丞相、隋王杨坚废掉周静帝,改国号为"隋",成了隋文帝。589年,隋朝击败南方的陈朝,完成南北统一。可惜好景不长,继位的隋炀帝好大喜功,营造东京(洛阳),开凿运河,对外穷兵黩武,导致国库空虚,土地荒芜,反隋起义蜂起。唐王朝建立后,随着国力的强盛,帝王的提倡,围棋也从宫廷到民间,轰轰烈烈地开展起来。

一、李世民一子定乾坤

617年,李世民鼓动父亲李渊在晋阳起兵反隋。之后,李世民率兵先后攻入长安和东都洛阳。618年,李渊称帝,改国号为"唐",作为次子的李世民被封为秦王。

据相关记载,当初李世民鼓动父亲起兵时,李渊曾答应事成后立李世民为皇位继承人。李渊登基后,却改变初衷,立了长子李建成为太子。从此,太子与秦王之间明争暗斗,朝中也分成两派。626年7月2日,秦王听说长兄李建成和四弟齐王李元吉欲加害于己,遂先下手为强,发动玄武门之变,得为太子。唐高祖李渊不久退位,李世民即位,改元贞观,成为唐太宗。

李世民为帝之后,励精图治,虚心纳谏,厉行节约,劝课农桑,使百姓能够休养生息,国泰民安,开创了中国历史上著名的"贞观之治"。

盛唐气象,也为围棋发展提供了良好的土壤。而唐朝前期的几个皇帝都好弈。他们对围棋的参与、吟咏、提倡,客观上为初唐围棋的发展奠定了一个很好的基础。

唐高祖李渊就是一个大棋迷,《旧唐书·裴寂传》称:"高祖留守太原,与寂有旧,时加亲礼,每延之宴语,间以博弈,至于通宵连日,情忘厌倦。"受他的影响,李渊几个儿子都好棋。《旧唐书·裴寂传》还曾记载李世民借裴寂与李渊下棋时,由裴寂劝说李渊起兵反隋。《西游记》中也写到太宗与魏徵下棋的场面。民间还有李世民观虬髯客与刘文静下棋的传说。唐代传奇《虬髯客传》说虬髯客和道士邀请李世民下棋,想趁机看看他是否有帝王之相。道士一见到李世民的风采,下了几着,就垂头丧气地说:"我这盘棋全输了,局面已经无法挽回,算了,算了,没救了,还有什么好说的呢?"说完就不再下子,请求离去。还有另外一个说法,是说下棋的是虬髯客和李世民。一开局,虬髯客在四四星位各放置一个子,牛气哄哄地叫道:"老虬四子占四方!"而李世民呢,不慌不忙,在天元上下了一子,回敬说:"小子一子定乾坤!"天元一子落定,雄视八方,李世民的气势立即镇住了虬髯客,使虬髯客打消了逐鹿中原的念头,棋也很快认输了。

当然,这些都是传说而已。棋不过是其中的一个道具,用下棋来说明李世民有帝王之相,天生就是当皇帝的料。

李世民当了皇帝,还时常与大臣对弈,且常以棋喻治国之道。

〔明〕佚名 《李世民棋决雌雄》

李靖《唐太宗李卫公问对》载：

　　太宗曰："朕观千章万句，不出乎'多方以误之'一句而已。"
靖良久曰："诚如圣语。大凡用兵，若敌人不误，则我师安能克哉？譬如弈棋，两敌均焉，一着或失，竟莫能救。是古今胜败，率由一误而已，况多失者乎？"

有谚云：一着不慎，满盘皆输。讲的是下棋，用兵、治国亦同理。棋中自有乾坤。太宗还写有两首著名的围棋诗《五言咏棋》：

其　一

　　　　手谈标昔美，坐隐逸前良。
　　　　参差分两势，玄素引双行。
　　　　舍生非假命，带死不关伤。
　　　　方知仙岭侧，烂斧几寒芳。

其　二

　　　　治兵期制胜，裂地不要勋。
　　　　半死围中断，全生节外分。
　　　　雁行非假翼，阵气本无云。
　　　　玩此孙吴意，怡神静俗氛。

　　太宗一生戎马倥偬，接位后，勤于政事，用不着亲自出征了，围棋盘也就成了他的另一个战场，因而他写的围棋诗也充满了战火的硝烟味。

先说第一首。"昔美""前良"皆指前代的围棋高手及棋艺,"标"即标举,"逸"即超逸。以下写到具体的棋局,"势"在棋局中既指广义的形势,也指具体的定式、战术。"玄素"即黑白棋子,这两句写出了棋局中黑白棋势相互缠绕、犬牙交错的复杂局面。而棋盘上争斗虽然激烈,却又有别于现实生活中的争战,舍生不用付出生命的代价,赴死也不会遭受伤害。领悟了其中的乐趣,也就知道王质当年为什么会观棋烂柯了。

再说第二首。以兵法言棋,围棋如同用兵,目的当然在于谋取胜利,但攻城略地,割据称雄,却并不需要功勋。以下四句,以三尺之局,为战斗场,棋在包围中被断开,情势紧急,却又忽然柳暗花明,得以全身而退,这里的"节外"与"围中"相对,可理解为冲出重围得另一天地,也似可解为"劫",在"劫"中谋生路。而棋势的伸展,就如那雁阵,却无须凭借翅膀。列阵作战,虽气氛紧张,但并无杀气如云般聚集。枰上谈兵,既关谋略,从中能体会孙子、吴起的兵家之意,又别有意趣。"怡神静俗氛",谓围棋可以令人精神愉快,驱散世俗之气。

以兵言棋,可说是汉代以来的传统,《隋书·经籍志》还把棋类书籍列在了子部"兵家"类。太宗雄才大略,于一枰之上,自也凝聚了他半生戎马生涯的经验与体悟。但这诗,以兵言棋,妙就妙在似与不似之间。似,使棋通于军事韬略,军事家、政治家们可在其中从容论兵。不似,所谓"舍生非假命","裂地不要勋",则使人在棋盘的战斗中得以保持一些超脱的心态,更能体味其中的情趣与妙味。所谓"怡神静俗氛",下棋首先是为了陶冶性情。

皇帝对围棋的褒扬,自然会影响到社会各阶层特别是文人士大夫对围棋的态度。太宗的棋诗还引来弘文馆学士许敬宗、刘子翼等

109

〔宋〕佚名 《十八学士图轴》

的唱和。这次君臣唱和,掀起了一个围棋诗歌的小高潮。上行下效,唐代围棋的繁盛,也由此开始。

二、明皇会棋

唐太宗李世民,626年至649年在位,开创"贞观之治"。之后经高宗、睿宗,712年,李隆基即位,庙号玄宗。前期的玄宗,是一个颇有作为的皇帝,他在位的四十多年,唐王朝达到了鼎盛时期,国富力强,声威远扬,人民安居乐业,形成历史上著名的"开元盛世"。

唐玄宗喜欢下围棋,他对围棋的贡献,首先就是创立了翰林棋待诏和棋博士制度。内教博士中有棋博士,"棋"指围棋,也可以包括其他棋类游戏。《旧唐书·职官志》载:

翰林院……其待诏者,有词学经术,合炼僧道、卜祝、术艺、书、弈,各别院以禀之,日晚而退。

翰林院是专门为皇帝服务的机构。待诏,就是待命供奉内廷、专门侍奉皇帝的人,有写词的,研究学问的,负责占卜、主持各种祭祀仪式的,写书法、画画、下棋的,应有尽有。棋待诏的职责,一方面是陪皇帝下棋,另一方面就是负责教授宫中的人下棋。

既然皇帝喜欢下围棋,大臣们自然是不管喜欢不喜欢都要学上一些,以便能和皇帝接近。唐玄宗经常会召集那些善于下棋的王公大臣,大家聚在一起,下棋取乐。南唐画家周文矩还以唐玄宗弈棋为题材,画了一幅《明皇会棋图》。画面上唐玄宗跟前有几个神态各异的人物,其中还有僧人。据说,日本来的棋僧辨正也在里面。辨正,原是日本和州大安寺的僧人,对唐朝的文化很感兴趣,由于他生性诙谐,口才好,又精通围棋,入唐后得到很高的礼遇。李隆基还没有登基的时候,就与辨正很熟,多次召他下棋。所以周文矩在画《明皇会棋图》时,就把辨正也画进去了。这可以算是中国与日本两国间最早的围棋交流。

不光是大臣,后宫里的那些宫女嫔妃也纷纷学棋,以求皇帝宠爱。然而,自从杨玉环进宫后,"后宫佳丽三千人,三千宠爱在一身",她一人就把皇帝的宠爱全占了。

且说那杨玉环(719—756),被称为中国古代四大美女之一,天生丽质,擅长歌舞,通晓音律。初嫁给寿王李瑁为妃,后入宫成了玄宗贵妃。

杨贵妃深得玄宗宠爱。其美色自不用说,让"六宫粉黛无颜色",还多才多艺,琴棋歌舞,样样皆能,特别是还下得一手好棋,棋力还在皇帝之上。宫中围棋,流传着种种故事。据说杨玉环晋为贵妃之后,岭南贡上一只白鹦鹉,能模仿人语,玄宗和杨贵妃十分喜欢,称它为"雪花女",宫中左右则称它为"雪花娘"。唐玄宗令人教以诗篇,几遍之后,这只白鹦鹉就能吟诵出来。这"雪花娘"善解人意。玄宗每与杨贵妃下棋,如果局面对玄宗不利,侍从的宦官怕玄宗输了棋,就叫声"雪花娘",这只鹦鹉便飞入棋盘,搅乱棋局。

其实聪明机灵如杨玉环,自己就如那"雪花娘",擅于察言观色,特别会迎合皇帝的心理。有一个夏日,唐玄宗与一位亲王在御花园里下棋,边上有人独奏琵琶,杨玉环坐在玄宗一侧看棋。玄宗与亲王下了很久,接近终局,杨玉环看看局面,判断一下形势,玄宗的形势很是不妙,玄宗的脸色越来越难看,杨玉环情急之下,把抱在怀中的小狗放到一边,指指棋盘。这小狗极通人性,就顺着杨玉环的手指往棋盘上一跳,棋局顿时被弄乱了。玄宗大喜,对局就此结束。

〔五代〕周文矩 《明皇会棋图》

唐玄宗逐渐沉溺于享乐，不务政事。天宝十四载(755)，三镇节度使安禄山以清君侧，反杨国忠为名起兵叛乱，兵锋直指长安。次年，叛军入京，唐明皇与其部属离开长安，逃往蜀地。来到马嵬坡，禁军军士哗变，乱刀杀死杨国忠，并要求处死杨玉环。"六军不发无奈何，宛转蛾眉马前死"，唐玄宗迫于压力，只得含恨送杨玉环上了不归路，遗憾终生。

有人说红颜误国，还有的认为唐玄宗太过喜爱围棋之类的玩物，以至玩物丧志。其实，红颜并非祸水，玩物也不一定丧志，关键是怎么处置得当，所谓过犹不及。

三、国手王积薪

唐玄宗朝中，最著名的棋手当数棋待诏王积薪。王积薪的籍贯已不可考，冯贽《云仙杂记》说他"梦青龙吐棋经九部授己，其艺顿精"，每次出游，"必携围棋短具，画纸为局，与棋子并盛竹筒中，束于车辕马鬣间。道上虽遇匹夫，亦与对手。胜则征饼饵牛酒，取饱而去"。这说明王积薪应是出自社会底层，生活比较清贫，棋具简陋，且不计较对手身份，取胜也不过"征饼饵牛酒，取饱而去"。

有一年，太原府李九言府上举行围棋擂台赛，国手冯汪连战连胜。王积薪听说后，有心要去较量一番。对局在李府中的金谷园进行，连下九局。这九局棋，便成了棋史上有名的《金谷园九局谱》，可惜没能流传下来。

王积薪战胜冯汪后，一下子出了大名。他被召到唐玄宗的宫里，做了棋待诏。棋待诏的职责，主要是陪皇帝下棋。后来，因为安史之乱，王积薪又跟着玄宗，一路往四川退却。唐薛用弱《集异记》有一段传奇般的记载：

元宗南狩，百司奔赴行在，翰林善围棋者王积薪从焉。蜀道隘狭，每行旅止息中道之邮亭，人舍多为尊官有力者之所见占，积薪栖无所入，因沿溪深远，寓宿于山中孤姥之家，但有妇姑，止给水火。才瞑，妇姑皆阖户而休，积薪栖于檐下，夜阑不寐。

　　忽闻室内姑谓妇曰："良宵无以为适，与子围棋一赌可乎？"妇曰："诺。"积薪私心奇之，况堂内素无灯烛，又妇姑各处东西室，积薪乃附耳门扉。俄闻妇曰："起东五南九置子矣。"姑应曰："东五南十二置子矣。"妇又曰："起西八南十置子矣。"姑又应曰："西九南十置子矣。"每置一子，皆良久思维，夜将尽四更，积薪一一密记其下，止三十六。忽闻姑曰："子已败矣，吾止胜九秤耳。"妇亦甘焉。

　　积薪迟明具衣冠请问，孤姥曰："尔可率己之意而按局置子焉。"积薪即出橐中局，尽平生之秘妙而布子，未及十数，孤姥谓妇曰："是子可教以常势耳！"妇乃指示攻守、杀夺、救应、防拒之法，其意甚略，积薪即更求其说。孤姥笑曰："止此已无敌于人间矣。"

　　积薪虔谢而别，行十数步，再诣则已失向之室间矣。自是积薪之艺，绝无其伦。即布所记姑妇对敌之势，罄竭心力，较其九秤之胜，终不能得也。因名《邓艾开蜀势》，至今棋图有焉，而世人终莫得而解矣。

　　王积薪的这段奇遇，有颇多值得玩味之处。
　　其一，作为翰林棋待诏的王积薪，作为玄宗的随从西进，说明皇帝哪怕是在逃难中,也需要有人陪他游戏玩乐。待诏们虽不可或缺,但地位不高,所以在旅途中,好房子都被达官们占了,只能往偏远处寻栖身之地。

其二,中国古代有关围棋的故事中,有不少类似的仙话传说,蜀道中的妇姑也是仙人一般的角色。王积薪虽已贵为棋待诏、国手,也仅仅只需要仙人"教以常势",即可无敌于人间,这体现的是时人对神仙棋艺的一种美好想象。而两个世界终究是天人相隔,无法融通。当积薪离开,走了几十步,再回头时,"则已失向之室间矣"。这正像陶渊明的《桃花源记》:"晋太元中,武陵人捕鱼为业。缘溪行,忘路之远近。忽逢桃花林……太守即遣人随其往,寻向所志,遂迷,不复得路。"

其三,妇姑在黑灯瞎火中下棋,没有棋盘,只能靠口说,这是中国古代最早的关于"盲棋"的记录。至于现实生活中,那时是否已有人下盲棋,就不得而知了。

王积薪的棋艺越来越高,他还将实践与理论结合在一起,著有《金谷园九局谱》《棋势图》,都已不存。只留下一局棋谱《凤池图》,还有"王积薪一子解二征",见于《忘忧清乐集》。王积薪还根据自己的对弈经验,总结出著名的"围棋十诀",即:一、不得贪胜;二、入界宜缓;三、攻彼顾我;四、弃子争先;五、舍小就大;六、逢危须弃;七、慎勿轻速;八、动须相应;九、彼强自保;十、势孤取和。

这是对围棋技战术的精妙阐发。第一,优势时要稳扎稳打,不能贪得无厌,赢了还想赢得更多;第二,进入对方的领地要讲究分寸,循序渐进,不要孤军深入;第三,攻击对方时还要顾及自己,不要留下破绽;第四,要善于通过弃子来争取先手;第五,棋要分清大小,照顾全局,舍弃小利,是为了获得更大的利益;第六,遇到危难时,该弃的就要弃掉;第七,下棋不可单纯地为了追求速度,而到处是薄棋;第八,棋子之间要有配合,相互呼应;第九,对方强的地方,先要自己谋活,不可拿鸡蛋去碰石头;第十,自己势力孤单时,以和为贵。

　　一般认为,"十诀"最早见于象棋理论,后来人们又把它嫁接到围棋上,并托为王积薪所作。象棋也罢,围棋也罢,棋艺本来就是相通的,"十诀"可看作是对棋艺理论的高度总结。

第二节 诗人与围棋

唐代经济发达,社会安定,城市繁荣,上层风尚追求奢华与享乐,也由此带动了博弈之事的兴盛。刘禹锡在《论书》中说,如果有人说他书居下品,他可能一笑置之,如果说他棋不行,他会跟你急。以善弈为荣,以不善弈为耻,使弈棋成为一种时尚。唐代的文人士大夫中,很多都会下棋,如王勃、王维、张说、刘长卿、杜甫、岑参、白居易、元稹、刘禹锡、王建、张籍、卢伦、韩愈、贾岛、杜牧、段成式、温庭筠、李商隐、司空图、杜荀鹤、张乔等。围棋参与到他们的日常生活和诗歌创作中,体现其人生哲学与审美趣味。杜甫、白居易就是其中的代表。

一、杜甫:清簟疏帘看弈棋

杜甫(712—770),字子美,自号少陵野老。祖籍襄阳(今属湖北),出生于河南巩县(今河南巩义西南)。杜甫的诗,感时忧世,切中时弊,被称为"诗史"。宋以后被尊为"诗圣"。杜甫作为现实主义诗人,与浪漫主义诗人李白,双星闪耀,合称"李杜"。

杜甫作为儒士,早年也有"致君尧舜上,再使风俗淳"的宏伟抱负。天宝六载(747),玄宗诏天下"通一艺者"到长安应试,杜甫也参加了考试,却以落第告终。为实现自己的政治抱负,杜甫奔走权贵之门,投赠干谒,也都无结果。客居长安十年,却一直郁郁不得志。后来,杜甫在夔州遥望长安,写下《秋兴八首》,其中两句"闻道长安似弈棋,百年世事不胜悲",大约就有这一段人生的体验吧!

安史之乱,杜甫也开始了自己的漂泊生涯。757年,投奔肃宗,被授予左拾遗的职务,故世称"杜拾遗"。不料杜甫很快因营救房琯,触怒肃宗,被贬到华州(今陕西渭南市华州区),负责祭祀、礼乐、学校、选举、医筮、考课之事。759年,因为对时政的失望,杜甫辞去华州司功参军一职,辗转来到成都,在严武等人的帮助下,在城西浣花溪畔,建成了一座草堂,世称"杜甫草堂",也称"浣花草堂"。杜甫一家住在这里过上了一段比较安定的生活。他有一首诗《江村》:

清江一曲抱村流,长夏江村事事幽。
自去自来堂上燕,相亲相近水中鸥。
老妻画纸为棋局,稚子敲针作钓钩。
多病所须唯药物,微躯此外更何求?

清江就是浣花溪,浣花溪绕着江村流过,燕子飞来飞去,水鸟自由嬉戏,真是一幅幽静闲适的画面啊!诗人的妻子杨氏,是当时司农少卿的小姐,精通琴棋书画,为人知书达理,安顿下来第一件事,就是用纸画一棋盘。兴许,没外人时,那夫妻俩也就时不时要下上一盘了。孩子们呢,也自有他们的乐趣,把缝衣的针敲打一下,就是钓钩了,能不能钓到小鱼倒在其次,玩的就是心跳的过程啊!

清代晚期的吴友如，为当时的报刊画过一幅画《老妻画纸为棋局》，清溪绕屋，妻子正在用纸画棋盘，诗人手抚着棋盒，眼巴巴地等着，孩子们在外面用针打造钓钩，构成一幅动人的家庭和美图！

杜甫一生多蹇，围棋便成了多难生活中的一种寄兴之物。杜甫的祖父杜审言就是一个棋迷，"弹弦奏节梅风入，对局探钩柏酒传"（《守岁侍宴应制》），琴、棋、酒、钓、诗，似乎成了士大夫生活的标配。在这种家风之中，杜甫年轻时应该就会下棋。杜甫四十七岁时，曾有一首诗《因许八奉寄江宁旻上人》回忆当年的棋友：

〔清〕吴友如　《老妻画纸为棋局》

> 不见旻公三十年,封书寄与泪潺湲。
> 旧来好事今能否,老去新诗谁与传。
> 棋局动随寻涧竹,袈裟忆上泛湖船。
> 闻君话我为官在,头白昏昏只醉眠。

三十年前,那时杜甫才十七岁。"棋局动随寻涧竹,袈裟忆上泛湖船",泛舟、寻涧、对弈、赋诗,也就成了少年时代的一份美好记忆。杜甫的好友贾至、严武也好棋。严武镇蜀时,不仅在浣花溪畔安顿了杜甫一家,还曾让杜甫做过工部员外郎一类的小官,杜甫遂又有"杜工部"之称。当听说贾至、严武被贬时,杜甫专门写长诗《寄岳州贾司马六丈、巴州严八使君两阁老五十韵》安慰之。诗中有"且将棋度日,应用酒为年",是他想象中的友人生活,恐怕也是诗人自况吧!

诗人在潦倒的生活中,有棋、有妻儿相伴,也就算得不幸中之幸了。后来,杜甫还写过一首与围棋有关的著名的诗,题为《七月一日题终明府水楼二首(其二)》:

> 宓子弹琴邑宰日,终军弃繻英妙时。
> 承家节操尚不泯,为政风流今在兹。
> 可怜宾客尽倾盖,何处老翁来赋诗。
> 楚江巫峡半云雨,清簟疏帘看弈棋。

此诗作于767年,诗人携家居夔州(今重庆奉节),也已一年有余。明府,唐人对县令的称呼。原诗自注:"终明府,功曹也,兼摄奉节令。"诗人借题水楼,表达人生飘零之感与思乡之情,而"楚江巫峡半云雨,清簟疏帘看弈棋",也就成了人生漂泊生涯中的一大安慰。

楚江巫峡半云雨,
清簟疏帘看弈棋

〔清〕王时敏 《杜甫诗意图·巫峡弈棋》

这充满诗情画意的诗句,也成了写棋的千古名句。后人不断引用翻新,吴伟业诗云"小阁疏帘枕簟秋,昼长无事为忘忧",袁枚诗云"清簟疏帘弈一盘,窗前便是小长安",孔尚任诗云"疏帘清簟坐移时,局罢真教变白髭",等等。"清簟疏帘"甚至成了围棋的代称,清朝人将它和苏轼的"古松流水"一起编入类书《渊鉴类函》。

棋声流水古松间,清簟疏帘看弈棋……斯情斯景,想想就诱人。它也成了中国文人所追求的诗性生存的一种写照。

二、白居易:竹林时闻下子声

772年,杜甫逝世两年后,白居易出生了。

白居易,字乐天,号香山居士,祖籍太原,出身于河南新郑一个"世敦儒业"的中小官僚家庭。白居易从小受到很好的教育,科举仕途倒也顺利。800年中进士,先后任秘书省校书郎、翰林学士、左拾遗等。白居易为人正直,喜上书直言。815年,宰相武元衡遇刺身亡,白居易上表主张严缉凶手,被认为是越职言事。其后白居易又被诽谤,被贬为江州司马。

被贬期间,白居易在庐山建草堂,思想从"兼济天下"逐渐转向"独善其身",闲适、感伤的诗渐多。围棋,也正是在这个时期进入白居易的生活中。

白居易有一组《和春深二十首》,其中第十七首写道:

何处春深好,春深博弈家。
一先争破眼,六聚斗成花。
鼓应投壶马,兵冲象戏车。
弹棋局上事,最妙是长斜。

"博弈家"类似于今天的私人俱乐部,这里设置了围棋、投壶、象戏、弹棋、双陆等多种棋戏,供人娱乐。它们反映了这些棋戏在社会上普遍流行的情况。其实白居易早年很有些抱负,很想在政治上有些作为,对书画棋博之类的"玩物"并不感兴趣。元和十年(815),他曾在《与元九书》中对元稹说:"仆又自思关东一男子耳,除读书属文外,其他懵然无知,乃至书画棋博,可以接群居之欢者,一无通晓,即其愚拙可知矣。"四十四岁时,当他被贬为江州司马后,因为心情苦闷,学会了围棋,不想一学会就迷上了。那围棋"忽然一笑千万态,见者十人八九迷"(《古冢狐》),从此让白居易深陷其中,难以自拔。"晚酒一两杯,夜棋三数局"(《郭虚舟相访》);"兴发饮数杯,闷来棋一局"(《孟夏思渭村旧居寄舍弟》);"送春唯有酒,销日不过棋"(《官舍闲题》);"花下放狂冲黑饮,灯前起坐彻明棋"(《独树浦雨夜寄李六郎中》);"唯共嵩阳刘处士,围棋赌酒到天明"(《刘十九同宿》)。从这些诗中,可见白诗人的"发烧"程度。至于白居易的棋艺水平如何,他在诗中称"棋罢嫌无敌,诗成愧在前"(《宿张云举院》)。唐代的文人们,在自己擅长的诗文领域,可能会故作谦虚,你要说他诗文不行,他也可能一笑置之,但在棋上,无论水平高低,都要吹吹牛,白居易大约也属于此类。不过,敢说"棋罢嫌无敌",有独孤求败的架势,水平应该不会太菜。

白居易之迷棋,固然有官场失意、以棋消忧的因素,但同时也是社会文化时尚影响的结果。当围棋成了一种高雅的艺术时,会棋与否,便成了衡量一个人的艺术修养高低的标志之一,一向以风雅自许的文人,自不肯被人目为"愚拙"了。况且,棋还可以让人彻悟人生。白居易《放言五首(其二)》云:

> 世途倚伏都无定，尘网牵缠卒未休。
> 祸福回还车转毂，荣枯反覆手藏钩。
> 龟灵未免刳肠患，马失应无折足忧。
> 不信君看弈棋者，输赢须待局终头。

人生祸福相倚，荣枯反覆，世局如棋局，一局棋终，才见分晓。白居易晚年笃信佛教，还喜与佛教中人来往，棋中自有禅理。他有一首《池上二绝(其一)》：

> 山僧对棋坐，局上竹阴清。
> 映竹无人见，时闻下子声。

二僧对棋而坐，竹林摇曳，在棋枰上投下斑斑驳驳的影子。阳光映照着竹林，却看不到人影，只有落子的声音不时传来……好一幅幽静、禅意的竹林围棋画面。

唐代，在江南山水的寺庙间，曾留下过一批著名的棋僧、诗僧的身影，佛门一派的围棋，一直绵延不绝，构成了一道独特的景观。一方面是僧人们以棋喻禅，如贯休《棋》、子兰《观棋》、齐己《和郑谷郎中看棋》等等。"共藏多少意，不语两相知"(子兰《观棋》)，棋枰中自有无尽的意味供人慢慢体会。另一方面，文人也喜欢与佛门中人交往、下棋，在棋中参悟佛理。张乔《咏棋子赠弈僧》：

> 黑白谁能用入玄，千回生死体方圆。
> 空门说得恒沙劫，应笑终年为一先。

正所谓棋理、佛理,皆人生之理。白居易于其中,也自有别样的领悟。值得一提的是诗中所安排的弈棋的场景,文人、僧人都喜在竹下、松下品茶、弈棋。"坐石落松子,禅床摇竹阴","松下围棋,松子每随棋子落;柳边垂钓,柳丝常伴钓丝悬",自是一种让人流连的境界。松下、竹下围棋,便成一大雅事。

这里的棋也就不仅仅是棋了。诗中写投在棋枰上的竹阴用的是一个"清"字。"清"不是颜色,而是人的一种感觉,因而要体会竹阴之"清"也就不一定用眼睛,而需要用心去品味。正像喝茶,茶之味无法用香、苦、涩、甘之类来概括,而在一"清"字。"清"得之于"心",须在"静"与"闲"中品得。棋亦然。棋盘上可能充满了人的欲望,弥漫着战斗的硝烟。但这首诗却完全淡化了棋盘上的争斗,将杀气化为一种空灵之境。幽人,幽事,幽景,幽情……在清与幽中也就有了几分让人品之不尽的禅意。

白居易在这里写的是山僧对弈,恐怕也是自己心态的一种反映吧!中国文人在喧嚣的世间,在人生的困顿之中,总是在寻求着心灵安顿之所。于是,这清幽的境界便既是棋之境,又是人生之境、审美之境。

白居易晚年居住在洛阳。他曾捐款修建香山寺,并写了篇《修香山寺记》。他还把自己在洛阳写的八百多首诗,编为十卷,名为《白氏洛中集》。诗人常住在香山寺内,自号"香山居士"。白居易经常和胡杲、吉旼、刘真、郑据、卢慎、张浑、李元爽、禅僧如满在香山聚会,宴游之余,下棋吟诗,优哉游哉。他们九人也就被称为"香山九老"。

"香山九老"的这种生活,让人很是羡慕。中国古代艺术中,不少就以香山九老为题材。宋代就有李公麟的《会昌九老图》,明代有

〔宋〕李公麟 《会昌九老图》

周臣的《香山九老图》,到清代,朱鹤年也画有《香山九老图》,等等。日本也有《香山九老图》。这些绘画有一个共同的特点,突出的都是山林野趣。山石、松林、童子、下棋之人,让人体会到一种山水之乐、归隐之趣。这大约也是中国古代文人共同的情结吧!

〔明〕周臣 《香山九老图》

第三节 西游东渡

大唐帝国威震海内的强盛国力和吐纳百川的恢宏气度,使中外经济、文化交流的深度与广度前所未有。唐代中外使节交往频繁,经济、文化联系密切。使臣、权贵、留学生、商人、僧侣、乐工、画师、舞蹈家纷纷来华,彼此交往。都城长安成为亚洲最繁荣的国际都市。随着唐代文化,丝绸、陶瓷等制品的外传,围棋也逐渐越出国界,西游东渡,在朝鲜半岛、日本、中亚留下种种的印迹。

一、丝路棋迹

汉代张骞凿空,开辟了通向西域的通道,遂为丝绸之路。运载丝绸、瓷器、茶叶等的驼队,就从长安(现在的西安)出发,一路向西,运往西域各国,然后又从西域运回中土所需要的东西,它成了中西交流的一条重要通道。到唐代,大唐帝国的强盛、开放,使陆上丝绸之路发展到最繁盛的时期。唐王朝在天山南北两路设置北庭都护府和安西都护府,管辖南、北疆地区。唐帝国考虑到对外政治威望的建立和经济交流的需要,十分重视陆路丝道的管理和经营。贞观十三年(639),唐太宗出兵高昌,收复西域。次年在该地设都护府,后迁至龟兹,统领龟兹、碎叶、于阗、疏勒四镇,史称"安西四镇",保证了丝路的安全与繁荣。中西各国商旅、使团沿着这条丝路,你来我往,络绎不绝。

  唐代在丝绸之路上,围棋最盛行的是以敦煌为中心的地区。汉武帝开通西域,于元鼎六年(前111)设敦煌郡,将内地居民迁到那里以充实边塞,敦煌遂成为丝绸之路上的重镇,通往西域的要塞。随着内地居民的西迁,作为文化活动一部分的围棋,也在那里蓬勃发展起来。坐落在今敦煌县城西南75公里处的唐代寿昌城就是一个著名的围棋棋子制作中心。这里的棋子精巧美观,除满足本地需求外,大多为上贡之物。

  著名的北周写本《棋经》也是发现于敦煌莫高窟藏经洞中。安西榆林窟开凿于五代时,三十一窟洞窟南壁上方,有一幅下围棋图,画面长35厘米,宽27厘米。图内有三人,两人对坐桌旁,一人在桌的横头安坐。桌上摆有围棋盘,棋格直十七道,很清楚,横格只能看清九道。棋盘上落有十多个棋子。桌横头一人很像裁判,桌两边端坐对弈者一人低头静观棋局变化,右手拈子,准备下着。另一人安详端坐,观察对方落子何处,棋局有无突然变化。从作战双方专心致志的神态来看,一场紧张激烈的搏斗正在进行。这是唐亡后五代时期的一幅反映社会现实的生活图,真实地记录了当时敦煌地区群众下围棋的场面,是隋唐时期围棋在"丝绸之路"上广泛流行的铁证。

  1972年在新疆吐鲁番阿斯塔那唐墓中,出土了一幅绢画,名《弈棋仕女图》,画的是一位贵族妇人,身着红缎团花斜领长裙、宽袖,腰束黄底绿花彩带,头梳天宝髻,扎一朵红色小花,端坐棋盘一边,面

〔五代〕榆林窟壁画 《弈棋图》

前摆一小桌,桌上放有一个木制围棋盘,旁边有两个小儿在游戏。这位贵妇人在宁静沉思,观察棋局,右手食、中二指夹子,准备落子。绢画随葬说明墓中人生前是一个围棋爱好者,死后家人为纪念她生前的爱好,才画绢入墓。这一绢画,充分说明了唐代丝绸之路上围棋的盛况。围棋这一中国艺术瑰宝,正是沿着这条"文化交流之路"逐渐传入亚欧各国的。

9世纪至13世纪,在今巴尔喀什湖以东以南的地区及河中地区(伊犁河流域至锡尔河、阿姆河之间的地区和今新疆西部地区),出现了喀喇汗政权。这是古代维吾尔人参与建立的一个王朝,在整个中亚地区经济、文化的发展中,曾起过重要作用。喀喇汗朝时期,农业、手工业已发展成为社会生产的基本部分,定居和城市化也普及起来,文化繁荣发达,娱乐丰富多样。11世纪喀喇汗朝杰出文学家优素甫·哈斯·哈吉甫在《福乐智慧》第三十三章《贤明论应派什么人

〔唐〕佚名 《弈棋仕女图》

做使节》中曾对当时的文化娱乐做过一段生动的记述:

> 使节还应懂得各种文书,这样他才会聪明机智。人若写、读、领会,三者兼能,才可取得学者之名。使节还应具备各种品德、才能,才德会给人带来荣幸。还应博览群书,语言精通,既会写诗,又会把诗吟诵。还应通晓星占、医术和圆梦,而圆梦时又能详出梦的吉凶。算术和几何都要掌握,开方、测量学也应精通。围棋、象棋的棋艺要精,能击败对手,大获全胜。

这是11世纪喀喇汗王朝境域内有围棋活动的最早文字记录,具有极重要的研究价值。这里提到的围棋,应是从中原地区传到西域各地的。喀喇汗朝主要是回鹘人,《福乐智慧》一方面蕴含了回鹘文化的意识与传统,另一方面也体现了汉唐中原文化与回鹘传统文化的有机融合。

二、神秘的藏棋

围棋在向西传播的过程中,在西藏地区,也孕育了一个与围棋相近的棋戏——藏围棋。不过,它在藏地有个新的名字:密芒。现在,连藏人自己会下藏围棋——密芒的也已经很少了。

其实,早在600年至700年,藏围棋就已经在吐蕃(现在的西藏)流行了。它的产生,自然也跟丝绸之路有关。

丝绸之路有一路从帕米尔高原南部穿过,到达印度。古代羌人和其他外来民族活跃在青藏高原上,建立了吐蕃王朝。7世纪前期,松赞干布统一吐蕃王朝,迁都逻些(今拉萨)。641年,文成公主入藏,同时也给青藏高原地区带来了灿烂的唐朝文化,也许就包括围棋。当然,还有一种说法,藏围棋是藏族人民自己创造的一种智力游戏。

《旧唐书·吐蕃传》中便有藏人下围棋的记载。1999年,在西藏墨竹工卡县甲玛乡北侧,相传是松赞干布出生地的强巴敏久林宫殿遗址上,出土了一块石质密芒棋盘,棋盘纵横十七路,两端各凿了一个放置棋子的凹坑。棋盘现藏于西藏博物馆,充分说明了吐蕃王朝时期藏围棋的流行。

藏围棋的藏语名字叫密芒,密芒在汉语中的意思是多格子的棋或者多眼睛的棋。藏棋除了密芒外,还有"久"、"老虎吃羊"棋、排棋等。但最接近围棋下法的还是密芒。

强巴敏久林宫殿遗址出土的石质密芒棋盘

密芒与我们下的围棋有相似的地方，也有不同。

首先，密芒棋盘为纵横各十七道线路。围棋从唐代开始就流行十九路棋盘了，为什么密芒流传到今天还是十七路呢？有一个关于萨迦王学围棋的传说，说在元朝的时候，西藏正是萨迦王朝时期，北京的皇帝让萨迦王到内地去接受封王。萨迦王和他的随从到京城后，学会了围棋。在回西藏的路上，他们每逢停下休息时都要下上几盘，回去后教会了许多人下棋。为了易懂易学，萨迦王把围棋盘简化为十七道线路。由于围棋有无穷的奥妙和神奇的变化，后来萨迦人又用它来算卦和占卜，还出现了身穿黑白服装的咒师，戴着面具，在画有围棋棋盘的场地上挪动的围棋舞。这既像是一种特殊的宗教舞蹈，又像是以人代子，下一盘神秘的围棋。

当然,这仅仅是一个传说。前面提及,围棋在吐蕃王朝时就已流行了。不过这则藏地围棋起源的传说,又涉及围棋的用途,即围棋除了娱乐之外,还被用来算卦和占卜。还有,密芒规定由拿白棋的一方先走。因为西藏本教历法规定一天从黎明时分开始,并且藏人崇拜雪山,"白"就成了光明、纯洁、美好的象征。

其次,密芒与围棋一样,都有座子,但座子数量和摆法都不一样。围棋是黑白各两子,呈对角星摆放。密芒则要在棋盘上摆好十二个子,黑白各六枚。即在四个"三·三"点上各放一个,然后在三路上每隔三路放一个,黑白交替。

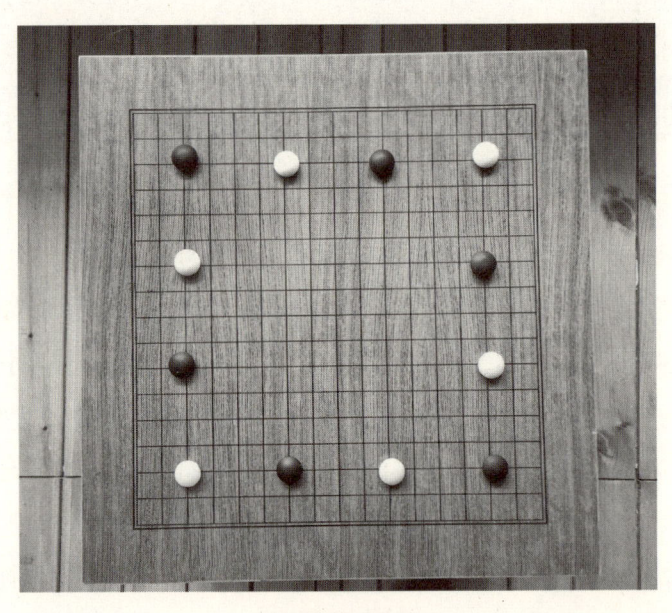

藏围棋密芒座子

再次,关于下子的规则。密芒提子规则基本和围棋一样,凡是没有"气"的棋子都要从棋盘上拿走。当涉及死活及提子后的杀着时有特殊规定:凡遇对方提掉自己一子或数子时,既不允许立即点入己方刚被提掉子的地方去点死对方的一块棋,也不允许刚刚被对方提过子的地方"扑"进去反叫吃或反杀对方数子,而必须先在别处走一手,待对方应后,己方方可回过头来在对方提过子的地方走棋,这是藏棋与围棋的重大区别。因为藏棋座子过多,一旦某一局部被吃掉一块棋,全盘回旋余地不大,被吃一方就很难挽回,所以要提高棋的活力,增加吃棋的难度。即使"死"了的棋,也还有"活力",有打劫的余地。

密芒还有一个特点就是,下棋既是争胜负,也可以用来念咒。白子与黑子,分别代表了光明与黑暗、吉祥与灾祸。当某人想报复自己的仇人时,只需摆上一盘围棋,把对方视作黑棋,下棋时只要不停地念咒,便可将自己的意念加给对方。据说,在西藏日喀则大竹卡的一座本教寺庙里,至今还保存着一部《密芒阿》,即《围棋咒语经》。当然,现在人们仅仅把下棋当作一种游戏,不再念咒语了。但直到现在,下藏棋还保留着一个特点,就是一边下棋,一边嘴上也不闲着。拿"话"去刺激、骚扰对手,"口谈"也成了向对手进攻的一种方式。这大约也算是"念咒语"传统的一种遗风吧!

密芒一度沉寂。现在,在西藏、青海、云南等藏族聚居地区,在有关人士的大力推动下,藏棋又日益发展起来。

三、围棋东游

中国围棋向东传播,一个重要的途径就是通过朝鲜半岛。朝鲜不仅最早接受了中国围棋,也是中日文化包括围棋交流的重要纽带。

朝鲜半岛上的古代居民主要是东夷族。东夷族是主要生活在渤海沿岸包括山东半岛、中国东北和朝鲜半岛的古代民族。传说商末著名贵族箕子是殷纣王的叔父,因反对殷纣王的暴虐,曾被囚禁。商灭周后,箕子又不肯"一身事二主",遂退隐,后远走朝鲜。

中朝两国最早的官方接触和交涉始于战国中期,是由当时中国北方的燕国与当时朝鲜西北地方的箕氏朝鲜之间进行的。秦汉之际,燕、齐、赵等地数万人因避乱移居朝鲜。汉武帝派军队攻占朝鲜,设置四郡。大量的移民和汉朝的统治,客观上促进了朝鲜半岛经济和文化的发展。公元初,高句丽在半岛北部兴起。汉光武帝建武八年(32),高句丽遣使朝贡,揭开了中朝交往的新的一页。3世纪以后,高句丽统一了朝鲜半岛北部,与南部出现的百济、新罗,形成三国鼎立的局面。

朝鲜的围棋活动,最早见于朝鲜的史籍《朝鲜史略》,相传高句丽的长寿王巨琏,打算攻占百济,招募了一个僧人道琳,假装获罪,逃到百济。道琳长于下围棋,通过下棋,取得了百济盖卤王的信任。道琳就蛊惑百济王滥用民力,大修宫室、城郭、坟墓,弄得百济仓廪虚竭,人民穷困。于是高句丽王发兵,攻占了百济的首都,百济王兵败被杀。这件事发生在475年,相当于南朝刘宋末年。

朝鲜围棋在中国的南北朝时期,颇为兴盛。唐代学者纂修的史籍中开始对朝鲜的围棋陆续有了记载。唐李延寿《北史·百济传》载百济之国:

俗重骑射,兼爱坟史,而秀异者颇解属文,能吏事。又知医药、蓍龟与相术、阴阳五行法。……尤尚弈棋。

朝鲜半岛在唐之前以百济国的围棋风气最浓。就整体而论,新罗、高句丽的文化属于北朝体系,百济国的文化属于南朝体系。百济与南朝的文化交流非常密切,百济国在先唐时围棋活动的盛行,显然是受到南朝鼎盛弈风的影响。

唐初,朝鲜半岛上依然是高句丽、百济和新罗三国鼎立的局面。它们都与唐王朝保持着较密切的交往,围棋也颇为流行。五代刘昫等《旧唐书·高丽传》载:"高丽者,出自扶余之别种也。其国都于平壤城,即汉乐浪郡之故地,……好围棋投壶之戏,人能蹴鞠。食用笾豆、簠簋、樽俎、罍洗,颇有箕子之遗风。"高丽还有一个叫泉男生(634—679)的人,字元德,据说"琴棋两习,雁行与鹤迥同倾"(王德真《泉男生墓志铭》),这是有姓名可考的朝鲜最早的弈人。

676年,新罗在唐王朝的帮助下,统一了朝鲜半岛。社会的统一与安定,为唐王朝与朝鲜的文化交流,围棋的发展、棋艺水平的提高,创造了更好的条件。737年,新罗王兴光卒,其子承庆继承父位。唐玄宗知道新罗号称"君子国",文化发达,特派精于儒家经典的鸿胪少卿邢璹为大使去吊贺,阐扬经典;又听说新罗国人多善围棋,于是特派善棋人率府兵曹杨季鹰为副。五代刘昫等《旧唐书·高丽传》有颇为详细的记载:

> 新罗国,本弁韩之苗裔也。其国在汉时乐浪之地,东及南方俱限大海,西接百济,北邻高丽。……(开元)二十五年,(新罗王)兴光卒,诏赠太子太保,仍遣左赞善大夫邢璹摄鸿胪少卿,往新罗吊祭,并册立其子承庆袭父开府仪同三司、新罗王。璹将进发,上制诗序,太子以下及百寮咸赋诗以送之。上谓璹曰:"新罗号为君子之国,颇知书礼,有类中华。以卿学术,善与讲论,改选使充此。到彼宜阐扬经典,使知大国儒教之盛。"又闻其人多善弈棋,因令善棋人率府兵曹杨季鹰为璹之副。璹等

至彼,大为蕃人所敬。其国棋者皆在季鹰之下,于是厚赂璹等金宝及药物等。

这应该是史书记载中,中朝善弈者之间最早的直接对话了。与此同时,新罗也不断派遣留学生到唐都城长安来,840年,学成归国的新罗学生就达百余人。这些学生学习中国的经籍、技术,也有因一技之长而被大唐朝廷特聘的。其中朴球就以客卿身份在长安任棋待诏多年。以留学生身份而能跻身于围棋国手之列,颇为难得。朴球归国时,进士张乔还专门作《送棋待诏朴球归新罗》诗以送之:

> 海东谁敌手,归去道应孤。
> 阙下传新势,船中覆旧图。
> 穷荒回日月,积水载寰区。
> 故国多年别,桑田复在无。

"海东",就是指新罗。作者一开始便替好朋友担忧,作为新罗第一高手,你这一回去,苦无对手,该会觉得孤独寂寞吧。以下两句,"阙下"指宫廷,"新势"指新的布局手法或战术手段,朴球带回宫阙中新传的棋势,在归国之途船中犹不断被拆解研究。第三联,"穷荒"指偏远荒鄙之地,"寰区"即寰宇、天下。大海环绕着岛国新罗,日月运行,到了那里,也就要回转了。新罗离中华并不远,在古人看来,便仿佛已经是天之崖、地之角了。朴球棋艺高超,归国后不仅找不到敌手,恐怕连故乡的一切都已沧海桑田,这岂不太孤寂了。对友人的一份拳拳之心,跃然纸上。

《送棋待诏朴球归新罗》为我们留下了一份珍贵的中朝围棋交

流史的资料。朴球作为中国官方棋类机构最早的外籍棋士,回去后,自然便成了传播围棋的使者,正所谓星星之火,可以燎原。

四、中日围棋交流

中日之间较早的交往,有史记载的是在汉代,57年,倭国国王朝贡东汉,光武帝赐封"汉倭奴国王"金印。他们取的路线,很可能是渡海到朝鲜后,再由陆路到辽东。《文献通考》卷三二四就说:"倭人……初通中国也,实自辽东而来。"

那么,围棋是什么时候传入日本的?过去比较流行的说法是,围棋是通过留学唐朝的留学生吉备真备传入日本的。享保十二年(1727)正月二十九日,日本围棋四大门派(本因坊、安井、井上、林)掌门人在一张书状上依次签名,书状称:"围棋创自尧舜,由吉备公传来。"但试查日本历史,吉备真备是在开元五年(717)随第九次遣唐使团来到长安留学,近二十年后单独回国,时在日本圣武天皇天平七年(735)。而据中日各种文献记载,在吉备真备出国留唐之前,围棋在日本已经相当流行。

在我国史籍中,最早记录日本围棋情况的,见于唐魏徵等《隋书·东夷传·倭国》:

> 无文字,唯刻木结绳。敬佛法,于百济求得佛经,始有文字。知卜筮,尤信巫觋。每至正月一日,必射戏饮酒,其余节略与华同。好棋博、握槊、樗蒲之戏。

唐李延寿《北史·倭传》也有相似的记载:

敬佛法，于百济求得佛经，始有文字。知卜筮，尤信巫觋。每至正月一日，必射戏饮酒，其余节，略与华同。好棋博、握槊、樗蒲之戏。

"好棋博、握槊、樗蒲之戏"，说明隋时，围棋在日本已较为流行。而任何一种东西，从传入到流行，中间应有一个相当的过程。围棋传入日本，最有可能是在南北朝时期。

到唐代，中日文化交流走向鼎盛。据日本史书记载，唐代日本前后任命的遣唐使共有十九次之多。而唐代中日围棋交流，有两次高潮：一为唐玄宗开元年间，一为唐宣宗大中年间。唐玄宗李隆基好棋，不仅与妃子、棋待诏下棋，也与外来的使节对弈。他曾多次与日本学问僧辨正切磋棋艺。辨正于日本大宝年间随日本遣唐使来长安，开元十八年（730）回国，日本天平六年（734）被圣武天皇封为僧正。

开创中日围棋交流新局面的另一重要人物就是著名的吉备真备。他在开元五年（717）作为留学生随第九次遣唐使团来到长安，留住十几年。有关他下围棋的故事很多，在日本几乎家喻户晓。《江谈抄》中载《吉备入唐间事》，说唐人想为难吉备，设置了三道难关，其中一关就是围棋之弈。吉备执白，唐人执黑。吉备在鬼神阿倍仲麻吕的帮助下，与唐人战成平局。吉备乘人不备，偷吃一颗黑子，致使唐人输子一目。后唐人发现盘面可疑，令其服下泻药"呵梨勒丸"，而吉备却用法术将棋子封入体内，转危为安。1790年，净土宗僧侣誓誉所著的《阿倍仲麻吕入唐记》对《江谈抄》做了大幅度的改写，称玄东妻隆昌在旁观战，目算其夫将输半子，乃偷吃黑子一颗，吉备上诉，请出库内秦时宝镜，将玄东妻照得五脏毕现。

吉备真备735年归国，在日本积极推广围棋。旧说围棋是吉备真备从大唐传去的。这种传说当然不足凭信,但吉备是促进中日围棋交流的一个功臣,这是毫无疑问的。

唐宣宗时期,是唐代中日围棋交流的第二次高潮。相传唐宣宗李忱大中二年(848),日本国王子入唐,与中国国手、棋待诏顾师言进行了一次比赛。唐苏鹗《杜阳杂编》有详细记载:

> 大中中,日本国王子来朝,献宝器音乐。上设百戏珍馔以礼焉。王子善围棋,上敕顾师言待诏为对手。王子出楸玉棋局,冷暖玉棋子,云:"本国之东三万里,有集真岛,岛上有凝霞台,台上有手谈池。池中产玉棋子,不由制度,自然黑白分明,冬温夏冷,故谓之冷暖玉。又产如楸玉,状类楸木,琢之为棋局,光洁可鉴。"及师言与之敌手,至三十三下,胜负未决。师言惧辱君命,而汗手凝思,方敢落指,则谓之镇神头,乃是解两征势也。王子瞪目缩臂,已伏不胜。回语鸿胪曰:"待诏第几手耶?"鸿胪诡对曰:"第三手也。"师言实第一国手矣。王子曰:"愿见第一。"曰:"王子胜第三,方得见第二;胜第二,方得见第一。今欲躁见第一,其可得乎?"王子掩局而吁曰:"小国之一,不如大国之三,信矣。"今好事者尚有顾师言三十三镇神头图。

这件事,《旧唐书》也有记载,在本纪第十八下《宣宗纪》大中二年(848)三月后面,记有:"日本国王子入朝贡方物,王子善棋,帝令待诏顾师言与之对手。"可为佐证。

这一事件,有几点值得注意:其一,这是中日国手间有史以来记载的最早的一次围棋比赛;其二,王子"出楸玉棋局,冷暖玉棋子",并介绍了其来历,为我们了解日本棋具情况提供了重要的资料;其三,"顾师言三十三镇神头图",如今已不可见,三十三手镇神头,一子解两征,疑为"王积薪一子解两征"势(共四十三着)的翻版,也许中日高手间确实有过一次比赛,"王积薪一子解两征"势颇为有名,记事者张冠李戴,将其附会到顾师言头上,以增加其轰动效应,也是很有可能的。

唐代是中日围棋交流较为频繁的一个时期。唐以后,这种交流日渐稀少,直到20世纪,才开启了中日围棋交流的一个新时代。

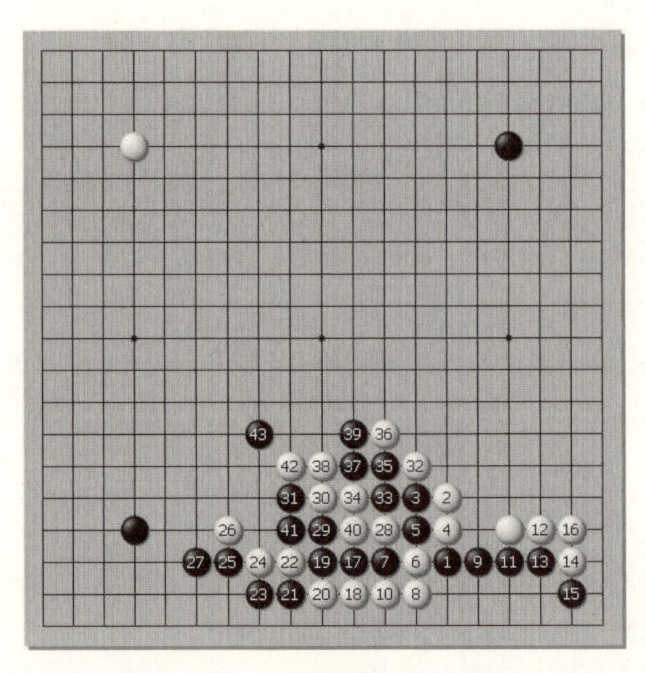

一子解两征

〔五代〕周文矩 《重屏会棋图》

第六章 宋代雅尚

忘忧清乐在枰棋,胜固欣然败亦喜。雅事正当时。

宋朝以文立国,东京梦华,宫廷与寺庙、山水间,留下许多与围棋有关的记忆。

而在南宋,诗酒琴棋歌舞地,直把杭州作汴州。棋声流水古松间,自有幽深清远的林下风流。

第一节　汴京棋事

960年,赵匡胤(927—976)陈桥兵变,黄袍加身,是为宋太祖。

赵匡胤登上大位,为了"息天下之兵,建国家长久之计",又不忍乱开杀戮,杯酒释兵权,让那些追随自己的有功之臣都养老享福去了。然后,采取文以靖国、右文抑武的国策,尊孔崇儒,完善科举,厚禄养廉,让百姓安居乐业,成就了北宋一百多年社会的安定、文化的繁盛。

1101年,宋徽宗之时,北宋画家张择端作《清明上河图》,画中车马辐辏,商贾云集,由此可以想见北宋都城汴京当年的繁华。

可惜,二十多年后的宋钦宗靖康二年(1127),北方游牧民族的铁骑便长驱直入,掳掠徽、钦二帝及太妃、太子、宗室数千人而去。大批臣民逃命南方,其中一个叫孟元老的,回首前尘往事,在无限的追怀中写下《东京梦华录》,追述当年的繁盛:

> 正当辇毂之下,太平日久,人物繁阜。垂髫之童,但习鼓舞,班白之老,不识干戈。时节相次,各有观赏。灯宵月夕,雪

际花时,乞巧登高,教池游苑。举目则青楼画阁,绣户珠帘。雕车竞驻于天街,宝马争驰于御路,金翠耀目,罗绮飘香。新声巧笑于柳陌花衢,按管调弦于茶坊酒肆。八荒争凑,万国咸通。集四海之珍奇,皆归市易,会寰区之异味,悉在庖厨。花光满路,何限春游,箫鼓喧空,几家夜宴?伎巧则惊人耳目,侈奢则长人精神。

在这歌舞升平中,自然不可没有围棋。而这叮叮当当的棋子声,首先来自宫廷。

一、宫廷棋声

传说赵匡胤还是一个普通军官的时候,有一次行军到陕西,路过华山,听说山上有一个道士,人称陈抟老祖,棋下得极好,远近闻名。赵匡胤本是好棋之人,一下子手痒了起来,偷偷登上华山,去挑战老道。陈抟见了他,说:"下棋是要带彩的,你带了吗?"赵匡胤一摸口袋,糟了,忘记带银子了。陈抟老祖见状,说:"那就算了,你下次再来吧!"赵匡胤一听急了,说:"我愿意以整座华山来做抵押。"他心想:反正华山又不是我的,输了又有什么关系。没想到,陈抟老祖很爽快地答应了。

棋,不用说,自然是赵匡胤输了。陈抟老祖叫人拿来纸笔,让赵匡胤签字画押,并将文约刻在南峰的绝壁上。后来,赵匡胤黄袍加身,当上了宋太祖。陈抟老祖亲执字据,下山来到皇宫。皇帝可不能赖皮啊,只好下旨将华山赐予陈抟老祖,并答应永远免除华山黎民百姓的租赋,于是,留下了"华山自古不纳粮"的一段佳话。

至今,华山上还有一个下棋亭,据说就是当年陈抟老祖与赵匡胤下棋的地方。不过,赵匡胤与陈抟老祖下的是围棋还是象棋,各有说法。但这并不影响人们对它的各种想象。天津的杨柳青年画,就有一幅《赵匡胤华山围棋》图。赵匡胤穿着盔甲,戴着面具,杀气腾腾的。各自的小厮也拉开架势,准备对打,一副兵对兵、将对将,准备激烈厮杀的样子。倒是陈抟老祖安坐在那里,气定神闲。

〔明〕陈洪绶 《华山五老图》

开宝九年(976)农历十月十九日夜,赵匡胤召弟弟赵光义入宫饮酒,当晚共宿宫中。第二天清晨,赵匡胤忽然驾崩。二十一日,晋王赵光义即位,是为宋太宗。

赵光义生于939年。据说,太宗母亲杜太后梦见神仙捧着太阳授予她,使她怀孕。太宗出生的那个夜晚,天上满是红光,街巷充满异香。传说都是相似的,赵匡胤出身,也曾有这么一出,用来说明皇帝自有天命。

宋太宗在位二十一年,继续进行全国统一事业,积极发展农业生产,扩大科举考试的规模,选拔那些书读得好的来做官,削弱武人的权力,确立了文官政治体制。太宗自己也多才多艺,琴棋书画,样样皆能。叶梦得《石林燕语》说:"太宗当天下无事,留意艺文。而琴棋亦皆造极品。"

宋太宗喜欢下棋,棋艺也不错。他身边聚集了贾玄、李仲玄、潘慎修、蒋居才、陈好玄等一大批棋类高手,这些人都要被他让三到四子。潘慎修还写诗献给太宗,说:"如今纵得仙翁术,也怯君王四路饶。"意思是,现在就是学到神仙的本事,被君王让四子也要害怕啊!这当然是拍马屁,哄皇帝开心而已。

潘慎修博涉文史,善清谈,"士大夫推其素尚"。元脱脱《宋史·潘慎修传》云:

> 慎修善弈棋,太宗屡召对弈,因作《棋说》以献。大抵谓:"棋之道在乎恬默,而取舍为急。仁则能全,义则能守,礼则能变,智则能兼,信则能克。君子知斯五者,庶几可以言棋矣。"因举十要以明其义,太宗览而称善。

将围棋与儒家仁义之道联系在一起,也就可以玩得名正言顺了。《王荆公诗注》还记载了一个宋太宗与棋待诏贾玄下棋的故事:

> 太宗时,待诏贾玄侍上棋,太宗饶三子,玄常输一路。太宗知其挟诈,乃曰:此局汝复输,我当榜汝。既而满局不生不死。太宗曰:汝亦诈也。更围一局,汝胜赐汝绯,不胜投汝于泥中。既而不胜不负,太宗曰:我饶汝子,今而局平,是汝不胜也。命左右抱投之水。乃呼曰:臣握中尚有一子。太宗大笑,赐以绯衣。

堂堂棋待诏，宋太宗让他三子，他还经常输一个子，其中肯定有诈。宋太宗也还算有点自知之明，虽然坚持让国手三子，那是面子，其实知道下不过。

值得注意的是，这一次在皇帝的威逼利诱之下，下出和棋来，但太宗说："我让了你子，现在是平局，那还是你输了。"说着就命令左右随从把贾玄抱起来，就要扔到水里去。贾玄急了，大声呼喊说："我手里还抓了一个子呢！"这里透露了围棋史上胜负计算的一个信息。唐宋的时候，下围棋计算胜负还是实行双方比空的方法（日本现行的"数目法"就是延续唐宋时的规则），终局后把各自吃住的死子填回到对方的空里去。贾玄手里抓了对手的一个死子，填回对手的空里，那自己不就赢了一目嘛！

贾玄费尽心机讨皇帝的欢心，却受到了朝廷里那些谏臣的攻击，说贾玄辈常常进"新图妙势，悦惑明主"，劝太宗别沉迷于此，误了国家大事。太宗说："朕非不知，聊避六宫之惑耳。"也就是说，下棋对太宗来说，成了逃避女色诱惑的一种手段。太宗在吴越王钱俶生病时，曾送"文楸棋枰、水晶棋子"给他，说宜用此"自怡""遣日"。

宋太宗不仅下棋，还写有一首围棋诗《缘识》：

凡棋妙手不可得，纵横自在能消息。
不贪小利远施张，举措安详求爱力。
曲须曲，直须直，打节斜飞防不测。
潜思静虑一时间，取舍临时方便逼。
牢己疆场煞三思，不骄不怯常翼翼。
势输他，勿动色，暗设机筹倍雅饰。

恒持自固最为强，尤宜闲暇心先抑。

宋太宗还自制棋势，据说最著名的有三个：对面千里、独飞天鹅、海底取明珠。王禹偁《筵上狂歌送侍棋衣袄天使》诗云：

太宗多才复多艺，万几余暇翻棋势。
对面千里为第一，独飞天鹅为第二，
第三海底取明珠，三阵堂堂皆御制。
中使宣来侍近臣，天机秘密逼鬼神。

"海底取明珠"今已不传。"对面千里势"和"独飞天鹅势"，《忘忧清乐集》有载。

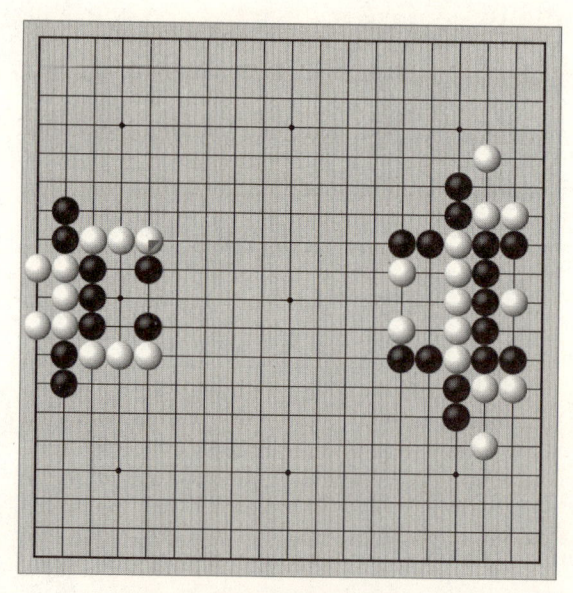

对面千里势（左） 独飞天鹅势（右）

从"形"上看,两个棋势的特点都是方正、对称。这令人联想起中国古代的皇家建筑、宫苑,多以中轴线为核心,两边展开,体现一种皇权中心意识。在历史上,宫城的方正,还常常与心之"端直"、少"偏曲"联系在一起,除了皇家的威仪,更被赋予了一种心性、人格的意义。建筑如此,棋亦然。王禹偁说太宗所制棋势,"天机秘密逼鬼神",当有夸大之嫌,但其中确实充满"妙味",这"妙味"既在棋之内(这两道死活题颇为精妙,颇具技术含量),又在棋之外,让人颇多回味。从这些棋势可看出宋太宗的棋艺虽然没有他的臣子吹嘘得那么厉害,但他也算是位高手了。宋代围棋的繁荣,宋太宗应该有一份功劳!

1100年,宋徽宗赵佶即位。宋徽宗政治上平庸无能,后人评价他"诸事皆能,独不能为君耳"!他更像一个儒雅文士,音乐、琴棋、书画、踢球样样在行,简直就是一个玩家。他自创一种书法字体被后人称为"瘦金体"。宋徽宗好围棋,他还别出心裁,设立女子棋待诏。他还作《宫词》,多首写到宫中女子围棋:

三月风光触处奇,禁宫通夜足娱嬉。
踏青斗草皆余事,闲集朋侪静弈棋。

新样梳妆巧画眉,窄衣纤体最相宜。
一时趋向多情逸,小阁幽窗静弈棋。

其时,正是北宋末年内忧外患、民不聊生之时,宋徽宗却在宫廷中营造出一种歌舞升平、幽静闲适的气氛。据说,宋徽宗还偷偷与京城名妓李师师幽会,"帝与师师双陆不胜,围棋又不胜,赐白金二千两"(宋无名氏《李师师外传》)。宋徽宗推动了围棋,特别是宫廷女子围棋的发展,只可惜,他入错了行,不该去当什么皇上的。

二、《忘忧清乐集》

《忘忧清乐集》是宋代留存下来,我国现存最早的一部棋书。它收录了三国以来历朝的棋谱,是围棋的历史见证,也留下北宋开封与围棋相关的许多记录。

《忘忧清乐集》成书于北宋末年,刊刻于南宋初期。成书不久即散佚,直到清初,才被重新发现。原题"前御书院棋待诏赐绯李逸民重编"。"御书院"隶属翰林院。翰林院供奉有"服绯紫"的待遇(绯衣为四、五品官员穿的朝服),但棋待诏地位较低,并不授官,所以"赐绯"可看作一种特殊待遇。

《忘忧清乐集》的书名则来自"徽宗皇帝御制诗":

忘忧清乐在枰棋,仙子精攻岁未笄。
窗下每将图局按,恐防宣诏较高低。

《忘忧清乐集》全书共三卷,它是棋艺理论著作和棋谱、棋势的汇集。

上卷收录棋艺理论文章和棋谱。棋文有张拟的《棋经十三篇》、刘仲甫的《棋诀》和张靖的《论棋诀要杂说》。棋谱既有宋以前的古谱,如三国时的《孙策诏吕范弈棋局面》、晋代的《晋武帝诏王武子弈棋局》、传说王质观神仙弈棋谱《烂柯图》、唐代的《明皇诏郑观音弈棋局面》《金花碗图》等。还有一部分就是宋代的对局谱,如《万寿图》《长生图》《上清图》,最早的联棋记录《成都府四仙子图》《贾玄图》《李百祥饶三路局图》等共十九局棋谱,还有一谱《破单拆二局面》,为局部定式。这些古谱是了解我国早期棋艺情况的重要资料,弥足珍贵。

中卷为各种角图,相当于现在的角上定式。有空花角图十二变、立仁角图十一变、背绰角图五变、莲花角图五变、倒垂莲角图二十八变、大角图二十变、小角图八变、穿心角图十一变。

下卷为死活棋势,包括高祖解荥阳势、三将破关势、幽玄势、三江势等各类死活棋势共三十七个。不少死活图着法精彩,引人入胜,其中就包括宋太宗的杰作——对面千里势和独飞天鹅势。《忘忧清乐集》还有《棋盘图法》,将棋盘分成平、上、去、入四块,每块各九十路,以数字标出棋子方位。

《忘忧清乐集》作为现存唯一的一部宋代围棋谱,理论文字、棋谱、局部棋势兼收,奠定了中国古代棋谱的基本范型,元明以后的棋谱基本上都是沿袭这一模式。

《忘忧清乐集》也反映了北宋的围棋状况。宋代社会稳定,才艺超群的宋太宗及以后历代皇帝对围棋大力提倡。同时,宋代的城市化进程加速发展,出现了开封、洛阳、扬州、临安等大城市。居住在都市中的市民阶层,一般生活比较稳定,且有一定的闲暇时间,瓦舍勾栏、茶楼酒肆等,成为市民阶层经常光顾之地。娱乐成了都市生活的一种时尚,这构成了棋戏存在、发展的社会基础。于是,围棋不仅在宫廷、官宦、文人士子阶层中大为盛行,同时也逐渐由庙堂入民间,获得许多市民的喜爱。其中一些人甚至因嗜之过甚,终日沉溺其间,不能自拔,以致废业弃官。邢居实《拊掌录》载:"弈者多废事,不以贵贱,嗜之率皆失业,故人目棋枰为'木野狐',言其媚惑人如狐也。"明人沈德符《万历野获编》卷二四《技艺·宋时浑语》载:"北宋全盛时，士大夫耽于水厄(指品茶)，或溺于手谈，因废职业被白简去位者不绝，时人因目茶笼曰'草大虫'，楸枰曰'木野狐'。"可见棋风之盛。

如果说唐代棋待诏制度的形成，标志了围棋的专业化、职业化，宋代在职业与业余围棋间则有了进一步的分野。不少棋手以棋谋生，这其中大致分为三类，当棋待诏，当棋师、门客，当棋工。

棋待诏是由皇室供养的国手。北宋从太宗，到仁宗、神宗、哲宗各朝，均设有翰林棋待诏。第一个国手就是太宗朝的棋待诏贾玄。太宗棋艺不低，贾玄却可随心所欲地控制胜负，或输一子，或赢一路，可见其超人一等的棋艺。与此同时，还有国手杨希粲，棋艺稍逊贾玄一筹。

宋哲宗时，职业围棋迎来了一个高潮。《忘忧清乐集》李逸民跋："我朝善弈显名天下者，昔年待诏老刘宗，今日刘仲甫、杨中隐，以至王琬、孙侁、郭范、李百祥辈。"这七人应该都做过棋待诏。而其中刘仲甫更是继盛唐王积薪之后围棋史上的一个标志性棋手。《忘忧清乐集》中载有其一篇重要的棋论文章《棋诀》。

《忘忧清乐集》所刊载的十九局棋谱，既有前朝棋谱，更多的是北宋国手们的对局。

对弈者基本上都是当时的国手、棋待诏，对弈之地则包括宫苑、寺院、道观，且棋局的命名均以"对弈之地"为名。弈地的选择，往往体现了弈者的身份和文化趣味，同时它也为我们了解北宋都城开封的城市文化提供了一些重要的资料。

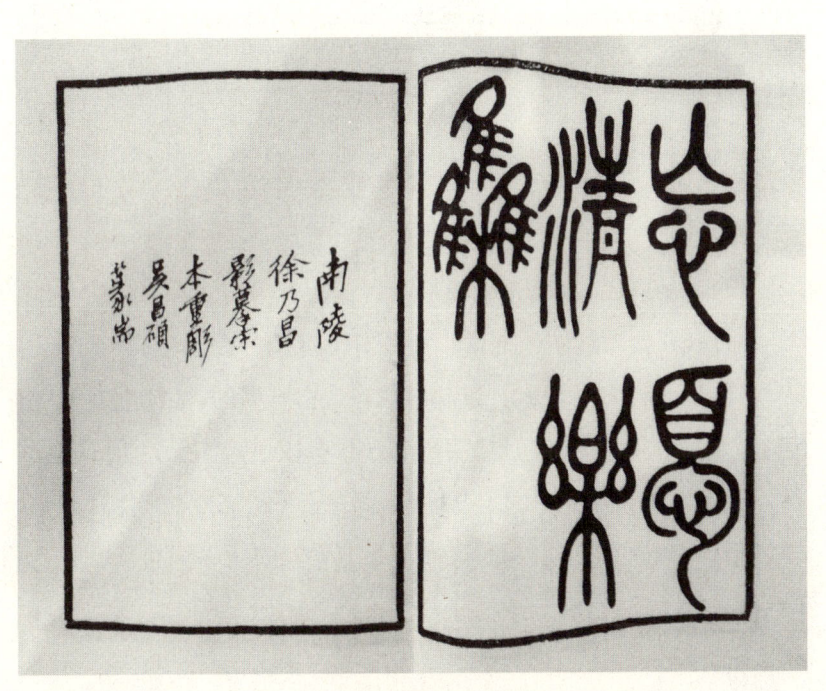

《忘忧清乐集》内页

第二节　钱塘旧梦

长安,是唐代的象征。

汴京(开封)和临安(杭州),则是宋代的双子星座。

提起杭州,人们马上会想起唐代诗人白居易的《忆江南》:"江南忆,最忆是杭州。山寺月中寻桂子,郡亭枕上看潮头。何日更重游?"想起北宋词人柳永的《望海潮》:"东南形胜,三吴都会,钱塘自古繁华。烟柳画桥,风帘翠幕,参差十万人家。"而苏轼的《饮湖上初晴后雨二首(其二)》:

水光潋滟晴方好,山色空蒙雨亦奇。
欲把西湖比西子,淡妆浓抹总相宜。

这更成了吟咏杭州西湖的千古绝唱。"上有天堂,下有苏杭",元朝时,意大利著名旅行家马可·波罗将杭州称为"世界上最美丽华贵之城"。

杭州是山水之都、文化之都、休闲时尚之都,而西湖会棋、钱塘对弈,也给杭州增添了另外的一种风情。

一、棋子厅堂寂静中

杭州的城市文化特点可以主要概括为：水之灵、茶之韵、诗之魂、棋之道。

所谓"水之灵"，一方面当然是因为杭州有秀丽的西湖、西溪，还有钱塘江、大运河，山水相依，决定了杭州自然风光的特点。另一方面，杭州的文化取向也是柔性的，与自然相亲和的。坐拥西湖，乐水乐山，正是杭州的魅力所在。

而名扬天下的西湖龙井给杭州带来了无尽的"茶之韵"。当然，所谓茶禅一味，"茶炉烟起知高兴，棋子声疏识苦心"（陆游《山行过僧庵不入》），茶与棋代表的都是一种生活方式、态度、品位。

"棋子不妨临水着，诗题兼好共僧分。"（林逋《山中寄招叶秀才》）"诗之魂"也是杭州城市文化之魂。流觞曲水，群贤毕至，杭州自古多诗人，另一方面，这"诗"更多的是指一种诗性。水、茶、棋，本质上代表的都是一种诗性的生存。杭州也就成了"灵秀文润，人居最佳的诗韵之城"。

杭州丰厚的文化土壤，也孕育了围棋的繁荣。古代有三位著名的文化人白居易、苏东坡、范仲淹都曾担任过杭州刺史或知州（相当于现在的杭州市市长），而他们都喜欢下棋，且留下了不少与围棋相关的诗句。白居易称"送春唯有酒，销日不过棋"（《官舍闲题》）。范仲淹从棋上悟人生哲理，"成败系之人，吾当著棋史"（《赠棋者》），把棋道与人生之成败联系在一起。苏东坡的《观棋》诗，所谓"胜固欣然，败亦可喜"，更是成了中国人的人生信条。

北宋初年，有一诗人隐居西湖，植梅养鹤，被人称为隐逸诗人，他叫林逋（967—1028），字君复，后人称其为和靖先生、林和靖。

林逋是钱塘(今浙江杭州)人,幼时刻苦好学,通晓经史百家。性孤高,喜恬淡,不趋荣利。长大后,曾漫游江淮间,后隐居杭州西湖,结庐孤山。常驾小舟遍游西湖诸寺庙,与高僧诗友相往还。每逢客至,门童子纵鹤放飞,林逋见鹤必棹舟归来。作诗随就随弃,从不留存。林和靖终身不仕,亦不婚娶,人称"梅妻鹤子"。他有一首著名的咏梅诗《山园小梅》:

众芳摇落独暄妍,占尽风情向小园。
疏影横斜水清浅,暗香浮动月黄昏。
霜禽欲下先偷眼,粉蝶如知合断魂。
幸有微吟可相狎,不须檀板共金樽。

就凭着这一句"疏影横斜水清浅,暗香浮动月黄昏",和靖先生就足以以"梅花诗人"冠绝天下,也不枉与梅为"妻"一场了。据沈括《梦溪笔谈》记载,林逋还曾自嘲:"逋世间事皆能之,唯不能担粪与着棋。"时人一定以为他是围棋的门外汉,可他又有不少涉棋的诗句:

坐读棋慵下,眠看酒恰中。
——《赠张绘秘教九题·诗壁》
阴沉画轴林间寺,零落棋枰葑上田。
——《孤山寺端上人房写望》
春静棋边窥野客,雨寒廊底梦沧州。
——《荣家鹤》
别后交游定相忆,酒灯棋雨几清宵。
——《寄岑迪》

棋子不妨临水着,诗题兼好共僧分。
——《山中寄招叶秀才》

弹弓园圃阴森下,棋子厅堂寂静中。
——《暮春寄怀曹南通任寺丞》

文战谈围棋局外,绛侯何事号功臣。
——《载答》

两岸解惊秋钓石,风窗花落夜棋灯。
——《村居书事兼简陈贤良》

一方面称不会"着棋",另一方面又如此不厌其烦地以棋入诗,且"坐读棋慵下,眠看酒恰中""弹弓园圃阴森下,棋子厅堂寂静中"等,早已成了咏棋之名句,让人疑心这是林诗人在故弄玄虚。林逋应该并非不会下围棋,而是如许多文人一般,"技不能高漫自娱"。况且,围棋本质上重争竞、讲胜负,如果沉溺于其中,难免不能自拔,恐怕就失去那份植梅养鹤的淡然了。所谓不能"着棋",诗人强调的更多的是去胜负心,"莫将胜负扰真情",体现的是一种人生态度。

耐人寻味的是,林逋以着棋与担粪并称。"担粪",是农耕生活的一种标识。中国的隐逸诗人们也常常以此相标榜:"开荒南野际,守拙归园田。"(陶渊明《归园田居(其一)》)虽然"种豆南山下,草盛豆苗稀"(《归园田居(其三)》),但照样乐此不疲。林逋之不能"担粪"与不能"着棋"相似,"种豆"难免就要"担粪",但如陶渊明一般,非其所长,只能是"草盛豆苗稀"了。

禅家强调无念无相无住,把佛陀比作"干屎橛""麻三斤",其实叫人破除的是一个"执"字。"于诸境上心不染",心不执着于外物,你便进入了一个圆融无碍的境界。于是,佛陀与粪土,着棋与挑粪,也

〔清〕陈说 《绿窗对弈图》

就并无分别了。林逋不把围棋看作一种胜负之道,而看作一种生存的方式,"棋子不妨临水着,诗题兼好共僧分","酒灯棋雨几清宵",生命也就进入一个自由之境。

二、钱塘对弈

北宋著名国手刘仲甫棋行天下,曾在杭州"奉饶天下棋先",更是成了一段棋坛佳话。

且说那刘仲甫,字甫之,祖籍山东。他天资聪颖,很小的时候,就对围棋产生了浓厚的兴趣。再加上他虚心、勤奋地学习,棋艺提

中国围棋博物馆刘仲甫塑像

高迅速,很快就难遇敌手了。于是,他决定去京城翰林院考取棋待诏。他从江西先到了浙江的钱塘,也就是如今的杭州城。《春渚纪闻》载:

棋待诏刘仲甫,初自江西入都,行次钱塘,舍于逆旅。逆旅主人陈余庆言:仲甫舍馆既定,即出市游,每至夜分,方扣户而归。初不知为何等人也。一日晨起,忽于邸前悬一帜云:"江南棋客刘仲甫,奉饶天下棋先。"并出银盆酒器等三百星,云以此偿博负也。须臾,观者如堵,即传诸好事。翌日,数土豪集善棋者会城北紫霄宫,且出银如其数,推一棋品最高者与之对手。始下至五十余子,众视白势似北。更行百余棋,对手者亦韬手自得,责其夸言曰:"今局势已判,黑当赢筹矣。"仲甫曰:"未也。"更行二十余子,仲甫忽尽敛局子。观者合噪曰:"是欲将抵负耶?"仲甫袖手,徐谓观者曰:"仲甫,江南人,少好此伎。忽似有解,因人推誉,致达国手。年来数为人相迫,欲荐补翰林祇应。而心念钱塘一都会,高人胜士,精此者众,棋人谓之一关。仲甫之艺,若幸有一着之胜,则可前进。凡驻此旬日矣,日就棋会,观诸名手对弈,尽见品次矣。故敢出此标示,非狂僭也。如某日某人某,白本大胜,而失应棋着,某日某局,黑本有筹,而误于应劫,却致败局。"凡如此覆十余局,观者皆已愕然心奇之矣。即覆前局,既无差误,指谓众曰:"此局以诸人观之,黑势赢筹,固自灼然。以仲甫观之,则有一要着,白复胜不下十数路也。然仲甫不敢遽下。在席高品,幸精思之,若见此着,即仲甫当携孥累还乡里,不敢复名棋也。"于是众棋客极竭心思,务有致胜者。久之不得,已而请仲甫尽着。仲甫即于不当敌处下子,众愈不解。仲甫曰："此着二十着后方用也。"即就边角合局，果下二十余着，正遇此子，局势大变。及敛子排局，果胜十三路。众观于是始伏其精，至尽以所对酒器与之，延款十数日，复厚敛以赆其行。至都试补翰林祗应，擅名二十余年，无与敌者。

刘仲甫作为北宋最负盛名的棋手，这一段记载，颇为生动地记述了其在擅名棋坛前，在杭州大会棋坛高手的一段经历，他也提供了颇多与围棋史相关的一些信息。其一，北宋都城虽是汴京，但钱塘也是一个大都会，围棋繁盛之地，所以要去京城翰林院考取棋待诏，而想到钱塘"高人胜士，精此者众"，他要先来钱塘试水，看看自己的斤两，行就继续前行去京城，不行就打道回府。

其二，下棋的方式，那时没有官方组织的围棋比赛，决胜负都在民间，下棋要赌彩，自己需备好彩金，刘仲甫出"银盆酒器等三百星"，有别的土豪也出同样的彩金，请高手来挑战作为外来者的刘仲甫。对弈是在城北紫霄宫，带有公开表演性质，观者如堵，说明钱塘有着浓厚的围棋氛围。不光是下棋，看棋也成为城市的一种娱乐活动。

这局棋让刘仲甫名声大噪。到京城后，他顺利地进入了翰林院，成了哲宗、徽宗两朝皇帝的棋待诏。之后的二十余年，他几乎打败了所有成名的棋手，独步棋坛，成为当之无愧的棋王。

刘仲甫共留下三局棋谱，均载于《忘忧清乐集》。一局因为是在东京万胜门里的长生宫下的，所以名叫《长生图》，刘仲甫饶王珏黑先，共134着。一局是《成都府四仙子图》，是杨中和、孙侁、王珏、刘仲甫四人下的联棋。孙侁、刘仲甫执白后走，各125着，白胜1路（"路"的意思是"目"），这是我国现存最早的联棋记录。还有一局棋,是与骊山某位女子高手下的。也许是因为唐代王积薪遇蜀山妇姑的故事太有名了,与刘仲甫下棋的骊山老媪,也被说成了是仙女。这盘棋被称为《遇仙图》。

这盘棋共112手。一开始就展开激烈的搏杀,一直到一方玉碎,分出胜负。战斗惊心动魄,双方呕心沥血,所以这盘棋还有一个名字:《呕血谱》。

这盘棋,成了有记载的男女棋手的第一次对局。当然,是谁"呕的血",就不好说了。因为古书上并没有说明是谁先谁后,甚至白先、黑先走,也有不同的版本。不管怎么说,即使本局算刘仲甫的赢棋,骊山老媪能够与第一国手下成这样,也说明那个时候的女子围

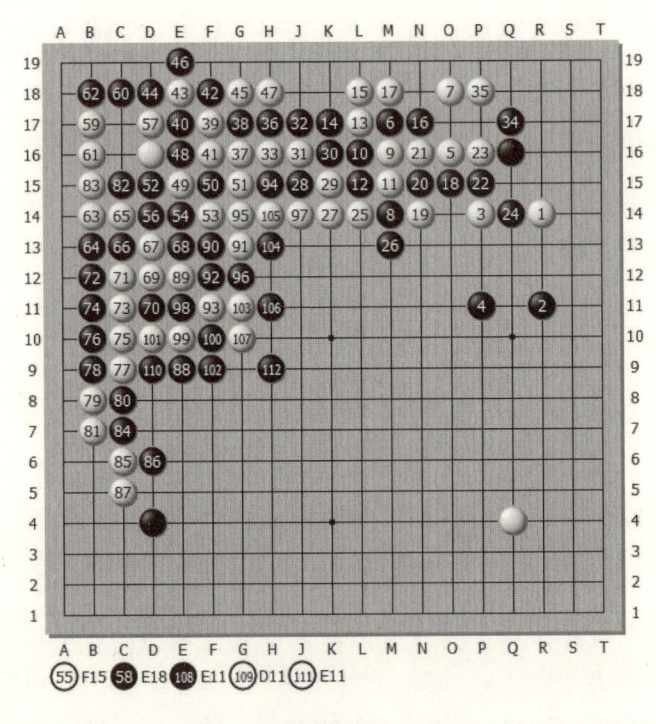

《遇仙图》

棋，水平不可小视。并且，生活中温文尔雅的女棋手，一到棋盘上，往往比男棋手更好战、更凶猛，古今皆然。至于原因，就见仁见智了。当然，如果与刘仲甫对弈的骊山老媪是神仙，按照仙话传说的惯例，那获胜的一方，当然应该是骊山老媪了。

刘仲甫不仅棋艺高超，还写下了不少围棋理论著作。现存的一篇《棋诀》，就是他对围棋技战术的精妙总结。

三、诗酒琴棋歌舞地

1138年，宋高宗赵构定都临安，南宋王朝从此偏安一隅。"诗酒琴棋歌舞地。又还同醉春风里。"（吴礼之《蝶恋花·春思》）临安物产丰富，交通便利，商业繁荣，加上西湖的秀丽风光，使之成为世人向往之地，也为围棋及其他娱乐活动提供了丰厚的土壤。临安作为大都会，在北宋就是江南棋坛的重镇，到南宋时，随着文化中心南移，

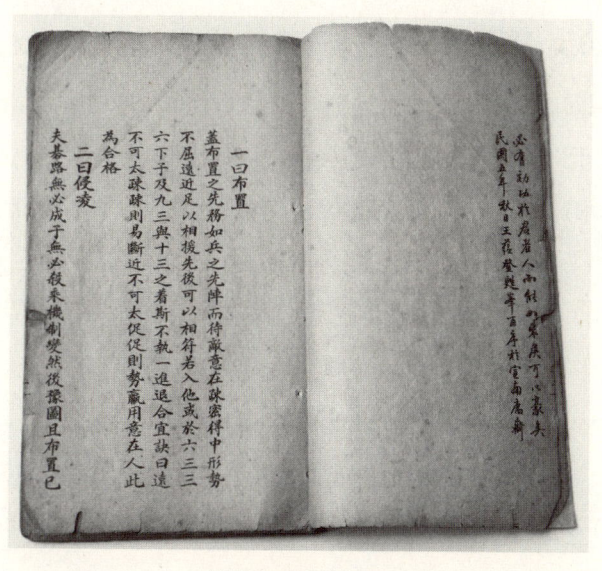

刘仲甫《棋诀》书影

更成了全国的棋类活动中心。

这棋声,首先来自宫廷。赵构是宋徽宗的第九个儿子,母亲韦后也只是一名妃子,本来轮不到他继位。但世道无常,靖康之变,当时的宋朝皇室几乎全部被金国掠到北方,赵构幸运地逃过一劫,成了皇位的唯一合法继承人。他一路往南,终于在临安这"诗酒琴棋歌舞地"获得喘息之机,坐稳了皇帝的宝座。好好享受人生,才是他的第一要务。至于雪靖康之耻,也就说说而已,不能当真。高宗皇帝向金进贡称臣,屈膝求和,满足于暂时的偷安,将"万机之务尽付之",一心"陶冶圣性,恬养道真,所乐者文章、字画、琴棋、书画而已"(《永乐大典》)。南宋诗人林升《题临安邸》云:

山外青山楼外楼,西湖歌舞几时休?
暖风熏得游人醉,直把杭州作汴州。

上有所好,下必从焉。艺人们纷纷试技于都,以求得隆遇之荣。到宋孝宗时,南宋王朝进入一个较为稳定、繁荣的时期,孝宗受乃父影响,也于"万机余暇,留心棋局"。宫廷中豢养了一些棋待诏,围棋、象棋都颇为兴盛。唐代确立的琴棋书画四艺,"棋"既指围棋,也包括象棋。宫廷棋待诏中,既有围棋国手,也有象棋国手。南宋末年周密撰写的《武林旧事》,在"诸色伎艺人"中列"棋待诏",围棋五人,象棋十人。围棋计有郑日新、吴俊臣、施茂、朱镇、童先。象棋有杜黄、徐彬、林茂、礼重、尚端、沈姑姑、金四官人、上官大夫、王安哥、李黑子。象棋棋待诏甚至超过了围棋。而沈姑姑,则可称为我国第一位女子象棋大师。特别是在民间,象棋日益普及。瓦舍勾栏、茶楼酒肆,棋成了都市娱乐生活的一种时尚。

不过,棋待诏虽为国手,地位并不高。王明清《挥麈余话》曾记载高宗时的棋待诏沈之才的一段遭遇:

  沈之才者,以棋得幸思陵,为御前祗应。一日,禁中与其类对弈,上谕曰:"切须子细。"之才遽曰:"念兹在兹。"上怒云:"技艺之徒,乃敢对朕引经邪?"命内侍省打竹篦二十逐出。

棋待诏乃国手,实际上不过是充当帝王享乐的工具。并且,在皇帝眼中,他们终不过是"技艺之徒",竟敢引经据典,那就叫不识天高地厚了。

棋待诏与官吏比,地位不高,但相对于普通棋手,他们又属于特殊阶层,生活比较安定、富足。一般只有少数著名高手才有机会成为棋待诏。更多的棋手则只能当棋师、门客,有的被邀到达官显贵府上,专门陪他们或教其家人下棋。洪迈《夷坚志》卷二六载:

  范元卿的棋品著声于士大夫间……其弟端智,亦优于技,与兄相埒,而碌碌布衣,独客于杨太傅府。杨每引至后堂,使诸小姬善弈者赌物,然率所约,不过数千钱之值。范常常得之。杨一日谓曰:'闻君家苦贫,小小有获,无济于事。吾欲捐金币三千缗,用明日为某妾一局之资。君能取胜,立可小康。'范喜谢归邸,不能旦。同寓之士,窃言范骨相之甚薄,恐无由能致横财。如是,及对局,既有胜矣,思行太过,失应一着,遂变捷为败,素手而出。

这段记载很明白地显示了门客的地位、收入和日常的围棋生活。吴自牧《梦粱录》卷一九载:"闲人本食客……有训导蒙童子弟者,谓之馆客。又有讲古论今,吟诗和曲,围棋抚琴,投壶打马,撇竹写兰,名曰食客。此之谓闲人也。"

〔清〕吴友如 《因访闲人得看棋》

  这种闲人食客也是门客性质的人,按耐得翁《都城纪胜》所说,他们"艺俱不精,专陪涉富贵家子弟游宴,及相伴外方官员到都干事"。一些棋手以棋谋生,又不愿做门客,则往往在市肆设局,靠陪人对弈或指导人对弈获取收入。这就是所谓的棋工,地位虽不高,生活也缺少安定感,但较为自由。也正是因为有这些棋工,围棋才得以在社会各阶层特别是城市中下阶层中普及开来。
  南宋下棋的群体中,还有一类就是文人士大夫。他们更多地只是以围棋为游艺,聊以自娱而已。正像江湖派领袖刘克庄(1187—

1269)有《棋》诗：

> 十年学弈天机浅，技不能高谩自娱。
> 远听子声疑有着，近看局势始知输。
> 危如巡远支孤垒，狭似孙刘保一隅。
> 未肯人间称拙手，夜斋明烛按新图。

刘克庄早年有江湖飘零的经历，"马上功名成画饼，林间身世似持棋"（《耕仕》），后来虽然也得官，但身在朝廷，却往往心在江湖。刘克庄于围棋、象棋都有浓厚兴趣，尽管水平不高，但热情不减，不光下棋，晚上还要用心打谱，堪称文人中的大棋迷。

对许多文人士大夫而言，棋往往是他们在宦海人生中的一种寄托。"何日挂冠宫一亩，相从识取棋中趣"（王之道《蝶恋花·和鲁如晦围棋》），成为许多人的人生旨趣。或者，棋成了悟道之物，所谓"诗因圆解堪呈佛，棋与禅通可悟人"（徐照《赠从善上人》），正所谓棋禅一味。

文人士大夫好棋，便难免像诗会、酒会一样，有各种棋会。南宋诗人楼钥的不少诗都是以棋社棋会为题材的，有一首《次韵十诗·棋会》生动地记载了一次棋会的情况：

> 归来乡曲大家闲，同社仍欣取友端。
> 无事衔杯何不可，有时会面亦良难。
> 少曾环坐坐常满，赖有主盟盟未寒。
> 琴弈相寻诗间作，笑谈终日有余欢。

这是一次难得的聚会,正因为如此,大家都很踊跃,而组织者亦在其中起着重要的作用。"琴弈相寻诗间作",在这聚会中,不光有棋,还有诗有琴。琴棋书画诗酒茶,本就密不可分。一个"寻"字,活脱脱写出琴与棋之间的契合。"间"为穿插之意,中间不断有诗佐琴棋,它们相得益彰,更添一分雅兴。大家一起下棋、弹琴、饮酒、赋诗,其乐融融。"笑谈终日有余欢",这里的"谈",既可以是手谈,也可以是口谈。这时,棋的胜负已经不重要。关键是,在这聚会中,大家不仅获得了棋之趣,也在谈笑风生中收获了另外的一份快乐。这"余欢"袅袅不绝,令人流连忘返!

〔明〕尤求 《园林雅集图》

第三节 文人雅事

"有约不来过夜半,闲敲棋子落灯花"(赵师秀《约客》),这是静,是闲中之趣。"琴弈相寻诗间作,笑谈终日有余欢",这是闹,是聚会之欢。正所谓文人雅集,雅事正当时。宋代文人棋与棋士棋逐渐分野,其中欧阳修、苏轼、陆游便是文人棋的代表。而胜固欣然败亦喜,则典型地代表了文人的围棋观、人生观。

一、六一居士欧阳修

中国传统文人,面对不如意的现实,不满而又无可奈何,大多只能退而结网,唯酒棋山水是务,以此应对人生的一切烦恼与是非,求得现实中的自我保存,也获得精神的解脱。于是,一卷书,一杯酒,一局棋,一盏茶,成了他们生存方式的一种标识。欧阳修曾作《六一居士传》,谓"吾家藏书一万卷,集录三代以来金石遗文一千卷,有琴一张,有棋一局,而常置酒一壶"。外加一老翁,得"六一"。客问"其乐如何",曰:"吾之乐,可胜道哉?方其得意于五物也,太山在前而不见,疾雷破柱而不惊,虽响九奏于洞庭之野,阅大战于涿鹿之原,

〔清〕郑岱 《松下对弈图》

未足喻其乐且适也。"

欧阳修(1007—1072),字永叔,因为一篇《醉翁亭记》,一篇《六一居士传》,"醉翁""六一居士"的名号,也就足以流传千古了。欧阳修作为北宋著名的政治家、文学家,官至翰林学士、枢密副使、参知政事,谥号文忠,世称欧阳文忠公。同时,人以文名,后人将其与韩愈、柳宗元和苏轼合称"千古文章四大家"。与韩愈、柳宗元、苏轼、苏洵、苏辙、王安石、曾巩一起,被世人称为"唐宋八大家"。而八大家中,宋代的好几位都是他的门生。1057年,欧阳修作为礼部贡举的主考官,以翰林学士身份主持进士考试,录取苏轼、苏辙、曾巩等人。欧阳修提倡平实文风,领导了北宋诗文革新运动,成为开创一代文风的文坛领袖。

文章乃经国之大业,济世安邦,也是士人之本分,但人在立德立言立功之余,又需要做点看似无用之事,以遣此有涯之生。欧阳修迷棋,"时扫浓阴北窗下,一枰闲且伴衰翁"(《至喜堂新开北轩,手植楠木两株,走笔呈元珍表臣》),"乌巷招邀谢墅中,紫囊香珮更临风"(《刘秀才昉宅对弈》)。棋中之乐,自有妙不可言之处。有一次,他新辟了一处下棋的地方,得意之余,想要与人分享,于是想到了一位叫元珍(即丁宝臣)的友人,作《新开棋轩呈元珍表臣》:

> 竹树日已滋,轩窗渐幽兴。
> 人闲与世远,鸟语知境静。
> 春光霭欲布,山色寒尚映。
> 独收万虑心,于此一枰竞。

竹树在一天一天地长着,棋轩里便渐渐有了幽微之致。当然,这一切关键还在于人闲,要"闲"先得心静。陶渊明《饮酒》诗谓,"结庐在人境,而无车马喧。问君何能尔,心远地自偏",只要"心远",哪怕是在闹市,也会变得僻静。所以"人闲"便可远离尘世,就像鸟鸣树间,反衬得环境的清幽,所谓"蝉噪林逾静,鸟鸣山更幽"。欧阳修写此诗时已是春天,寒意犹存,山色空蒙,云气缭绕,似有还无。面对此情此景,诗人弈兴大发,招友人对弈,将万般机心尽付于棋枰之中。

诗人在《醉翁亭记》中谓:"醉翁之意不在酒,在乎山水之间也。山水之乐,得之心而寓之酒也。"这篇写棋,同样是棋翁之意不在棋。诗人并不着力描写下棋的过程及棋本身的乐趣,而是表现"弈"的环境——新开棋轩的诱人:竹树环绕,推窗见幽,春光霭霭,山色清寒,无车马之喧哗,有鸟语之悦耳,怎不令人收万虑之心,得人生之佳趣。情景合一,心棋合一,真尘俗之妙境也。

琴令人寂,棋令人闲,人以围棋为"坐隐",小小棋枰,演绎世态人生。人的一切欲望、竞争,都付于棋中,也在棋上获得了升华。

"独收万虑心,于此一枰竞",拈棋微笑,即为会心。想起一个故事,胡仔《苕溪渔隐丛话》中说,浮山有一高僧法远,欧阳修听说法远高逸,便去造访。起初欧阳修并没发现法远有何特异之处。后来欧阳修与客人下棋,法远旁观。欧阳修收拾棋局,请法远说法。高僧以棋说禅:

> 若论此事,如两家著棋相似。何谓也?敌手知音,当机不让。若是缀五饶三,又通一路始得,有一般底。只解闭门作活,不会夺角冲关,硬节与虎口齐彰,局破后徒劳绰斡。所以道:肥边易得,瘦肚难求。思行则往往失粘,心粗而时时头撞。休夸国手,谩说神仙,赢局输筹即不问,且道黑白未分时,一著落在

什么处？从来十九路，迷悟几多人！

结果欧阳修大服，喜叹不已，从容对同僚说："修初疑禅语为虚诞，今日见此老机缘，所得所造，非悟明于心地，安能有此妙旨哉！"

"从来十九路，迷悟几多人！"置身于欧阳修的棋轩，在竹树、山

齐白石 《竹院围棋图》

色、春光、鸟语中,得一日之闲,疏疏落落地摆下几颗棋子,人生仿佛也就有了几分禅意。

二、苏东坡:胜固欣然败亦喜

魏晋南北朝时,下围棋多集中在官宦及文人士子阶层,尚无职业棋手,各色人等,都可以登录于"棋品"中,大家彼此彼此。唐宋棋待诏制度的出现,使围棋开始出现职业(或半职业)与业余之别,两者的水平差距也被拉大,同时也导致了围棋观念的分化。对带有职业性质的棋手来说,下棋是谋生的手段,一局棋的胜负往往关系到一家人的饭碗和一己的前程,务必以争胜为本。对贵胄、文人士子来说,下棋主要是为娱乐,围棋更多地被当作了一种游戏、一门艺术,由此导致棋士棋与文人棋的分野。一些文人索性撇开围棋竞技的一面,只把围棋当作陶冶性情之物,风流儒雅之事,超脱胜负,也就有了一份"胜固欣然败亦喜"的潇洒。苏轼就是其中的一个典型代表。其《观棋》诗标志着文人士大夫围棋观念的确立,它也影响到了其后中国围棋特别是文人士大夫围棋的走向。

苏轼(1037—1101),字子瞻,号东坡居士,眉州眉山(今属四川)人。作为北宋著名文学家、书法家、画家,被称为"全才式的艺术巨匠"。以散文论,他是"唐宋八大家"之一,和他的父亲苏洵、弟弟苏辙一起,号称"三苏"。以诗歌论,与黄庭坚并称"苏黄"。词开豪放一派,与辛弃疾并称"苏辛"。以书法论,同蔡襄、米芾、黄庭坚一起,号称"宋四家"。论绘画,他是文人写意画的首倡者。

可惜,在中国古代,正像"红颜多薄命",才子的命运也多蹇,"文章憎命达",苏轼一生命运坎坷。身处王安石变法,新旧党争激烈的时代,苏轼两边都不讨好,一再被贬谪。黄州、惠州、儋州……越贬越远,直到"天涯海角"。

在这坎坷人生中,围棋成了苏轼的陪伴之一。被贬黄州时,苏轼写《春日与闲山居士小饮》:

一杯连坐两髯棋,数片深红入座飞。
十分潋滟君休赤,且看桃花好面皮。

春日阳光明媚,与好友一边饮酒,一边弈棋,有风吹过,桃花仿佛被围棋吸引似的片片飘落在身旁。阳光下,水面波光粼粼。东坡笑说:"不要因为输棋面红耳赤、恼羞成怒,春光无限,还是好好欣赏美丽的桃花吧!"想想这场景,就够美的了。让现实中的种种不如意都一边去吧!

围棋与酒一样,成为度过漫长时光的消闲忘忧之物。1077年,在徐州知州任上,因为反对新法的司马光被贬洛阳,苏轼为之作《司马君实独乐园》:

青山在屋上,流水在屋下。
中有五亩园,花竹秀而野。
花香袭杖履,竹色侵盏斝。
樽酒乐余春,棋局消长夏。
洛阳古多士,风俗犹尔雅。
……

这是苏轼读司马光《独乐园记》有感而作。东坡并没有去过洛阳,也没有游览过独乐园,他想象中的司马光在独乐园的生活,一山一水、一花一竹,一樽酒、一局棋,恐怕也是苏轼的人生自许。

在杭州,苏轼写《次韵子由绿筠堂》:

> 爱竹能延客,求诗剩挂墙。
> 风梢千纛乱,月影万夫长。
> 谷鸟惊棋响,山蜂识酒香。
> 只应陶靖节,会听北窗凉。

"谷鸟惊棋响",围棋的乐趣便在这棋声鸟鸣里。苏轼还曾说:"宁可食无肉,不可居无竹。"竹下围棋,更增一番诗情画意。苏轼一生仰慕陶渊明,"采菊东篱下,悠然见南山"(陶渊明《饮酒(其五)》),翠竹清风,有棋一局、酒一樽,不亦快哉!

后来,苏轼的人生旅途,越走越远,从惠州,一直到海南儋州。苏轼在《自题金山画像》中自况:

> 心似已灰之木,身如不系之舟。
> 问汝平生功业,黄州惠州儋州。

这"功业",颇有些自嘲的意味。人

〔明〕文徵明 《松下对弈图》

在囚途,就越需要棋、酒之类的陪伴。"棋声虚阁上,酒味早霜前。"(《晚游城西开善院,泛舟暮归二首(其一)》)在这瘴疠蛮荒之地,尽管"食无肉,病无药,居无室,出无友,冬无炭,夏无寒泉",但日子总是要过,最好还能过得有滋有味。食无肉,那就以竹为肉;病无药,那就以酒为药;出无友,就以棋为伴吧!苏轼有一首诗《观棋》,前有一小序:

> 予素不解棋,尝独游庐山白鹤观,观中人皆阖户昼寝,独闻棋声于古松流水之间,意欣然,喜之。自尔欲学,然终不解也。儿子过,乃粗能者,儋守张中日从之戏,予亦隅坐,竟日不以为厌也。

此诗作于绍圣四年(1097)至元符元年(1098)间,此时苏轼已年逾六旬,被贬儋州。与儿子苏过下棋的友人张中是昌化军使,苏轼父子刚到儋州时,张中就派兵士修葺伦江驿站,供苏轼父子居住,还经常前往探望,和苏过下棋。"海国此奇士,官居我东邻。卯酒无虚日,夜棋有达晨。"(《和陶与殷晋安别》)张中与苏轼这样的"政治犯"没有划清界限,还频繁来往,由此被罢官。苏轼没什么可送的礼物,只能以诗作别。

苏轼的《观棋》诗,是因为看苏过与张中下棋,勾起十几年前从黄州移汝州途经庐山游白鹤观的回忆。

> 五老峰前,白鹤遗址。长松荫庭,风日清美。
> 我时独游,不逢一士。谁欤棋者,户外屦二。
> 不闻人声,时闻落子。纹枰对坐,谁究此味?

空钩意钓,岂在鲂鲤。小儿近道,剥啄信指。

胜固欣然,败亦可喜。优哉游哉,聊复尔耳。

苏东坡谓"生平有三不如人:着棋、吃酒、唱曲"。然而正是这不如人处,却自有过人之妙悟。东坡好酒,几乎每日必饮,但他酒量并不大。在东坡看来,人生不过以酒寄情、借酒尽兴而已。他虽不善饮,"然喜人饮酒,见客举杯徐引,则予胸中为之浩浩焉,落落焉,酣适之味,乃过于客"。在劝酒、看人饮酒中,自有无穷的乐趣。东坡于围棋也只是粗通而已,他自称"素不解棋",有一天,他游于庐山白鹤观时,在古松流水之间,看儿子苏过与人弈棋,坐而观之,竟看了一天,还兴犹未尽,由此可见棋的魅力!

苏轼的棋艺,应该属于菜鸟级别。既如此,与其在棋盘上拼死搏杀,不如超越胜负,坐到一边观棋去。因为在枰上相争,再通达的人也难以完全做到胜负不萦于怀,只有观棋之人,才能真正地"胜固欣然,败亦可喜",这正所谓"善弈不如善观"。

苏轼曾认为书画的最大作用就是"悦人"与"自娱",并由此提出了"士人画"的概念。书、画孰好孰坏,由文人说了算。棋枰对弈,却是立马就要分出高下来的。文人往往技不如人,索性看淡胜负。徐铉《棋赌赋诗输刘起居(夋)》强调"本图忘物我,何必计输赢",在苏轼这里,索性就坐到一边,观棋去。

苏轼曾经是王安石新法的反对者,两人算是政敌,苏轼也因此一度被贬。而当新派失势,苏轼重回京城,又不赞成尽废新法,以至为旧派所不容。如此看来,苏轼在政坛,也很像一个观棋者。

王安石变法失败,老年闲居江宁,常以棋自娱,曾作《棋》诗云:

〔清〕任颐 《松下高士图》

莫将戏事扰真情,且可随缘道我赢。

战罢两奁收黑白,一枰何处有亏成。

苏轼与王安石这对政敌,大可相逢一笑泯恩仇了。本质上,他们其实是同道中人。春风得意马蹄疾,总是人生一大快事。但现实又常常让人想争胜而不得,郁闷中,无由排遣,索性退后一步天地宽,向棋与酒中去寻一份洒脱了。

再说一则与苏东坡有关的围棋小故事。于吃,据说苏东坡发明了一种"东坡肉",其实就是小火焖出来的红烧肉。在棋上,据说由于苏东坡棋力不高,屡战屡败,因此琢磨出了一个可保稳胜的"傻瓜式赢棋法"。即每次对局,都抢到先手先走,第一步落在棋盘的最中央一点——天元。此后无论对手走哪里,自己就模仿着在棋盘相对的方位落子。如此平稳进行,由于围棋棋盘是对称的,只有天元这个位置独一无二。抢到天元,岂不就可以多赢一子了?还不需要费脑力,这种"模仿棋",被称为"东坡棋"。

至于这"东坡棋"管不管用,有兴趣者,就自己试试吧!

三、陆游:棋声流水古松间

陆游(1125—1210),一生活了八十五岁,在人生七十古来稀的时代,绝对算高寿了。

陆游出身于名门望族:祖父陆佃,师从王安石,精通经学,官至尚书右丞;父亲陆宰,北宋末年出仕。1125年农历十月十七日,陆宰奉诏入朝,由水路进京,于淮河舟上喜得第三子,取名陆游。1127年金兵攻破汴京,北宋灭亡,陆宰携家眷逃回老家越州山阴(今浙江绍兴)。

陆游出生于两宋之交的乱世,成长在偏安的南宋,于国家危难之际,从小就立下"上马击狂胡,下马草军书"的英雄壮志。可时运不济,1153年,陆游到京城临安参加进士考试,遭秦桧排挤不第。直到1155年,秦桧病逝,陆游才初入仕途。1171年,王炎宣抚川、陕,驻军南郑,陆游受召,欣然前往,并作《平戎策》,不久幕府解散,出师北伐的计划也毁于一旦,陆游无比悲伤。但亲临抗金前线的八个月的军旅生涯,给他留下了终生难忘的记忆。晚年想起来还豪情满怀,如《书愤》所写:

> 早岁那知世事艰,中原北望气如山。
> 楼船夜雪瓜洲渡,铁马秋风大散关。
> 塞上长城空自许,镜中衰鬓已先斑。
> 出师一表真名世,千载谁堪伯仲间!

豪气干云中又有着一分壮志未酬的悲伤。陆游一生的志向在"当年万里觅封侯,匹马戍梁州",可结果是"胡未灭,鬓先秋,泪空流。此生谁料,心在天山,身老沧洲"(《诉衷情》)。"天山"指抗金前线;"沧洲",多水之地,代指家乡镜湖水乡也。

1210年1月26日,陆游忧愤成疾,与世长辞,临终之际,还不忘《示儿》:"死去元知万事空,但悲不见九州同。王师北定中原日,家祭无忘告乃翁。"

陆游虽理想远大,才华出众,但仕途多舛,历经南宋四位皇帝(宋高宗、宋孝宗、宋光宗和宋宁宗),被罢黜多次,也辞过官。正因为如此,棋,还有茶、酒、诗等,便成了他最好的消愁解闷之物。

陆游一生志向高远,大约是希望一直"忙"着的,哪怕"闲"的时

候,做的梦也是:

> 僵卧孤村不自哀,尚思为国戍轮台。
> 夜阑卧听风吹雨,铁马冰河入梦来。

这首《十一月四日风雨大作(其二)》,作于1192年陆游退居家乡山阴时。现实偏偏让他"闲"着的时候居多,只好在隐居一般的生活中,以诗、酒、茶、棋打发时光。陆游一生写诗,传世的就有近万首,涉及棋的二百多首,涉及茶的三百多首。而许多棋诗,都贯穿了一个"闲"字,闲中取静。正像《幽栖》中写道:

> 何处是幽栖?城南路少西。
> 杨花穿户入,燕子避帘低。
> 棋局聊相对,茶炉亦自携。
> 溪头云易合,晚雨又成泥。

"对弈轩窗消永昼,晒丝院落喜新晴"(《夏雨初霁题斋壁》);"矮纸斜行闲作草,晴窗细乳戏分茶"(《临安春雨初霁》)。茶令人静,棋使人闲。一些诗直接就以"闲""闲趣"命名。"闲户棋声闻膈膊,卷帘山色对巉岣"(《闲趣》);"午枕为儿哦旧句,晚窗留客算残棋"(《闲中书事》);"棋局可忘老,鸟声能起予"(《闲中作》)。忧国忧民与闲适自得,成了陆游诗歌的两大取向。

陆游一生好棋,特别是到晚年,更是不分春夏秋冬,白日黑夜,时时沉迷于棋中。春天里,"晓枕呼儿投宿酒,暮窗留客算残棋"(《春晚》)。夏天呢,"棋局每坐隐,屏山时卧游"(《夏日》)。秋天时分,"活火闲煎茗,残枰静拾棋"(《秋怀》)。到了冬日,更是兴味盎然,"此生犹著几两屐?长日惟消一局棋"(《晨起》)。下棋在白天,也时时挑灯夜战,"手中书堕初酣枕,窗下灯残正剧棋"(《幽居书事》)。有时,棋没下完,连晚饭也免了,"棋劫正忙停晚饷,诗联未稳画寒炉"(《看镜》),真棋迷也。

而下棋的地方,"诗思长桥蹇驴上,棋声流水古松间"(《冬晴日得闲游偶作》),"消日剧棋疏竹下,送春烂醉乱花中"(《书怀》),松下、竹下下围棋,令人悠然神往。下棋可在松风流水间,可在田园,"园畦棋局整,坡垄海涛翻"(《行绵州道中》),也可在小阁轩窗,"竹下开轩唤客棋"(《山居》),也可在寺庙间,"旗亭人熟容赊酒,野寺僧闲得对棋"(《暮秋书事》),无论何处,有棋则可为乐也。

至于与之下棋的人,有同道,也有方外之人。"一局枯棋忘日月,数斟浊酒约比邻"(《次前韵》),"陆生于此寓棋局,曾丈时来开酒樽"(《故山》),比邻或者老友聚会,自是人生一乐。陆游喜与僧道中人来往,经常跟他们一起弈棋品茗。《酬妙湛阇梨见赠妙湛能棋其师璘公盖尝与先君游云》中写一僧:

> 昔侍先君故里时,僧中最喜老璘师。
> 高标无复乡人识,妙寄惟应弟子知。
> 山店煎茶留小语,寺桥看雨待幽期。
> 可人不但诗超绝,玉子纹枰又一奇。

陆游晚年有较长一段时间谪居老家山阴,从光宗绍熙元年(1190)到宁宗嘉泰元年(1201),前后十二年,在清贫的日子里,一枰棋,一盏茶,与高僧亲近,"约客同看竹,留僧与对棋"(《闲游》),"畦地闲栽药,留僧静对棋"(《用短》),"溪边唤客闲持钓,灯下留僧共覆棋"(《闲趣》)。陆游与僧结交,"悠然笑向山僧说,又得浮生一局棋"(《夏日北榭赋诗弈棋欣然有作》),"棋局每坐隐,屏山时卧游"(《夏日》),下棋不仅可忘忧,还成了修禅悟道的一种方式。陆游有一首《山行过僧庵不入》:

    垣屋参差竹坞深,旧题名处懒重寻。
    茶炉烟起知高兴,棋子声疏识苦心。
    淡日晖晖孤市散,残云漠漠半川阴。
    长吟未断清愁起,已见横林宿暮禽。

  垣屋、竹坞、茶烟、棋声、淡日、残云、横林、暮禽,于萧索淡远、清幽静谧中,自有一种"禅境"、一分"禅意"。

  陆游好棋,亦好茶。茶有"茶道",棋有"棋道",喝茶下棋之间,便有了深意,可供你细细品味。陆游有一首《山居》:

    平生杜宇最相知,遗我巢山一段奇。
    茶硙细香供隐几,松风幽韵入哦诗。
    溪边拂石同儿钓,竹下开轩唤客棋。
    几许放翁新事业,不教虚过太平时。

  陆游将这种茶棋人生称作是一种"新事业",尽管有许多的无奈,但棋与茶通可悟人,从茶香袅袅、棋声丁丁中,参悟到一种别样的人生,也算是有所得而不枉此生了。"棋局可忘老,鸟声能起予"(《闲中作》),而他之得高寿,有此因缘否?

傅抱石 《高僧观弈图》

第七章 元明棋踪

玄之又玄，众妙之门。因为一部《玄玄棋经》，沉寂的元代围棋，便有了一抹亮色。

明代，"烟雨湖山六朝梦，英雄儿女一枰棋"，胜棋楼上的丁丁棋声，不仅回响在江南，也传到北国，"永嘉""新安""京师"，棋以地显，人以棋名。棋为日月酒为年，围棋不仅在宫廷、文人士子间流行，也走向市井，走进芸芸众生。

第一节　围棋新气象

有元一代,士人与围棋虽被边缘化,但一部《玄玄棋经》,足以让人记住这个时代。

朱元璋推翻了元朝的统治,建立了明朝(1368—1644)。朱元璋虽一度下令禁绝围棋之类的游乐之事,但他自己就好弈,禁绝云云,也就暂成一纸空文。明朝宫廷不再设棋待诏,但商品经济的发展,也为围棋的发展提供了良好的土壤。明初棋手有相子先、楼得达、范洪等。到明中期,围棋获得很大发展,形成了永嘉派、新安派、京师派三大流派鼎足而立、相互竞争的局面。三派的划分,主要是以地域而非棋艺风格为依据的。以"地"为标志的围棋流派的出现,预示着中国围棋开始摆脱皇家体制,获得独立发展。而明末清初的过百龄,成了连接两个时代的著名棋手。

一、《玄玄棋经》与元代围棋

1206年,蒙古部落首领铁木真统一各部,被称为成吉思汗,建立了蒙古汗国。之后蒙古汗国不断地东征西讨:向西征服了中亚和大半个欧洲;向东,1234年灭了金国。1271年,蒙古大汗忽必烈改国号为"元",其后迁都大都(今北京)。1279年,元军南下攻灭南宋,建立了一个地跨欧亚的大帝国。

元世祖忽必烈"独喜儒术",使蒙古族的武力与汉民族的文化呈逐渐融合之势。一些汉儒被起用,但总的来说,作为知识分子的儒士,地位下降,与宋代的重文制度,文人的被尊崇,形成巨大反差。士人只好于各种游艺中去寻找精神寄托。关汉卿的《一枝花·不伏老》,讲自己"会围棋,会蹴鞠,会打围,会插科,会歌舞,会吹弹,会咽作,会吟诗,会双陆。你便是落了我牙,歪了我嘴,瘸了我腿,折了我手,天赐我这几般儿歹症候,尚兀自不肯休"。

虽然地位下降,但他们在精神上不肯与"俗世"同流合污,要标举其高雅与超脱,便只能在大自然中,在诗酒琴棋、渔樵耕读中,安放身心。孙叔顺《一枝花》套曲云:

> 向林泉选一答儿清幽地,闲时一曲,闷后三杯。柴门草户,茅舍疏篱。守着咱稚子山妻,伴着几个故友相识,每日价笑吟吟谈古论今,闲遥遥游山玩水,乐陶陶下象围棋。

刘因也有一首《清平乐·围棋》:

> 棋声清美,盘礴青松底。门外行人遥指示,好个烂柯仙子。
> 输赢都付欣然,兴阑依旧高眠。山鸟山花相语,翁心不在棋边。

刘因(1249—1293),是北方大儒,辞官归隐乡野,"客来恐说闲

〔明〕郑文林 《群仙图轴》

兴废,茶罢呼棋信手拈"(《老大》),以诗酒琴棋终老,也算不枉此生了。

元代中期,社会逐渐安定,朝中的棋类活动也慢慢发展起来,到元文宗的时候达到高潮。正是在这样的背景下,元代也出现了一些棋艺著作,如《通玄集》《清远集》《幽玄集》《机深集》《增广通远集》《自出洞来无敌手》等,可惜都已散佚。只有一部《玄玄棋经》流传下来。《玄玄棋经》也就成了元代棋艺的代表著作。

《玄玄棋经》约成书于元至正九年(1349),篇首有三篇序,作者分别为虞集、欧阳玄和晏天章。虞集(1272—1348),号邵庵、道园,为元代文坛巨擘,累官至翰林直学士兼国子祭酒。欧阳玄(1273—1358)进士出身,在史学、文学方面有颇多造诣,有"一代宗师"之称。晏天章则"以善弈称"。三篇序基本代表了元代士大夫阶层和弈界中人的围棋观念。欧阳玄把围棋视为六艺中"数"之门类的衍生,所谓"古者人生八岁入小学。比及弱冠,而礼、乐、射、御、书、数六艺之事已遍习矣。他日,因射之余意为投壶,且寓礼焉;因数之余意为弈,且寓智焉。其初皆足以养其良心"。晏天章则直接把弈之为"数"归为"六艺之数"。而弈之为"艺","虽曰小数,亦至理所寓,而日用不可阙者。朝夕游焉,以博义理之趋,则应务有余,而心亦无所放矣"。虞集对围棋之"用"说得更明确:"夫棋之制也,有天地方圆之象,有阴阳动静之理,有星辰分布之序,有风雷变化之机,有春秋生杀之权,有山河表里之势。此道之升降,人事之盛衰,莫不寓是。惟达者能守之以仁,行之以义,秩之以礼,明之以智。夫乌可以寻常他艺忽之哉!"

虞集序中谈到元文宗朝的围棋活动:"余在天历间,尝仕翰林,侍读奎章。先皇帝以万机之暇,游衍群艺,诏国师以名弈,侍御于左右。"由此可见,元朝仍然保留了棋待诏制度,只不过这些"国师"没能留下姓名和棋谱。以下是虞集与元文宗关于围棋的一段对话：

> （帝）幸而奇之，顾语臣集："昔卿家虞愿，尝与宋明帝言：'弈非人主之所好。'其信然耶？"臣谢曰："自古圣人制器，精义入神。各以致用，非有无益之习也。故孔子以弈为'为之犹贤乎已'。孟子以'弈之为数'，为'不专心致志，则不得'。且夫经营措置之方，攻守审决之道，犹国家政令出入之机，军师行伍之法。举而习之，亦居安虑危之戒也。"帝深纳其言，遂命臣集铭其弈之器。集故有"周天画地，制胜保德"之喻。

这里体现的是儒家的一套围棋观念。第一，引经据典，以儒家祖师爷的语录来为围棋辩护。第二，将棋的"经营措置""攻守审决之道"与"国家政令出入之机，军师行伍之法"联系起来，使精神之游艺具有了实用的意义。第三，将弈"铭"之于"器"，是为《棋盘铭》。铭又有两则。第一则：圆周天，方画地，握化机，发神智。第二则：动制胜，静保德，勇有功，仁无敌。这正所谓"周天画地，制胜保德"，围棋与天道、地道、人道也就有了沟通。这"铭"，就像最高指示，广而告之，具有了权威性。

《玄玄棋经》的书名则来自老子。虞集称书名曰《玄玄集》："盖其学之通玄，可以拟诸老子'众妙之门'，扬雄大《易》之准。且其为数，出没变化，深不可测。往往皆神仙豪杰玩好巧力之所为。"老子称"道"乃"玄之又玄，众妙之门"，"道"代表世界之本源，以一种玄妙的"无"的方式存在，但人们又可以通过自然万物去体味"道"。而以围棋为玄妙之道，也往往构成了中国古人对围棋的一种基本的认识。《玄玄棋经》也成了儒、道思想融合的产物。

《玄玄棋经》全书分六卷：礼、乐、射、御、书、数。礼卷收录棋艺理论文字，有《棋经十三篇》，皮日休《原弈》，班固《弈旨》，柳宗元《序棋》，马融《围棋赋》，吕公《悟棋歌》，徐宗彦《四仙子图序》，刘仲甫《棋诀》。第二、三卷"乐卷""射卷"载有棋局的各种"起手法"，还附有部分术语图解。"起手法"为开局的走法，包括边、角的各种定式、侵分手段。"御""书""数"三卷，都是死活棋势，占了《玄玄棋经》一半以上的篇幅。

《玄玄棋经》的死活题，经常被明清编撰的棋谱所袭用，直到现在还有实用价值。《玄玄棋经》也是整个中国围棋古谱中，被现代人翻印、校订、出版最多的一部，既为我们了解元代围棋状况提供了第一手资料，也典型地体现了中国古代围棋的知识体系和思想观念。

二、英雄儿女一枰棋

南京有一莫愁湖，湖边有一楼，名胜棋楼。胜棋楼有一故事，跟明太祖朱元璋与徐达下的一盘棋有关。

且说那朱元璋（1328—1398），濠州钟离（今安徽凤阳东北）人。原名朱重八，家境贫寒，父亲是地地道道的农民，辛勤劳作还难得温饱。父母因饥荒和瘟疫而卒，十七岁的朱元璋不得不去做了和尚。元末红巾军起义，朱元璋从军，一路打拼，最后登上大位。真可谓："王侯将相，宁有种乎？"

朱元璋当政后，一方面发展经济，一方面命人修《大明律》，实行严苛的律法，加强君主专制及对思想文化的控制。朱元璋实行务本（农）抑末（商）的政策，出于敦本厚俗、扭转社会游乐风气的目的，严厉惩处"荒逸惰游"之民，对围棋之类的游乐之事也大为禁止。明周晖（号漫士）《金陵琐事》记载：

明太祖造逍遥楼,见人博弈者、养禽鸟者、游手游食者,拘于楼上,使之逍遥,尽皆饿死。

明顾起元《客座赘语》卷一○《国初榜文》说得更加可怕:

洪武二十二年三月二十五日,奉圣旨:"在京但有军官军人学唱的,割了舌头;下棋打双陆的,断手;蹴圆的,卸脚;做买卖的,发边远充军。"

朱元璋禁止士人、军士和民间下棋,可事实上,他自己就喜欢下棋。明王文禄《龙兴慈记》有一则刘伯温弈棋救驾的故事:

圣祖赐刘诚意(基)一金瓜,曰击门椎,有急则击之。一夕夜将半,击宫门,乃洞开重门迎之,曰:"何也?"曰:"睡不安,思圣上弈棋耳。"命棋对弈,俄顷报太仓灾,命驾往救。刘止之曰:"且弈。"圣祖遽起曰:"太仓,国之命脉也,不可不救。"曰:"请先遣一内使,充乘舆往。"遂如言。回则内使已毙车中。圣祖惊曰:"何知以救朕厄?"曰:"观乾象有变,特来奏闻耳。"

刘基是朱元璋的谋士,为其得天下立下大功。这故事虽主旨不在下棋,但至少说明朱元璋平时爱与刘基下棋。洪武四年(1371)刘基被赐归乡,隐居青田山中,饮酒下棋,绝口不提佐定天下的功劳。

朱元璋还曾召弈师相礼、楼得达等至京陪奉较技。在棋史上,朱元璋还是模仿棋战法的鼻祖,清魏瑛《耕蓝杂录》记载:

明鲁王朱檀墓出土围棋

山东省博物馆所藏的这套围棋实物，出土于鲁荒王朱檀的陵墓，此陵墓位于山东省邹城市尚寨村，由山东省博物馆于1972年发掘。整套围棋包括一张纵横各19道的棋盘和棋子357枚。其中黑子176枚、白子181枚，分别装于两个黑色漆盒中，属于墓主人生前经常使用之物。黑白棋子均为料制（古称"琉璃""玻璃"），个个精工细制，颗颗饱满圆滑，历经600余年而不朽，是迄今所见出土围棋实物中较完整的一套。

孙若晨／文 王书德／图

明出土围棋

　　明太祖智勇天纵，于艺事无所不通，惟于弈棋不耐思索。相传其与人对弈，无论棋品高低，必胜一子。盖每局必先着，辄先于枰之中间，孤着一子，此后黑东南，则白西北，黑右后，则白左前，无不遥遥相对，着着不差。至局终，则辄饶一子也。

这"东坡棋"，传说始于苏东坡，朱元璋继承之，可谓一脉相传，后继有人。

　　朱元璋的一大串儿子中，燕王朱棣也热衷于下棋。朱棣后来夺了建文帝的皇位，将首都从应天（南京）迁往北京，开创了明朝的一个新的时期。而围棋，也逐渐在社会各阶层中流行开来。

这里单表胜棋楼的故事。

胜棋楼的另外一位主人公徐达(1332—1385),跟着朱元璋出生入死,立下赫赫战功。明朝建立后,官至太傅、中书右丞相,封魏国公。朱元璋称赞其:"破虏平蛮,功贯古今人第一;出将入相,才兼文武世无双。"

朱元璋一统江山之后,传说徐达经常陪朱元璋下棋,徐达明显棋高一着,为了皇上的面子,总是故意输一点。一次,朱元璋召徐达在南京三山门外莫愁湖畔对弈,并许诺,假若徐达能赢,就把这湖赏给他。一局下来,朱元璋输了,脸露愠色。徐达急忙跪下,口称:"万岁,为臣罪该万死,请万岁再观棋局。"朱元璋一看,只见盘上局面呈现出"萬歲"二字。朱元璋转怒为喜,把莫愁湖赏给徐达,并传旨在湖畔修了一座楼,取名"胜棋楼"。

能够在棋盘上写出如此复杂的"萬歲"二字,可见两人在棋力上差距该有多大。朱元璋本来对围棋一窍不通,登基以后,以九五之尊,当然也得弄点风雅,便学会了吟诗、下棋。朱元璋迷归迷,棋艺却不见长进,却又极好面子,臣子们跟他下棋,也就只好委屈点,博龙颜一悦了。

而这次,可能徐达实在是太想赢得莫愁湖了,既要赢棋,还要想方设法讨好皇上,这才别出心裁,出此高着儿。在棋盘上,徐达就是"君主",指挥千军万马,挥洒写"萬歲",而作为对手的朱元璋,身为万岁,却只能亦步亦趋,不差毫厘。人们把下棋称为"手谈",手谈者,对话也。而这盘棋完全是徐达天马行空、自由自在的"独白"。

朱元璋输了棋,虽然转怒为喜,但回去想想,难免感到屈辱。"今日胜我棋者,明日夺我天下者也。"朱元璋出身草莽,摇身一变而为至尊,本就多疑,开国功臣几乎被全部诛杀。徐达也难免此下场。

《明史》记载徐达是病死,而据野史明徐祯卿《翦胜野闻》记载,徐达是被朱元璋毒死的。据清赵翼《廿二史札记》引《龙兴慈记》载,徐达有一次患背疽,此病最忌吃鹅肉。朱元璋闻知,却故意派内监赐他蒸鹅。徐达自然知道君主的心意,君命难违,当着太监的面,和着眼泪吞下食物。不久,一代大将含恨而去。这正所谓:

湖本无愁,笑南朝迭起群雄,不及佳人独步;
棋何能胜,为北道误投一子,致教此局全输。

徐达处心积虑,却下了人生一大败局,这正所谓胜即败,得即失也。

三、承先启后过百龄

明朝,棋待诏制度已不存,棋手需要独立谋生。明中期出现了以地域划分的围棋流派。"永嘉派"又称"浙派",主要棋手为永嘉(治今浙江温州)一带人,代表人物有鲍一中、李冲、周源、徐希圣;"新安派"又称"徽派",主要棋手如汪曙、程汝亮、方子谦等都是安徽人;"京师派"代表人物有颜曙、李釜(字时养)。

到晚明,围棋繁荣区域由江苏、安徽、浙江、北京继续扩展到福建、湖南、湖北等地。正可谓战国纷争,群雄并起。江苏有方新、范君甫、周元服、过百龄等;浙江有岑乾、陈谦寿、野雪等;福建有蔡学海、陈生;安徽有方子振、苏具瞻、许敬仲、汪幼清、江用卿等;楚地有李贤甫、朱玉亭;林符卿籍贯不详,活动地主要在北京。

可以看出,江南是围棋的主要阵地。北京是京城,政治文化中心,文娱活动也颇为兴盛。明沈榜曾记京都有八绝:李近楼琵琶、王国用吹箫、蒋鸣歧三弦、刘雄八角鼓、苏乐壶投壶、郭从敬踢球、张京象棋、阎橘园围棋。一些棋手在地方上出道后,往往挟技游京城,以求在更大范围里扬名立万。而江南是富庶之地,商业经济与市民文化较为发达,为棋戏提供了良好的土壤。

明末清初最负盛名的棋手当推过百龄。过百龄,江苏无锡人。生于1586年左右,享年七十余。关于他的生平事迹,民国裘毓麟《清代轶闻》中有一篇《过百龄传》,写得颇为生动传神:

> 锡固多佳山水,间生瑰闳奇特之士,常以道艺为世称述。若倪征君云林以画,华学士鸿山以诗,王金事仲山以书,乃过处士百龄者则以弈。其为道不同,而其声称足以动当世,则一也。百龄名文年,为邑名家子。生而颖慧,好读书。十一岁时,见人弈,则知虚实、先后、进击、退守法,曰:"是无难也。"与人弈,弈辄胜,于是闾党间无不奇百龄者。时福唐叶阁学台山先生,弈名居第二,过锡山,求可与敌者。诸乡先生以百龄应召。至则尚童子也,叶公已奇之。及与弈,叶公辄负。诸乡先生耳语百龄曰:"叶公显者,若当阳负,何屡胜?"百龄艴然曰:"弈固小技,然枉道媚人,吾耻焉。况叶公贤者也,岂以此罪童子耶?"叶公果益器之,欲与俱北,以学未竟辞。自是百龄之名,噪江以南,遂益殚精于弈。
>
> 不几年,学成,曰:"可以应当世矣!"会京师诸公卿闻其名,有以书邀致者,遂至京师。有国手曰林符卿,老游公卿间,见百龄年少,意轻之。一日,诸公卿会饮。林君谓百龄曰:"吾与若同游京师,未尝一争道角技,即诸先生何所用吾与若耶?今愿毕其所长,博诸先生欢。"诸公卿皆曰:"诺。"遂争出注,约百缗。

中国围棋博物馆过百龄塑像

百龄固谢不敢,林君益骄,益强之。遂对弈。枰未半,林君面颈发赤热,而百龄信手以应,旁若无人。凡三战,林君三北。诸公卿哗然曰:"林君向固称霸,今得过生,乃夺之矣!"复皆大笑,于是百龄棋品遂第一,名噪京师。

当是时,居停主某锦衣者,以事系狱。或谓百龄曰:"君为锦衣客,须谨避;不然,祸将及。"百龄毅然曰:"锦衣遇我厚,今有难而去之,不义。且吾与之交,未尝干以私,祸必不及。"时同客锦衣者悉被系,百龄竟免。

已天下多故,百龄不欲久留,遂归隐锡山。日与一二酒徒,狂啸纵饮,不屑屑与人弈,独征逐角戏以为乐。百龄素贫,出游辄得数百金,辄尽之博塞。其戚党谯呵百龄,百龄曰:"吾向者家徒壁立,今得此赀,俱以弈耳。得之弈,失之博,夫复何憾?!且人生贵适志,区区逐利者何为?"

噫!若百龄者,可谓奇矣!以相国之招而不去,以金吾之祸而不避,至知国家之倾覆而急归,为公卿门下客者,垂四十年,而未尝有干请。若百龄者,仅谓之弈人乎哉?!

这篇传记有几点值得注意:

其一,强调无锡"多佳山水",也多"奇特之士"。画、诗、书、弈,皆为道艺,虽其道不同,但皆足以以其声称而动当世。

其二,过百龄的棋艺。十一岁见人弈,则无师自通,知虚实、先后、进击、退守之法,神童也。成年后,在京师与一代国手林符卿对决,三战皆胜,确立了棋坛霸主的地位,标志着一个旧时代的终结与一个新时代的出现。林符卿曾自许"四海之内,不知几人称帝,几人称王?非徒胜我者不可得,即论敌手,阒其无人。吾不取法于人与

207

谱,而以棋枰为师。即神仙复出,自三子而上,不敢多让矣"(明冯元仲《弈旦评》),相当自负。当时定式流行镇神头、金井栏、大小金网等套路,过百龄则在熟练掌握旧的套路的前提下,创造性地采用了倚盖起手式、大压梁起手式等新的着法,终结了以林符卿为代表的旧式套路时代,为围棋发展开辟了一条新的道路。

其三,传记大力渲染的不是过百龄的棋艺,而是其人品修养。过百龄小时候与显贵叶向高对弈,因不肯轻易让棋而受到赞赏。某锦衣者"以事系狱",百龄念及旧情,仍与之交,不肯避祸,体现了非同寻常的节操。晚年归隐故乡,"日与一二酒徒,狂啸纵饮",看淡钱财,所作所为,唯适志而已,真名士也。"若百龄者,仅谓之弈人乎哉?!"弈人终是技艺之徒,过百龄则有了儒士、名士、隐士的风范。这也体现了中国文化骨子里重道轻艺的传统。

过百龄的棋艺著作,有《官子谱》《三子谱》《四子谱》。后两书均为让子棋谱,其中尤以《四子谱》影响最大。全书分五部分:镇神头起手式、大压梁起手式、倚盖起手式、六四起手式、七三起手式。对这些起手式的各种变化,均做了详细介绍,对后世棋界产生了很大影响。可以说,过百龄是明末清初一个承前启后的棋手,连接了两个时代。

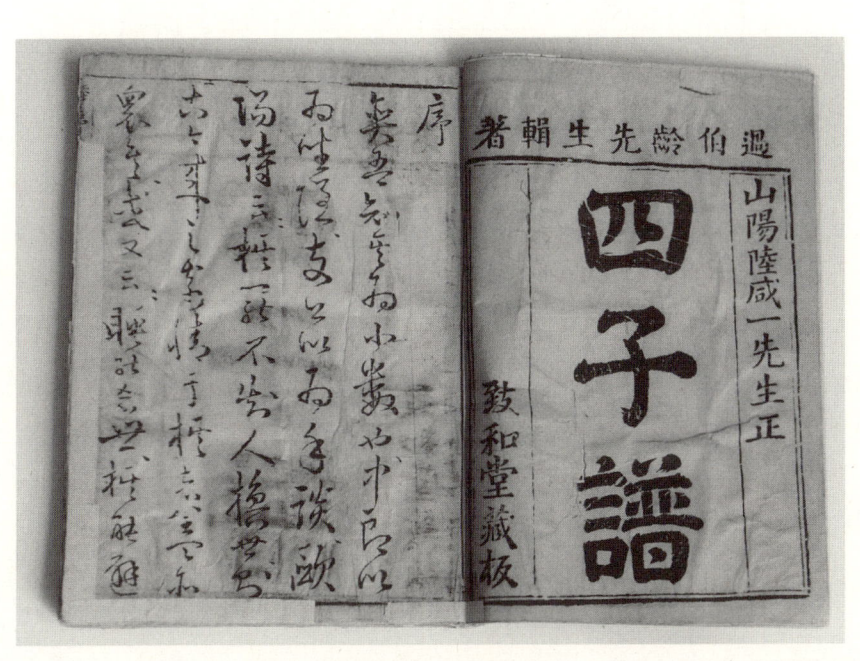

过百龄《四子谱》书影

第二节 士人之弈

　　明代士人,好棋者众:唐寅"日长全赖棋消遣,计取输赢赌买鱼";王阳明以棋言道;坐隐先生汪廷讷以棋为"温养性灵,为止静之工夫,藏机炼神之活法"。正可谓各取所需。棋者,戏也,艺也,道也。

〔明〕文徵明 《东园图卷》

一、风流才子唐伯虎

明弘治年间,一个春光明媚的日子,江南一才子正在苏州运河边盘桓,河面有一画舫驶过,其中一女子,秋波流转,对着岸边的才子,嫣然一笑。

这一笑,便引出了流传千古的"三笑姻缘"。这女子乃吴兴一大户人家的丫鬟,名秋香。才子心有所动,追随而去,装扮成落魄书生,为两公子伴读。后来真相被揭开,才子终于抱得美人归。①

这名才子,就是"吴中四才子"之一的唐寅(1470—1524),字伯虎。唐伯虎自小才气过人,轻而易举获得科举乡试第一名,中了解元。正春风得意之时,1499年参加会试,却因科场舞弊案受牵连,从此被关闭了通向仕途的大门。

仕途失意,情场得意,也算是一种心理安慰吧!无奈之下,唐伯虎索性绝意功名,寄情诗画棋酒,放浪形骸,狂逸不羁。清梁维枢《玉剑尊闻》卷九记载了一则唐寅的逸闻:

> 唐寅与客对弈,有给事自浙来访,入其厅,与寅揖。寅曰:"正得弈趣。"给事趋而出。至黄昏,寅弈罢,始访给事,舟人告给事已寝,寅曰:"吾亦欲寝。"竟上给事床,解衣卧,引其被相覆。给事欲与谈,寅酣寐不应,至明日午已过,寅犹未起。给事欲赴他席,呼寅。寅曰:"请罢席归而后起。"给事登舆去,寅竟披衣还家。

---

① 编者按,此乃民间传说。故事最早雏形可参见明冯梦龙《警世通言》卷二六《唐解元一笑姻缘》。

也许正是这种疏狂,并且公然在自己的印章上刻上"江南第一风流才子",使人们从他身上演绎出一段"三笑姻缘"的故事。传说当然不可信,但这传说也折射出文人的一种生存状态。中国传统文人,悬梁刺股,寒窗苦读,所赖以支撑的,便是冀求一朝金榜题名,从此由江湖入庙堂,实现青云之志。此时,美人在他们生命中仅是锦上添花而已,无关痛痒。而一旦仕途失意,他们或退隐山林,与诗酒山水为伴,寄托身心;或投身于烟柳丛中,倚红偎翠,把酒临风,浅斟低唱,"十年一觉扬州梦,赢得青楼薄幸名"(杜牧《遣怀》)。对于中国文人来说,似乎只有在潦倒无聊、悲观厌世之时,才会寄情于声色,所谓丧"志"而后玩"物"也。

唐寅本不情愿仅仅做一名画家的,"肆目五山,总辔辽野,横披六合,纵驰八极……功成事遂,身毙名立"(《上吴天官书》),才是他的终极理想。可残酷的现实又使他不得不"尽把金钱买胭脂,一生颜色付西风"(《旅馆题菊》)。他借《金刚经》中的一段偈语:"一切有为法,如梦幻泡影,如露亦如电,应作如是观。"为自己拟号"六如居士"。在消融了人生种种"梦幻"之后,青楼便成为他唯一可以纵情遣怀的对象。"高楼大叫秋觞月,深幄微酣夜拥花"(文徵明《简子畏》),唐寅混迹于风尘女子中,为她们写一些寻愁觅恨的曲子,在绢素上留下她们动人的曲线。"龙虎榜中名第一,烟花队里醉千场",正昭示了中国传统文人的两种人生选择,如果两者不可兼得,何妨醉卧花丛,在酒和女人中,去寻找灵与肉的一块栖息之地,去获得艺术的一份灵感。况且,文人与美人,本来就很容易同病相怜。

而围棋,在某种意义上便扮演了女人与酒的角色。宋人目棋枰为"木野狐",言其媚惑人如狐也。狐者,美女也。在困顿之中,又何妨"落魄迂疏自可怜,棋为日月酒为年"(《漫兴(其七)》)。至于输赢,其实无关紧要,"随缘冷暖开怀盏,不计输赢伴手棋"(《避事》)。棋上相争,与人生争斗一样,"眼前富贵一枰棋,身后功名半张纸"(《闲中歌》),时过境迁,都成过眼云烟。但对唐寅来说,沉迷风月,游戏人生,毕竟非内心所愿。"老向酒杯棋局畔,此生甘分不甘心"(《漫兴(其三)》),正是其内心的写照。

　　唐伯虎在绝意仕途后,主要靠作文和卖画为生。他最擅长的是仕女与山水。在风月场上厮混久了,"生平风韵多也",美人就在心中。唐伯虎曾在三十岁时,漫游匡庐、洞庭湖、南岳、武夷山、天台、普陀……山水云林,胸中自有丘壑,方能"运妙思于毫端"(祝枝山语),也成就了他在山水画上的成就。唐寅不时以棋入画,但山水永远是其主体,就像《楸枰一局图》《桐荫对弈图》《溪亭对弈图》等。《溪亭对弈图》山重水复,山雄奇险峻,水波澹澹,江边垂钓,溪亭一局,令人悠然神往。

　　唐寅的围棋画,不少还有题诗。《柳亭弈棋图》题诗云:

　　　　万仞芝山接太虚,一泓萍水绕吾庐。
　　　　日长全赖棋消遣,计取输赢赌买鱼。

漫长的日子,只好靠棋来打发了。如果有幸赢了一盘棋,赚了点银子,买条鱼,那就既消磨了时间,又有口福了。

　　唐伯虎还有一幅《楸枰一局图》,题诗云:

　　　　树合泉头围绿荫,屋横涧上结黄茅。
　　　　日长别有消闲兴,一局楸枰对手敲。

〔明〕唐寅 《柳亭弈棋图》　　　　　　　〔明〕唐寅 《溪亭对弈图》

〔明〕唐寅 《楸枰一局图》

有山有水有绿树还有棋,尽管是木屋,黄色茅草的屋顶,那也让人其乐融融,足以消闲了。

唐寅一生喜欢桃花,用卖画的钱建了桃花坞别墅,取名"桃花庵",自号"桃花庵主",作《桃花庵歌》:

> 桃花坞里桃花庵,桃花庵里桃花仙。
> 桃花仙人种桃树,又摘桃花换酒钱。
> 酒醒只在花前坐,酒醉还来花下眠。
> 半醉半醒日复日,花落花开年复年。

虽然只是几间茅屋,但他常与朋友祝枝山、文徵明等饮酒、作诗、绘画、弈棋。唐寅与祝枝山、文徵明、徐祯卿,被称为"吴中四才子"。"吴俗尚琴弈,喜玩好",有琴棋书画诗酒做伴,在清苦的生活中,也算是一种安慰。唐寅死后葬在桃花坞北,后迁葬到横塘镇王家村祖坟。生前落魄,"闲来写就青山卖"(《言志》),"计取输赢赌买鱼",身后留得千古风流之名,倒也不枉此生了。

二、王阳明:知行合一且弈棋

1472年,唐寅出生两年后,中国思想史上的一个重要人物,在绍兴府余姚县(今属浙江)出生了。

他叫王守仁(1472—1529),字伯安,号阳明。1481年,十岁的王阳明,随中了状元的父亲王华,迁居绍兴山阴县光相坊。青年时期的王阳明,以读书做圣贤为己任。他曾出入于佛、道、儒之间,最终融佛、道于儒学之中,成就"陆王心学"。据说,他曾在会稽山的一处山洞里修炼，洞以人名，这洞便成了阳明洞。

王阳明中过进士，当过刑部主事、贵州龙场驿丞、两广总督等官。因平定宸濠之乱而被封为新建伯。他在五十一岁时，丁忧在绍，在绍兴、余姚一带创建书院，宣讲"王学"，留下四句心法真言：无善无恶是心之体，有善有恶是意之动，知善知恶是良知，为善去恶是格物。

王阳明的心学，所谓"心即理""致良知"，心外无理，心外无物，万物由心，这"学"也就有了活泼泼的生命气息。一方水土养一方人，一方水土也养一方思想。这种具有诗性色彩的生命体验之学，应该说与绍兴文化中的诗性精神有关。王阳明既强调修心养性，又非常重视事功，"知行合一"，方得大道。他自己立德、立言、立功，也成了"知行合一"之典范。

1529年，阳明先生病逝于江西南安，后归葬山阴兰亭之洪溪。据说墓地是他自己择定的。背靠鲜虾山，前有洪溪缠绕，成"兜水鲜虾"之格局，鲜虾跃水，生机蓬勃。

山的端正厚重，水的灵性包容，这大约是阳明先生一生追求的品格与精神。围棋在阳明先生的一生中，并不占据主要位置，但又是其人生的必要补充。阳明先生好棋，但好而不迷。围棋何谓？对阳明先生来说，在戎马倥偬、建功立业之余，围棋是休闲之物。他在其诗《宿净寺四首(其一)》中写道：

老屋深松覆古藤，羁栖犹记昔年曾。
棋声竹里消闲昼，药裹窗前对病僧。
烟艇避人长晓出，高峰望远亦时登。
而今更是多牵系，欲似当年又不能。

棋声竹里消闲昼,围棋能打发时光,消愁解闷,但不可痴迷于此,不能自拔,而要适可而止。他在《忆昔答乔白岩因寄储柴墟三首(其二)》中云:

> 毫厘何所辩,惟在公与私。
> 公私何所辩,天动与人为。
> ……
> 恬淡自无欲,精专绝交驰。
> 博弈亦何事,好之甘若饴?
> 吟咏有性情,丧志非所宜。

这就是阳明先生的人生态度。孔子说"吾未闻好德如好色者也"。好色、求乐为人之天性,不可禁绝。博弈之事,也让人甘之若饴,性情所在,但也不能因此玩物丧志。

围棋不光能给人提供精神之乐,所谓商山之乐,尽在三尺之枰中,也可以让人感悟人生。王阳明《题〈四老围棋图〉》曰:

> 世外烟霞亦许时,至今风致后人思。
> 却怀刘项当年事,不及山中一着棋。

商山四老,在刘邦欲废太子刘盈之时,助太子登基。之后功成不居,飘然而去。归去来兮,不如下棋。阳明先生显然对人世之险恶、人情之复杂,有一份通达与彻悟。棋盘小宇宙,天地大棋局,棋里棋外,也就有了沟通。棋虽小道,有时也通于大道。阳明先生《送

〔清〕黄慎 《商山四皓图》

宗伯乔白岩序》中说到学弈、学文、学道：

> 大宗伯白岩乔先生将之南都，过阳明子而论学。阳明子曰："学贵专。"先生曰："然。予少而好弈，食忘味，寝忘寐，目无改观，耳无改听。盖一年而诎乡之人，三年而国中莫有予当者。学贵专哉？"阳明子曰："学贵精。"先生曰："然。予长而好文词，字字而求焉，句句而鸠焉，研众史，核百氏，盖始而希迹于唐、宋，终焉浸入于汉、魏。学贵精哉？"阳明子曰："学贵正。"先生曰："然。予中年而好圣贤之道。弈吾悔焉，文词吾愧焉，吾无所容心矣。子以为奚若？"阳明子曰："可哉。学弈则谓之学，学文词则谓之学，学道则谓之学，然而其归远也。道，大路也。外是，荆棘之蹊，鲜克达矣。是故专于道，斯谓之专。精于道，斯谓之精。专于弈而不专于道，其专溺也。精于文词而不精于道，其精僻也。夫道广矣大矣，文词技能于是乎出。而以文词技能为者，去道远矣。是故非专则不能以精，非精则不能以明，非明则不能以诚。故曰惟精惟一。精，精也。专，一也。精则明矣，明则诚矣。是故明精之为也，诚一之基也。一，天下之大本也。精，天下之大用也。知天地之化育，而况于文词技能之末乎？"

儒家谓志于道，据于德，依于仁，游于艺。阳明先生游于艺而不沉溺于弈，学弈贵专，以道统之，由弈之技、文词之术，而通于大道，此亦参悟心学之道乎？

天圆地方，棋有白黑，阴阳分也，纹枰悟道，棋也就不仅仅是棋了。

三、坐隐先生汪廷讷

在明代士人中,如果要论左右逢源,体用皆备,当数汪廷讷。

汪廷讷(约1569—1628以后),字昌朝,一字无为,自号坐隐先生,又号全一真人、无无居士,休宁(今属安徽)人。汪廷讷自幼过继于同宗富商为养子。二十二岁时出钱获南京国子监生员资格。三十岁捐资当上盐课副提举,从七品,驻芜湖,由此而致富。万历二十八年(1600)在家乡大兴土木,修建坐隐园和环翠堂。次年又开挖深七尺许的昌湖,布置了一百多个景点,把富商的家业逐渐变成文人隐居的庄园。

汪廷讷走过的是由商、官而为文人、隐士的人生。他著有杂剧《广陵月》及传奇《环翠堂乐府》等十余种,且好结交文人。万历三十六年(1608)秋,著名戏剧家、《牡丹亭》的作者汤显祖与程伯书一道,跋山涉水,慕名拜访坐隐先生汪廷讷。他们在环翠堂花园把酒临风,吟诗赋词,抚琴对弈,一连数日,乐此不疲。随后,又一起出游,经芜湖赴南京,一路吟诗联句。汤显祖在《坐隐乩笔记》中说:

> 先生有园一区,堂曰环翠,楼曰百鹤,湖曰昌湖。其中芝房菌阁、露榭风亭,传记大备,诸名贤之诗歌辞赋不可指数。先生灌花浇竹之暇,参释味玄,雅好静坐。间为局戏,黑白相对。每有仙着,近有《订谱》行于世。人号坐隐先生……称为全一真人者,信不诬也。

汪廷讷好弈,他自设印书局,刊行家刻本。1609年,编《坐隐先生订棋谱》,分上、下两卷。上卷为各种起手式,共二十套,均为宋以

〔明〕汪耕 《坐隐先生图》(局部)

来流行的各种定式。下卷为全局谱(对子二十六局,让子十四局)和死活棋势。

明代棋谱,著名的有《适情录》二十卷(林应龙撰)、《秋仙遗谱》十二卷(褚克明撰)、《石室仙机》五卷(许榖辑)、《弈正》四卷(雍皞如撰)、《弈薮》六册(苏之轼辑)、《仙机武库》八卷(陆玄宇父子辑)、《万汇仙机弈谱》十集(潞王朱常淓辑)等。它们各有千秋。而《坐隐先生订棋谱》首先吸引人的,不是与技术相关的内容,而是列在谱前的各种序跋,作者自叙加上其他人的序,共有十五篇之多。这些序跋,为我们了解汪廷讷及其文人士大夫的围棋观念,提供了绝好的素材。

汪廷讷的《自叙》中自谓:"余性不偕俗,妄意好古。……安分知机,不与俗竞。由是世外之情熟,丘壑之兴浓,道义之念笃,是非之心淡。""雅"与"俗",是君子与小人(小人物、普通人)之分界。雅者,精神也;俗者,欲望也。雅、俗之间,人之品格便有了高下之分。中国古人,一旦自命为文人、士人,第一件事,首先就是与俗划清界限。尽管在现实生活中,可能也做了不少俗事(如花钱买学位、官位之类),但"性不偕俗"的标榜,总是必要的。不然,何以为大雅君子也?

再来看作者归隐"林泉"之后的生活(同上,出自《自叙》):

> 每月照昌湖,上下一碧,命驾小舟,泛湖心亭,任其荡漾。间命童子,歌吾曲以进酒。酒数行而怀益洒然。月旦之评,乡曲之誉,置之不问也。……其一切是非毁誉,少涉尘情者,绝口不谈。间中有谈者,即相与弈棋,以洗其尘嚣,祛其世味,惟知弈之可盘桓也,遂号"坐隐先生"。盖坐隐虽中郎故事,而余命号之意,则不徒习晋人风流,实有与玄通者。夫玄门全一守真,尊生至要。托弈为坐隐者,不过陶汰俗念,温养性灵,为止静之工夫,藏机炼神之活法也。

坐者,二人对弈也,一动一静,一阴一阳,相禅于弈中,此即棋之大道、人生之大道乎。

庄子以"心斋""坐忘"为"隐",很多时候,你自觉已"万念俱灰,百伎尽释",空空如也,但人最难逃的,是一"名"字。汪子亦然。汪子刻弈谱,本是功德之事,却要请来那么多人为之捧场,这就像正戏尚未开始,发行宣传已铺天盖地。再看捧场者的阵营:

焦竑，明万历十七年(1589)进士第一，授翰林院修撰、东宫讲读官等职，著名学者。

郭子章，进士，官至兵部尚书、都察院右佥都御史，加太子少保衔。

程朝京，进士，饶州知府、泉州知府、水师提督。

袁福征，进士，名士，与太仓王元美(王世贞)、北地李于麟(李攀龙)并驰海内。

金继震，进士，官大理寺评事、刑部郎中。

李自芳，进士，国子监助教、刑部云南司主事、汀州知府。

梅鼎祚，明代文学家，戏曲、小说家。

朱之蕃，进士，官翰林院修撰、礼部右侍郎。

姚履素，进士，官南京刑部郎中、广东提学副使。

……

如此阵营，堪称豪华。《坐隐先生订棋谱》的序跋可谓名目繁多。有作者自叙、小叙、他人之序；有他人所作《坐隐先生传》，之后又有《书〈坐隐先生传〉后》《坐隐先生赞》；谱中有插图，于是又有《〈坐隐图〉赞》《〈坐隐图〉跋》《书〈坐隐图〉后》……不一而足。

这些序跋除了赞颂坐隐先生之高风，再就是强调"先生之旁通众技，而又进乎技也"，"先生之局戏，盖化艺而为道矣"。在技与非技、器与非器之间，自有玄解。中国古代一直有重道轻技的传统，但围棋毕竟是一种技艺性很强的艺，与他艺还有所不同。坐隐先生自己在《自叙》中重在其求道之历程，而在最后的《订谱小叙》中，则不得不回到棋之技上来。《〈订谱〉小叙》集中阐发《经》之"三十二法"和"十诀"。文人可以把棋之道说得玄而又玄，一回到技的层面，则了无新意了。

坐隐先生可谓晚明为官行商、坐隐悟道皆不误的"文化达人"。孟泽在为何云波《中国围棋思想史》作的序中说：

> 如此精致的高雅，如此恰到好处的任性与顽皮，如此光风霁月的生活，其实是由充分的物质条件、足够的社会关系打造出来的偶像，围棋在完成这样的造像中，成为区别于阮籍以此"胡闹"的另一个意义上的最合适不过的道具。

于是，坐隐先生成了中国士人的一个精彩的范本。而围棋，也成了中国文化的一个样本。

〔元〕佚名　《荷亭对弈图》

第三节 市井之棋

明代，围棋脱离官方体制，日益走向大众、走向民间。小道人弈棋赚妻，"金瓶梅"们以棋消闲赌彩，围棋进入社会大众的日常生活中，也就充满了更多的烟火气。

一、小道人弈棋赚妻

从宋代开始，围棋除了在宫廷和文人士大夫阶层中盛行，又逐渐在社会各阶层中流行开来。而中国文学，在传统的诗文之外，也出现了白话小说与戏曲，前者尚雅，后者偏俗。小说，特别是长篇小说的诞生，往往与社会的都市化、商业化，教育的普及，印刷术的出现有关。同时小说的流行也有赖于城市为它提供的受众——市民阶层。宋代，随着市民阶层的壮大，适应市民阶层文化娱乐需要的"说话"业的发达，小说产生了一种新的类型——话本小说。

宋代随着都市的发展，瓦舍勾栏、茶楼酒肆等成为市民阶层经常光顾之地，由此产生了"说话"艺术。而话本小说，就是说书人所用的故事的底本。到明清时期，又出现了拟话本小说，它是文人创作,但保留了"说话"的形式。如冯梦龙的"三言"(《喻世明言》《警世通言》《醒世恒言》),凌濛初的"二拍"(《初刻拍案惊奇》《二刻拍案惊奇》)。《二刻拍案惊奇》中就有一篇专门以围棋为素材的小说——《小道人一着饶天下　女棋童两局注终身》,写了一段棋中姻缘。

其实在南宋洪迈《夷坚志》补卷一九中,就有一篇《蔡州小道人》:

蔡州有村童,能棋,里中无敌。父母将为娶妇,力辞曰:"吾门户卑微,所取不过贫家女,非所愿也。儿当挟艺出游,庶几有美遇,以偿平生之志。"遂着野人服,自称小道人,适汴京,过太原、真定,每密行棋觇视,自知无出其右者,奋然至燕。

燕为虏都,而棋国手乃一女子妙观道人。童连日访其肆,见有误处,必指示。妙观惧为众哂,戒他少年遮阑于外,不使入视。童愤愤,即彼肆相对僦屋,标一牌曰:"汝南小道人手谈,奉饶天下最高手一先。"妙观益不平,然揣其能出己上,未敢与校胜负,择弟子之最者张生往试之。张受童一子,不可敌,连增至三,归语妙观曰:"客艺甚高,恐师亦须避席。"

未几,好事者闻之,欲斗两人,共率钱二百千,约某日会战于僧舍。妙观阴使人祷童曰:"法当三局两胜,幸少下我,自约外奉五十千以酬。"童曰:"吾行囊原不乏,钱非所望,然切慕其颜色,能容我通袵席之欢乃可。"女不得已,许之。及对局,童果两败,妙观但酬钱而不从其请。

适虏之宗王贵公子宴集,呼童弈戏,询其与妙观优劣。童曰:"此女棋本劣,向者故下之耳。"于是亦呼至前,令赌百千。童探怀出金五两曰:"可赌此。"妙观以无金辞,童拱白座上曰:"如彼胜则得金,某胜乞得妻。"坐客皆大笑,同声赞之曰:"好!"

妙观惭窘失措,色如死灰,遂连败。既退,复背约。童以词诉于燕府,引诸王为证,卒得女为妻,竟如初志。

汝南小道人弈棋娶妙观的故事,应该是南宋与金国之间的一次民间的围棋交流,在宋金势不两立之际,这段奇妙姻缘也可算是一个佳话。到晚明时,凌濛初将它改编为白话短篇小说。小说一开始,大谈琴棋书画之雅,但事实上,这篇小说讲小道人如何"在棋盘上赢了一个妻子",是一个骨子里浸透了"俗"的故事。

却说宋时有一村童,姓周名国能,学得一身好棋技,与人赌赛,时常赢些银两,"渐渐手头饶裕,礼度熟娴,性格高傲,变尽了村童气质,弄做个斯文模样"。农家之女已不入他眼,寻思以棋之绝艺,出外寻个好姻缘。于是打扮成小道人模样,从此云游四方,当然目的不在寻师访道,而在寻美貌女子为妻。在汴京、太原等地均无所获,想到"燕赵多佳人",来到辽国地面。那辽国围棋第一国手,是一女子,名妙观。你道妙观长得如何,有分教:

丽质本来无偶,神机早已通玄。枰中举国莫争先,女将驰名善战。　玉手无惭国手,秋波合唤秋仙。高居师席把棋传,石作门生也眩。

小道人一见心动,想着"只在这几个黑白子上,定要赚他到手"。于是在妙观棋肆对门,租个房间,写一招牌:"汝南小道人手谈,奉饶天下最高手一先。"有好事者凑了赌金,撺掇小道人与妙观决一雌雄。妙观担心落败,悄悄招小道人的房东老嬷说情,小道人道:"日里人面前对局,我便让让他。晚间要他来被窝里对局,他须让让

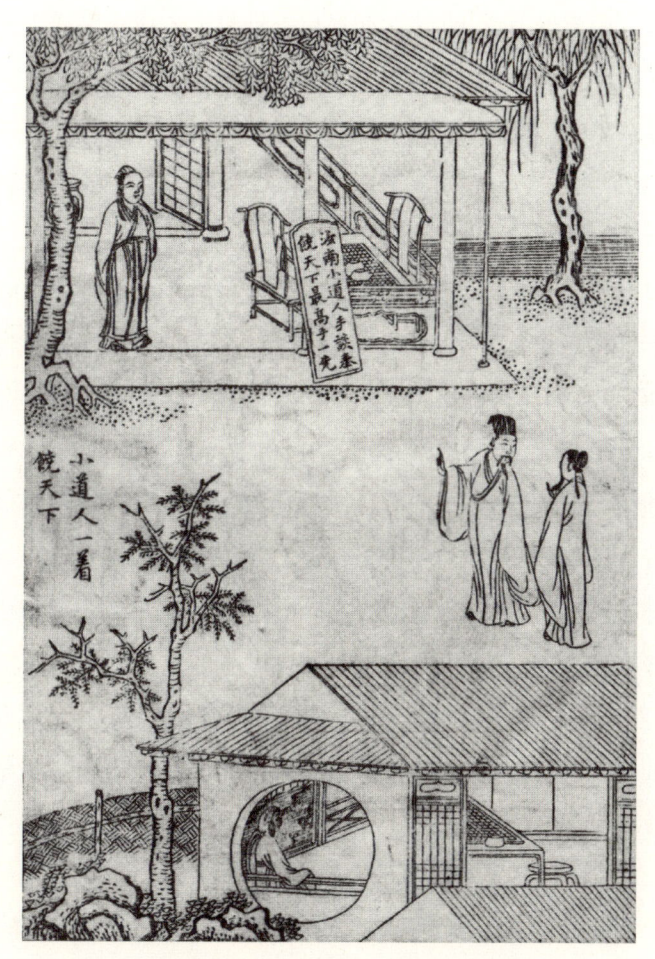

〔明〕佚名 《小道人一着饶天下》

我。"妙观气愤不过,将计就计,让小道人哑巴吃黄连。一日,王府招小道人与妙观下棋,小道人拿出五两金子作注,妙观未带银两,被迫以身作押,就这样在"羞惭窘迫"中将自己输了出去。妙观事后反悔:"难道奴家终身之事,只在两局棋上结果了不成?"小道人向幽州路总管告状。在堂上,妙观辩道:"一时赌赛亏输,实非情愿。"总管道:"既已输了,说不得情愿不情愿。"况婚姻事主合不主离,总管做主"成其好事"。妙观"无可推辞,只得凭总管断合",就这样成就了一段"好姻缘"。

与父母之命、媒妁之言的封建正统婚姻相比,这段婚姻勉强可算得上是自由婚姻了,但与自由婚姻的一个最重要的原则"自主自愿"是有距离的。整个过程,小道人目标明确,妙观却始终处在被动地位。堂堂国手,仅值五两金子,两局棋就把自己输了出去,作为女性的地位、价值也未免太低了一点。小说结尾的"判婚",从现代观念来看,应以当事人的意愿为依据,但总管不管女方的意愿如何,强断强合,以此成就所谓的好姻缘,其中的男性中心色彩,颇为明显。

严格地说,这篇写棋中姻缘的小说,还不是真正的关于围棋的小说,而是一部关于婚姻的小说,婚姻是目的,围棋不过是媒介。尽管如此,作者为了突出"棋"的色彩,尽可能多地糅进与围棋相关的史实故事。正文一开始即有一段关于围棋的议论:

  话说围棋一种,乃是先天河图之数。三百六十一着,合着周天三百六十五度四分度之一;黑白分阴阳,以象两仪;立四角,以按四象。其中有千变万化,神鬼莫测之机,仙家每每好此,所以有王质烂柯之说。相传是帝尧所置,以教其子丹朱。此亦荒唐之谈。难道唐虞以前连神仙也不下棋?况且这家技

〔明〕佚名 《女棋童两局注终身》

艺,不是寻常教得会的。

在故事的进行过程中,化用了许多与围棋相关的传说。如写周国能作为村童,为何学得一手好棋艺,人们传说"他在田畔拾枣,遇着两个道士打扮的在草地上对坐,安枰下棋,他在旁边蹲着观看。道士觑着笑道:'此子亦好棋乎?可教以人间常势。'遂就枰上指示他攻守杀夺、救应防拒之法。也是他天缘所到,说来就解,一一领略不忘。道士说:'自此可无敌于天下矣。'笑别而去"。这显然是化用王积薪赴蜀途中遇仙的传说。

后面讲辽国王子到南朝,与棋待诏顾思让下棋。顾思让是南朝第一手,假称第三手。顾以一着解两征,至今棋谱中传下镇神头势。这是套用唐朝顾师言与日本王子的传说。而小道人为挑战妙观,写下的招牌,也是借用宋代刘仲甫"奉饶天下棋先"的传说。

《小道人一着饶天下 女棋童两局注终身》讲述了一个既雅又俗的故事。其实,围棋本就是雅俗共赏之事,中国古代小说也是雅俗兼具的。志怪、志人、传奇小说大致属于雅文学的范畴,所写到的围棋也多是贵族沙龙之雅棋。白话小说,作为一种俗文学,通过描写围棋而使自己沾点雅气,反过来它又以对世俗生活的描写,使人们认识到围棋"俗"的一面,正如小说中所引的诗:

世上输赢一局棋,谁知局内有夫妻?
坡翁当日曾遗语,胜固欣然败亦宜。

围棋也是这样,由雅而俗,走近芸芸众生。

二、《金瓶梅》棋话

明代,还出现了长篇白话章回体小说。这些小说的初级阶段是平话,乃是对"说话"中的"讲史"的记录整理,因"讲史"不能一下子讲完,所以形成"章回"。《金瓶梅词话》就是其中的一部代表性作品。

《金瓶梅》(署名兰陵笑笑生,真实姓名、生卒年月不详)是中国第一部以家庭日常生活为题材的小说。故事脱胎自《水浒传》中武家兄弟、潘金莲、西门庆的一段纠葛,但那仅仅是个引子。《水浒传》是关于英雄的轰轰烈烈的故事,《金瓶梅》则是关于世俗人生的故事。它以西门庆及其一家妻妾为主线,表现暴发户、市井闲人西门庆的荒淫及"金"(潘金莲)、"瓶"(李瓶儿)、"梅"(庞春梅)等各类女性的命运。小说第十一、二十二、二十五、五十四、七十二、八十二、八十六等回中,多次描写下棋的场面,涉及下棋的有官吏、文人、富商、帮闲、婢女、用人等各色人。

首先,下棋是为消闲。儒家正统强调的往往是围棋的伦理教化意义,但在实际生活中,围棋首先还是一种娱乐。那些富裕人家,无须为生计而奔波,往往有较多的闲暇时光,围棋便成了一种绝好的消闲之物。《金瓶梅》第十一回写潘金莲与孟玉楼一起做针线、下棋,正好被从外回来的西门庆撞见,潘金莲解释道:"俺两个闷的慌,在这里下了两盘棋子。"

其次,下棋多赌彩。《金瓶梅》多次写到下棋赌彩的场面,由此可看出,在明代,随着围棋在社会各阶层中的普及,赌博棋在现实生活中已较普遍。第十一回写西门庆回来,看到潘金莲与孟玉楼在下棋,西门庆要跟她们下,并说输了的就拿一两银子做东道。潘金莲说她们没有银子,西门庆说没银子拿簪子当也行。就这样,三人摆

〔清〕佚名 《赌棋枰瓶儿输钞》

下棋子,下了一盘。潘金莲看看要输,西门庆才要数子,潘金莲把棋子弄乱了。

《金瓶梅》第二十三回还有一段描写:

> 话说一日腊尽阳回,新正佳节。西门庆贺节不在家,吴月娘往吴大妗子家去了。午间,孟玉楼、潘金莲都在李瓶儿房里下棋。玉楼道:"咱每今日赌甚么好?"潘金莲道:"咱每人三盘。赌五钱银子东道。三钱买金华酒儿,那二钱买个猪头来。教来旺媳妇子烧猪头咱每吃。只说他会烧的好猪头,只用一根柴禾儿,烧的稀烂。"玉楼道:"大姐姐他不在家,却怎的计较?"金莲道:"存下一分儿,送在他屋里,也是一般。"说毕,三人摆下棋子,下了三盘。李瓶儿输了五钱银子。

第五十四回还有一段写白来创与常时节下棋赌彩的场面。常时节比白来创水平要高一点,白来创时不时要悔一着,结果还是不行。边上还有看棋的,也押上物品赌胜负:

> 于是填完了官着,就数起来。白来创看了五块棋头,常时节只得两块。白来创又该找还常时节三个棋子,口里道:"输在这三着了。"连忙数自家棋子,输了五个子。希大道:"可是我决着了。"指吴典恩道:"记你一杯酒,停会一准要吃还我。"吴典恩笑而不答。伯爵就把扇子并原梢汗巾,送与常时节。常时节把汗巾原袖了,将扇子拽开卖弄,品评诗画。众人都笑了一番。

这一段描写,生动地写出了小官宦及其清客闲人阶层的日常生活。围棋往往是赌胜之具,另外,在这段描写中,也透露出明代围棋胜负的法则。首先是明清数子法取代了唐宋的数目法。其次是还棋头制度,一方多一块棋,就要贴还对方一个子。

再次,下棋也是一种交际方式。有时是日常交际,诸如以棋会友之类,有时也是巴结权贵、结交官宦的手段。如《金瓶梅》中的西门庆,本是一市井之徒,因善于结交权贵,才使其成了清河县里有钱有势的一霸。下棋陪客,也成了他惯用的一招,如第三十六回,京里来的蔡状元与安进士到西门家,西门庆陪他们下棋直到夜阑,第二天又奉上丰厚礼物。第四十九回,蔡御史到西门家,"摆下棋子,蔡御史与董娇儿(西门特邀陪客之妓)两个着棋,西门庆陪侍"。西门庆正是仗着这份八面玲珑的交际功夫,才得以左右逢源。

总之,明代的拟话本和长篇章回体小说如《金瓶梅》对围棋的描写,为我们了解围棋在各阶层中的状况,提供了生动的案例。

第八章 清代盛衰

周子懒予会武林,黄徐谱写血泪篇。

棋中李杜当湖弈,晚清国手奋争先。

棋坛风云群英荟,中兴名臣大格局。

聊斋人鬼情未了,小阁轩窗静弈棋。

第一节　群英荟萃

　　1644年,清兵入关,攻陷北京。这是中国历史上又一次由北方少数民族入主中原。清统治者吸取历朝的教训,实施了一系列有利于社会安定和经济发展的政策,造就了"康乾盛世"。而乾隆一朝(1736—1795)既是清朝的鼎盛时期,也是由盛入衰的开始。

　　围棋也在清代发展到一个鼎盛时期。棋界名手辈出:明末清初有过百龄、汪幼清、周懒予、盛大有。清代早期有汪汉年、周东侯、黄龙士、徐星友等。清代中期有著名的"四大家"梁魏今、程兰如、范西屏、施襄夏。范、施是中国古代围棋的最高峰,其生活的年代,是在雍正、乾隆两朝。而到晚清,虽还有"十八国手",以及两大国手周小松、陈子仙,但随着王朝的衰落,围棋也开始走下坡路。正所谓棋运国运,围棋"恒视国运为盛衰"。

一、周懒予武林棋会

　　明朝末年,最著名的棋手是过百龄。过百龄之后,清初棋界进入一个群雄纷争的局面。清初围棋中心仍在江南一带。老棋手有过百龄、周元服、汪幼清等,新锐棋手有周懒予、汪汉年、周东侯、盛大有、季心雪、姚吁孺、李元兆等。其中周懒予上承过百龄,下启黄龙士,是清初最负盛名的围棋国手。

周懒予本名周嘉锡,字览予,被讹传为"懒予"并流传开来,以致他的真名很少有人知道。

周懒予大约生于1625年,浙江嘉兴梅里(今嘉兴市王店镇)人。他的祖父酷爱围棋,周懒予很小的时候,就经常看祖父下棋。时间长了,他渐渐悟出了围棋的基本着数,对围棋也越来越入迷。周懒予的父母希望送他去读书,将来做官,无奈周懒予酷爱下棋,不愿意进学堂,只好作罢。

因为家境不好,周懒予长大一点后,父母便想让他去经商。但这时的周懒予棋力已经很高,根本不肯放弃围棋。好在经常有人设棋局,他总能赢回一些钱财,也够家用,父母见他这样,就不再阻拦他下棋了。

周懒予虽然没有进学堂读过经典诗书,却非常喜欢看小说,以至于他后来下棋的时候,总是带着一本小说。与他下棋的人苦苦思索或是紧张不已的时候,他依然镇定自若地在看小说。并且有时棋只要下过一半,他就会说对方最后将会输掉多少棋。一般下完后一数,都与他说的相差无几,大家因此非常佩服他。

周懒予的名气越来越大,这时的第一国手仍然是过百龄。过百龄在明末因时局动荡,从北京回到老家无锡。然后,在过百龄与周懒予这一老一少两位棋手之间,便有了著名的"过周十局"。

据陈祖源《杭州围棋史话》考证,"过周十局"对弈的地点应该是在杭州。刘壮国《树滋堂四子谱》有刘体仁的题记,其中说道:

> 忆甲申过钱江民翠深堂，座中四客皆弈中第一品，百龄其一也。

甲申即1644年，钱江即钱塘江，代指杭州。过百龄这次游杭州，"座中四客"皆第一品，除过百龄外，当时杭州有著名棋手天台僧野雪，此外还有当时浙江棋坛的后起之秀周懒予（嘉兴梅里距省城杭州不远）。此时的过百龄虽然年纪大，但毕竟是第一国手，而周懒予年纪轻轻，正处在下棋的黄金时期。在这次甲申杭州棋会中，两人共下了十局棋，周懒予凭借高超的棋艺战胜了过百龄。

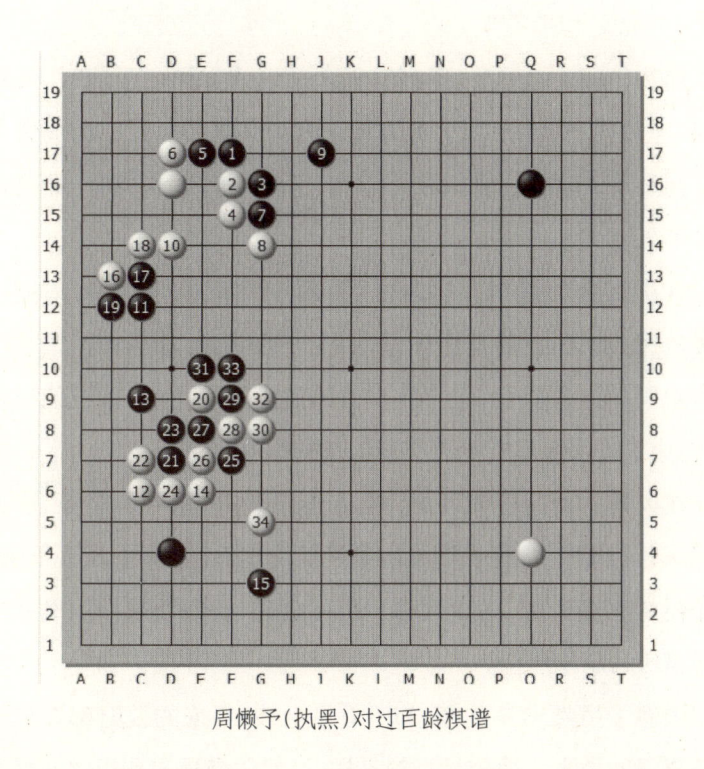

周懒予（执黑）对过百龄棋谱

这十局棋，后人将它编成书，名为《过周十局谱》。高手过招，分外精彩,其中体现出来的精细紧致的棋风,以及强劲有力的进攻手法,被后来的棋手连连称赞。

战胜过百龄之后,周懒予名声大噪。山阴的唐九经约了十几个名手,以车轮战的方式,向周懒予挑战,便有了又一次著名的"武林棋会"。周筼《周懒予传》记其事:

> 后数年,山阴唐公九经会海内名弈于武林西湖上,至十数辈。以懒予名高,约共折之,旬日间更番先后,懒予终无所诎。其争皆在几微毫发之间,究其所以胜者,持一先而不失也。

周筼(1623—1687),嘉兴梅里人。以诗文闻名于当时,又精于词律,与清初著名诗人、学者朱彝尊常诗词唱和。周筼与周懒予是同乡同宗人,年龄也相仿,其作《周懒予传》约在康熙初年,距周懒予去世不久。

这次棋会的召集人唐九经,山阴(今浙江绍兴)人,崇祯十年(1637)进士。明亡后退出仕途,回乡经商致富,好以弈怡情。由他出资组织的这次棋会,也是在棋待诏制度不存之后,常见的棋赛方式,也成了古代围棋史上有文字记载的难得的围棋盛会。

在风景秀丽的杭州西湖,周懒予和这些棋手一一过招,唐九经本想车轮战能让周懒予精神疲惫然后输棋,没想到十几天下来,周懒予精神丝毫不减,几近完胜。自此之后,周懒予进一步奠定了在清初棋坛的霸主地位。

周懒予虽然出身贫寒,却不看重金钱,得来的钱财都被他送给了需要帮助的人。他与过百龄一样,虽然凭借棋艺获得的钱财并不少,但最终都是所剩无几。他棋艺高超,为人却非常谦虚,并且不断追求棋艺的进步。《周懒予传》说他：

> 懒予家故贫,视金钱不甚惜,所获百千,尝呼卢一掷尽之,徒手至他郡,累所获又散尽如初。尝慨然曰:"天下大矣,弈诓无尽于此者,吾将遍遐荒万里求之。"一日拜其亲而行,更数载不返。人传在西部为王者遮留,娶妇有子矣。或曰东海岛彝,其君长崇以师礼,而教其国人。是二者,未知其孰信也。

呼卢为古代的一种赌博,"呼卢一掷"常用来描述一个人的豪爽大方,李白《少年行》称"呼卢百万终不惜,报仇千里如咫尺"。而据徐星友《兼山堂弈谱》记载:"东侯言懒予(与姚吁孺)对局后,未旬日而下世。"从周懒予没有与黄龙士的对局来看,周懒予应在康熙初年即去世。而传说他去西部某王国娶妻生子,或者去东夷岛国传授棋艺,当是家乡人对长期远出未归的人的猜想。周懒予的人生归宿,也就成了一个谜。

二、黄徐谱写血泪篇

康熙初年,清王朝灭掉南明政权,统一了全国。清代在政治、经济、文化上都进入了一个相对繁荣、稳定的时期,这为围棋发展提供了更好的条件。一批新棋手崭露头角,异军突起,其中最杰出的人物是黄龙士和徐星友。棋史上将康熙初黄龙士成名之后到梁魏今、程兰如崛起之前这一段,称为"黄徐时期"。

黄龙士,江苏泰州人,名虬,又名霞,字月天。大约生于1651年。黄龙士十一岁即以善弈著称。康熙七年(1668)十八岁时,与老棋手盛大有对弈七局,连战连捷。其后又先后击败各路名手。黄龙士曾与周东侯大战三十盘棋,胜多负少,遂取代周东侯夺得棋坛霸主地位。著名学者阎若璩将当时名望大、学问造诣高或怀有绝技的十四人称为"十四圣人",其中有著名的黄宗羲、顾炎武、朱彝尊等,黄龙士作为唯一的棋家被列入其中。后来黄龙士被称为棋圣,也可见棋手在当时的地位。

黄龙士的棋风注重大局,灵活自然,有大气勇猛的进攻,更有细致入微的计算,因此,他经常能在棋局生死攸关的时刻连出妙着,出其不意地赢得棋局。当时的棋手都对他出神入化的棋艺赞叹不已。徐星友《兼山堂弈谱》称其棋"寄纤秾于淡泊之中,寓神俊于形骸之外,所谓形人而我无形,庶几空诸所有,故能无所不有也"。黄龙士开启了一代棋风,上掩周过,下启施范。小说家李汝珍评曰:"逢黄

黄龙士与徐星友对弈塑像

月天出,异想天开,别创生面,极尽心思之巧,遂开一代之盛。"黄龙士著有《弈括》《黄龙士全图》《自拟谱十局》等。遗谱一百余局,主要见于邓元鏸刊《黄龙士先生遗谱》。

黄龙士中年早逝,野史逸闻往往认为这和他曾鼎力提携的徐星友有关。徐星友(约1644—?),名远,浙江钱塘(今浙江杭州)人。徐星友工书画,象棋也是好手,《杭州府志》说他:"兼工象戏,有弃马十八局钞谱,好事者藏之。"徐星友学围棋较晚,他比黄龙士还大七岁,但苦心学艺,曾有三年不下楼的经历。徐星友延请黄龙士来家指导,与黄龙士对弈,起初受四子,后受三子。李汝珍《受子谱选》(1817)刊有十局黄龙士让徐星友三子的对局棋谱,此书的《凡例》中

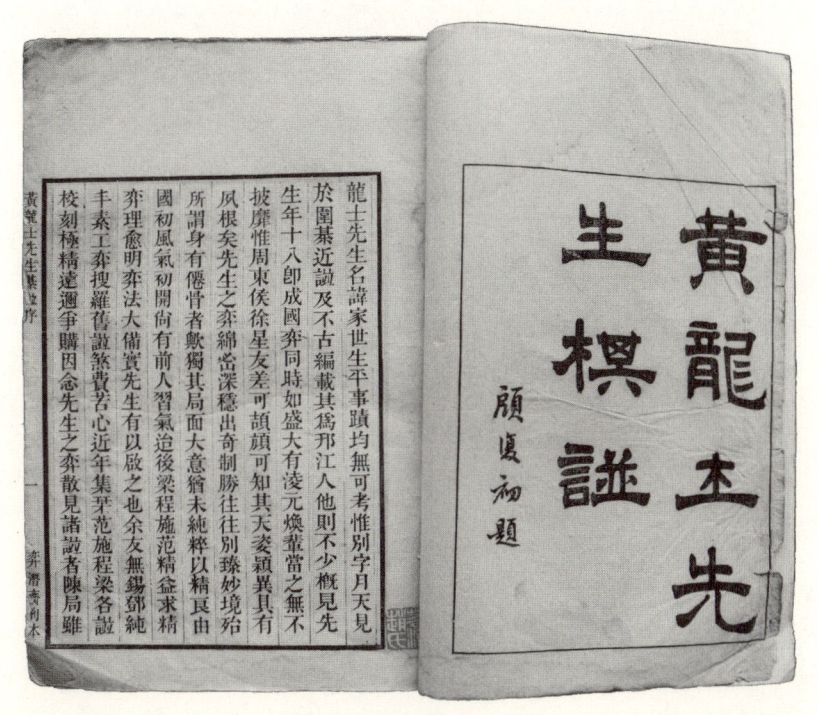

《黄龙士先生棋谱》书影

谈道：

黄龙士与徐星友十局名血泪篇，是时徐已成二手，黄故抑之以三子。其间各竭心思，新奇突兀乃前古所未有。十局终后，徐遂成国弈。可见心机愈逼愈妙，抑之者正以成之也。

其实黄龙士让徐星友三子谱，现存共有十六局。黄徐分先对子局也有七局，但分先黄龙士无须全力以赴，反不如这三子局来得精彩。

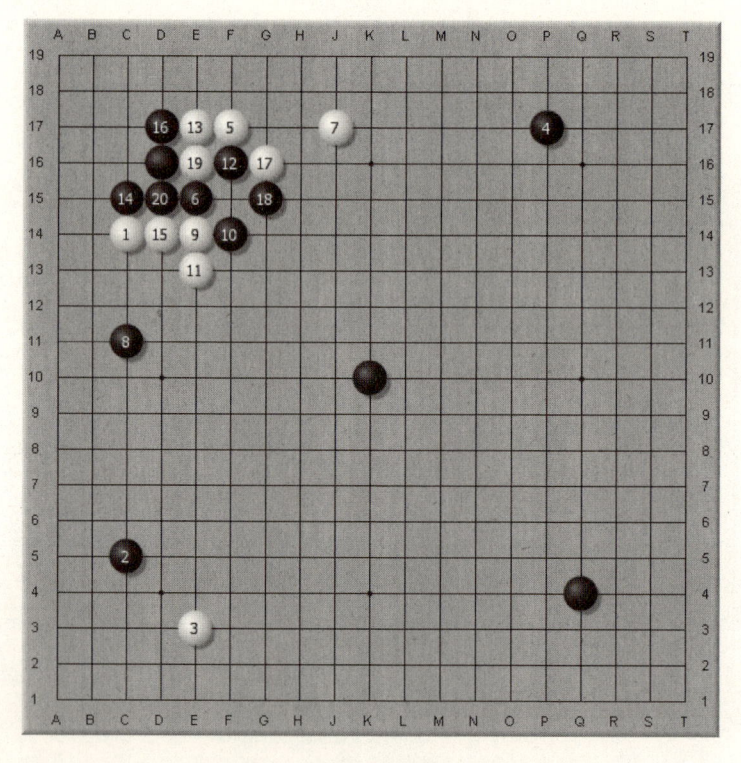

黄龙士、徐星友血泪篇第一局

徐星友出名后,游历京师,击败老棋手周东侯。戏曲家孔尚任作诗记此事:

> 疏帘清簟坐移时,局罢真教变白髭。
> 老手周郎输二子,长安别是一家棋。

黄龙士去世后,徐星友称霸棋坛二十余年,其间曾大败高丽使者,直到康熙末败于程兰如。其时徐星友已经七十岁,程兰如小他四十五岁。据说他们之间也有十局之战,徐三胜七负。《寄青霞馆弈选》中有清谭其文所撰《弈选诸家小传》,其中说道:

> 是时海内推徐星友第一,兰如与星友对弈十局,主者令众国工阴助兰如,兰如遂胜徐,而徐亦因此归里矣。

徐星友退归杭州后,潜心著述,有《兼山堂弈谱》行世。弈谱收清初著名棋手十九人六十二局棋谱,详加评说,棋家名之为经典。另外还有《眉山墅隐》,也是评棋谱,惜未能刊行。

清代笔记有种种徐星友阴算黄龙士的传闻。谓星友"深嫉龙士,因延龙士至家,供奉备至,阴使恣情声色,不数年,龙士以瘵卒,而星友遂为第一"(谭其文《弈选诸家小传》)。或谓"黄故负气,徐一日遍延高手于厅事,置弈局三,谓黄能同时敌三人乎?黄奋然曰:'何不可之有!'东西顾而弈,弈竟黄胜,是夜遂呕血死"(黄俊《弈人传》卷一五引《清朝野史》)。徐星友在《兼山堂弈谱》中对黄龙士推崇备至,野史传言,不足为信。

徐星友《兼山堂弈谱》书影

三、棋中李杜

在中国古代围棋史上，世有英雄，却常常是独领风骚，以致独孤求败。就像黄龙士和徐星友，棋史虽"黄徐"并称，但毕竟棋力有差距，难成真正的对手。于是，只能在让子棋中去谱就"血泪篇"了。

中国围棋继"黄徐时期"之后，进入"四大家时期"。四大家为梁魏今、程兰如、范西屏、施襄夏，其中又以范西屏和施襄夏成就最高。他们同里同学，弈艺旗鼓相当，被称为"棋中李杜"，同享"棋圣"之誉，就如双子星座，共同将中国古代围棋推向最高峰。

范西屏(1709—?)，一作西坪，名世勋。施襄夏(1710—1770)，名绍闇，字襄夏，别号定庵。他们都是浙江海宁郭店人，算是真正的

中国围棋博物馆范西屏、施襄夏对弈塑像

同乡,但两人家境却不一样。清袁枚《范西屏墓志铭》说范西屏"父某以好弈破其家,弈卒不工。西屏生三岁,见父与人弈,辄哑哑然指画之"。父亲家无恒产,因为好弈而致贫,而西屏从小就显露出了棋上的天赋,三岁看父亲下棋,即无师自通。于是技不能高的父亲把所有希望都寄托在儿子身上,起初让儿子跟同乡的张良臣学棋。绍兴俞长侯来访张良臣,范父让儿子跟俞长侯学棋,从海宁到绍兴,开始了真正的拜师学艺的生涯。范西屏也不负众望,"年十二而与师齐名"(施襄夏《弈理指归·序》),"十六岁,以第一手名天下。当雍正、乾隆间,天下升平。士大夫公余,争具采币,致劲敌角西屏,以为笑娱"(袁枚《范西屏墓志铭》)。这是一个典型的励志故事,苦心人,天不负,下棋成了谋生和致富的一种方式和手段。

而施襄夏，出身士大夫书香之家，他父亲"工诗文，善书法，兼画兰竹"，也常"焚香抚琴，对客围棋"（施襄夏《弈理指归·序》），但这些不过是修身养性的爱好而已。施襄夏曾和范西屏一起跟着张良臣学棋，但施襄夏体弱多病，父亲认为琴崇尚淡雅，可以陶冶人的性情，而棋却需要精于算计，劳心劳力，于是让他退而学琴。等到范西屏终有大成，施襄夏"因慕而亦从学焉"。但施襄夏荒废了几年，两人棋力已有较大差距。施襄夏发愤用功，奋起直追，"初师受三子，来年与范争先"，一年后就旗鼓相当了。俞长侯在棋界交游广泛，曾带着范西屏与施襄夏去拜访徐星友，"徐叟尚受三子，过承奖许，得《兼山堂弈谱》，潜玩经年，始窥其奥"（以上同出自《弈理指归·序》）。施襄夏授三子与徐星友对局，得徐夸奖，而他获赠《兼山堂弈谱》，也从中得窥奥秘。后来，施襄夏在吴兴县令唐改堂的县衙，遇到梁魏今、程兰如两位前辈，受先数局，也获益良多。

梁魏今，江苏山阳（今江苏淮安）人，是我国古代罕见的回族国手。棋风细腻、多变。程兰如，名慎诒，字兰如，号钝根，出自围棋之乡新安（今安徽歙县）。自幼喜好围棋，拜当地高手为师，后游历四方，三十岁时与当时第一名手徐星友对弈十局，战而胜之。程兰如的棋棋路清晰。善以柔克刚，与黄龙士有类似之处。相当一段时间，梁、程是范、施的最强劲对手。

施襄夏《弈理指归·序》还曾谈到自己得梁魏今点化而棋艺大进的一段经历：

岁壬子，偕梁丈游岘山，见山下出泉瀁瀁纡余，顾而乐之。丈曰："子之弈工矣，盍会心于此乎？行乎当行，止乎当止，任其自然，而与物无竞，乃弈之道也。子锐意深求，则过犹不及，故三载仍未脱一先耳。"余因悟化机流行，无所迹象；百工造极，咸出自然。则棋之止于中正，犹琴之止于淡雅也。

岁壬子是1732年，岘山在湖州，颜真卿、苏东坡都有咏岘山的诗。施襄夏从山上蜿蜒而下的流水得悟棋道：行乎当行，止乎当止，任其自然，而与物无竞。正所谓棋法自然也。

范西屏与施襄夏成名后，活动区域主要在江浙一带。不过，范西屏也曾独闯京城。当时，许多围棋高手都聚集在京城，据说最厉害的是一个姓黄的国手。黄姓国手曾因弈胜韩某，致韩吐血而亡。后来范西屏弈胜黄某而致黄某亡，时人以范西屏为黄某转世。晚清笔记毛祥麟《墨余录》载：

> 乾嘉间，朝贵盛行弈艺，以此四方善弈士咸集京师，而以海宁范西屏为巨擘。有先范得名者曰黄某，久游公卿间，称国手，年亦倍长于范。及范入都……（范西屏）入都时，黄犹在。诸巨公设彩，邀二人一争其胜。局未分，亦以一角争上下。范见黄握子不落，曰："先生殆不欲战乎？"黄忽色变曰："孽也，天夺我矣！又何争为？"方推枰起，遽倒地死。有知前事者，谓韩死而范生。

这故事虽近似小说家言，但足以说明范西屏曾经名动京师。清代的围棋，已经基本脱离官方体制，更多的是跟着经济走，所以江浙富庶之地，往往成了围棋的中心，其中一个重要的城市就是扬州。

乾嘉时，扬州由于基本垄断了两淮盐业，可谓富甲天下。豪商巨贾多好附庸风雅，文士棋客便常成了他们的座上宾。真正出自扬

州本土的国工并不多,但四方弈士慕名而来,滚雪球一般越滚越大,也就造就了扬州围棋的鼎盛。清李斗《扬州画舫录》载:

> 画舫多以弈为游者,李啸村《贺园诗序》有云:"香生玉局,花边围国手之棋。"是语可想见湖上围棋风景矣。扬州国工只韩学元一人而已,若寓公则樊麟书、程(周)懒予、周东侯、盛大有、汪汉年、黄龙士、范西屏、何闇公、施定庵、姜吉士诸人,后先辉映。

范西屏、施襄夏的活动区域,南至杭州,西至金陵,东到上海,北至扬州,扬州是其活动的中心。据说两淮盐运使卢见曾好舞文弄墨,亦好棋,曾筑苏亭于使署,一时文宴、棋宴不断,海内弈者云集。还有一些盐商,每日浸润在棋里,几成高手,胡肇麟便是其中一位。裘毓麟《清代轶闻》卷一○载:

> 胡肇麟,扬州醝贾也,好弈。梁、程、施、范,皆授以二子。每对局,负一子,辄畀白金一两。胡弈好浪战,所谓不大胜则大败者也,同人称为胡铁头。然遇范、施辄败。每至数十百子,局竟,则朱提累累盈几案矣。胡一日与范弈,至中局,窘甚,乃伪称疾罢弈,而急图局势,使急足求援于施。施时客东台,二日夜始返。胡乃称疾愈,出与范续弈,如施所教以应。范笑曰:"定庵人未至,弈先至邪?"胡大惭。胡受二子,与范、施弈三十余年,然终不能成对手,故谓国弈实由天赋云。

有了这些烧钱的冤大头,范西屏、施定庵这样的国手,无须像棋

252

待诏一般由政府供养,也可衣食无忧了。

范、施两人棋艺各擅其妙。范西屏为人倜傥任侠,潇洒不群。棋如其人,思路敏捷,灵活多变,不拘常套,人称"棋中李白"。施定庵则精严谨密,操算深远,人称"棋中杜甫"。邓元鏸《弈评》评曰:"施定庵如大海巨浸,含蓄深厚。范西屏如崇山峻岭,抱负高奇。"邓又在《范施十局》序中说:"西屏奇妙高远,如神龙变化,莫测首尾。定庵邃密精严,如老骥驰骋,不失步骤。论者方之诗中李杜,洵为至当。"《海昌二妙集》更把范、施与几千年来最受尊崇的周公、孔子相提并论。

范、施棋艺旗鼓相当,两人曾多次对弈。袁枚《范西屏墓志铭》有生动的描写:

> 海内惟施定庵一人,差相亚也。然施敛眉沉思,或日映未下一子,而西屏嬉游歌呼,应毕则哈台鼾去。尝见其相对时,西屏全局僵矣。隅坐者群测之,靡以救也。俄而争一劫,则七十二道体势皆灵。呜呼,西屏之于弈,可谓圣矣。

正所谓棋如其人。乾隆四年(1739),两人曾先后受浙江平湖(又名当湖)缙绅张永年邀请,前往教棋。张永年有子张世昌、张世仁,均嗜弈,有《三张弈谱》行世,其中有不少范、施与张氏父子的让子棋局。范、施之间的对局,保存下来的有十一局,应是不同时期和不同地点的对局。后人将其中十局,附会为在张永年府上所弈,称"当湖十局"。

无论这十局是否同一时间、地点所弈,它们都显示了范、施的高超棋艺。双方殚精竭虑,各展所长,算路深远,着法紧凑、精湛,扣人

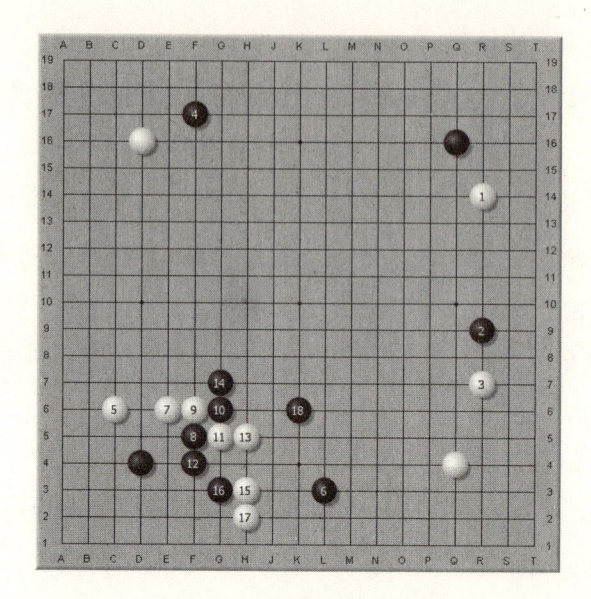

"当湖十局"第一局第一谱

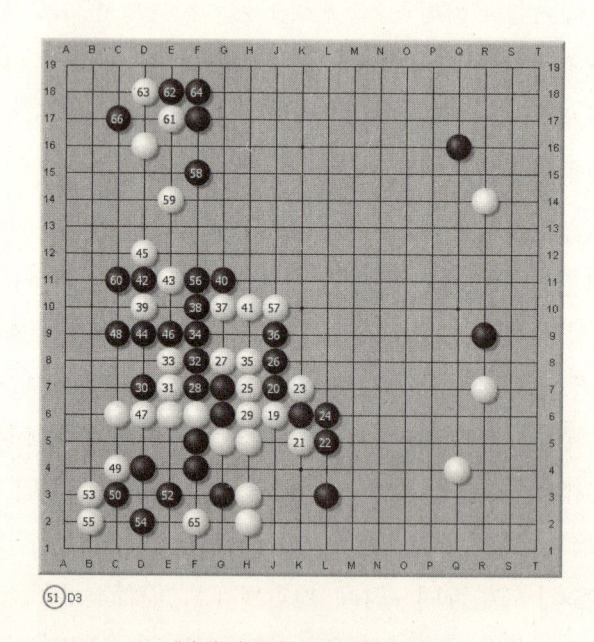

"当湖十局"第一局第二谱

心弦,被后人奉为楷模、经典。

施襄夏晚年寓居扬州,潜心著述,有《弈理指归》《弈理指归续编》行世。范西屏则入赘江宁,著有《桃花泉棋谱》。

范、施之为人称道,不仅在他们都有高超的棋艺及其对棋道的理论总结,也在他们为人的风范。施襄夏在《弈理指归续编·自叙》中强调:"余非弈人也,以弈之理足以针昏砭惰,由艺而几于道,故平生嗜好在焉。"而范西屏,袁枚在《范西屏墓志铭》中说他为人耿直朴实,豁达大方,虽有富豪给他千金,也不动于心,得了钱财,大多散给了邻里乡亲,最后总结:

铭曰:虽颜、曾,世莫称。惟子之名,横绝四海,而无人争。将千龄万龄,犹以棋鸣,松风丁丁。

于是,"余非弈人",棋手也就不仅仅是棋手了。

四、晚清两国手

清代在康熙、乾隆年间达到鼎盛,其后便开始走向衰落。清代围棋也大致经历了相似的发展轨迹。范、施之后,虽还有一些棋手活动于棋坛,但水平已呈下降趋势。人们一般把活动于嘉庆、道光、咸丰年间的十八位著名棋手称为"十八国手",他们是:任渭南(一名惠南、位南)、僧秋航、董六泉、钱贡南、黄晓江、程德堂、周星垣、李湛源、楚桐隐、潘星鉴、申立功、金秋林、施省三、沈介之、林越山、赖秀山、李昆瑜、徐耀文。他们的棋艺水平已较盛清国手有明显差距。

十八国手之后,在道光至光绪年间,棋坛出现了一对双峰并峙的国手:周小松和陈子仙。他们两人被并称为晚清两大国手。

范西屏《桃花泉棋谱》书影

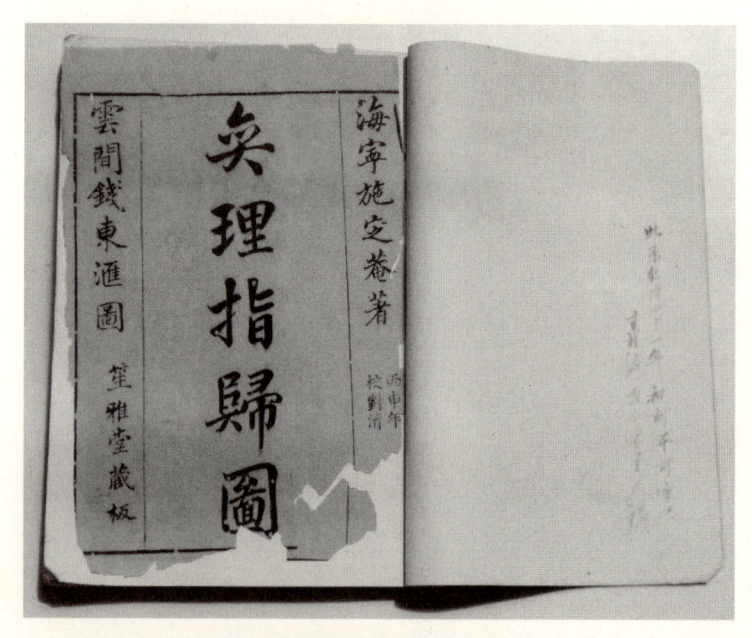

施襄夏《弈理指归图》书影

周小松（1820—1891），名鼎，江苏扬州人。他喜好围棋，也颇具天分，少年的时候与人下棋，在乡间无敌手。十八岁时曾得僧秋航指导，技艺大进。二十岁的时候，又得到向李湛源求教的机会。周小松请李湛源让他两子，两人开始对局。棋还没有下到中盘，李湛源的棋已经有要败的倾向，他便推开棋枰，对周小松说："你的棋已经大成了，我和你下棋只能分先对局，却不能再让子了。"

中国围棋博物馆周小松塑像

李湛源的这句话无疑肯定了周小松的棋艺已经达到国手水平。这个消息一传开，周小松在棋坛上的名声越来越大。当时，棋坛上另外一位闻名遐迩的人物就是陈子仙。于是有了一次双雄会。

陈子仙(约1822—约1871),名毓性,浙江海宁人,与范、施同乡。陈子仙经历也与范西屏相似。其父是大棋迷,本是小康人家,相传因嗜弈而致家道中落,靠赌棋抽彩为生。陈子仙幼时在乡里即有弈名。父亲曾在杭州开茶馆,十一岁的陈子仙即以弈棋得赏金来帮助父亲。父亲也曾带他到常州拜访老国手董六泉,《清代轶闻》记:

> 子仙年十三即成国弈,其父携之至常州,与国手董六泉对局。董须发皤然矣,而陈尚以红丝饰发,一时传为佳话。

董六泉年长陈子仙约五十岁,一老一少对坐,成棋坛一道风景。《子仙百局》收有两人的对子谱八局。

青年时的陈子仙还曾与施省三、李昆瑜、周小松等屡次切磋棋艺。陈子仙与周小松双雄并世,最初各霸一方,他们的初逢,据民国胡先庚《绎志斋弈话》载是在扬州:

> 袁丈梅仲为余言,少时在扬得见周小松,时善弈者多集于扬,然皆出小松下,小松亦自负。……一日海宁陈子仙来扬,揭告于市曰:"浙江国弈陈毓性来扬访友。"……好事者争欲决其雌雄,盐商黄氏闻之,亟具礼物,县重金,延二人于家。……于时扬之略知门径者群聚于黄氏之门,绕局而作壁上观者,层几累案,昂首翘足。……彼此互争先后不能决,乃行射子之法。……陈射不能中,于是周先。周起手于平角六三路置子,陈于上角三六路应。……谓之夺先,起首夺先,顺康间之习气,而范施所斥为躁急者也。陈此子既下,即有识其少年狂妄者。至百着外,局中大势周据上游,众又咸测陈之必败。而陈颜色从容,

谈笑自若,周则汗出如浆,似不胜其惶遽者。及陈于上角三二路一夹,周拍案曰:"此局竟负半子,惜哉!"时旁观者都不能晓局。告终,周果负半子。

这段记载有几点值得注意:其一,当时扬州以周小松为领袖,仍是全国围棋活动的中心;其二,陈子仙此次扬州之行,孤军奋战,一举成名,这是古代棋手间竞争的一种常见方式;其三,盐商出资操办比赛,这种私人赞助性质的竞技,在古代棋赛中也有代表性。

这局棋让两个人都清楚地知道了对方的实力,顿时有了惺惺相惜的感觉。他们曾多次对弈,旗鼓相当,难分胜负。

同治四年(1865),陈子仙受浙江富商程寅谷之邀到武汉,时正值汉阳晴川阁新修落成,晴川阁住持绘空禅师也好弈,常授子与武汉名手之一的徐耀文对弈。于是,邀请陈子仙与徐耀文两大高手会弈于晴川阁上。于时"微雨初晴,天空云净,远山蕴藉,近水清澄"(《晴川会弈偶存》安培铃序一),观者云集。两局都由徐耀文执黑先行,第一局陈子仙胜八子半,第二局徐耀文胜二子半,皆大欢喜。

这是又一次难得的围棋盛会,汉上棋界比之为"弈乐之荣,当湖之盛"。"弈乐之荣"指黄龙士与周东侯在弈乐园争锋。此次盛会,留下《江汉对弈图》画幅,还有不少人以诗纪其盛。郑筱珊诗曰:

千古河山战一枰,而今江汉喜澄清。
当湖以后无斯盛,鹦鹉洲前雨乍晴。
一天霁色为谁开,国手相逢旷世才。
我欲烂柯学王质,隔江黄鹤也飞来。

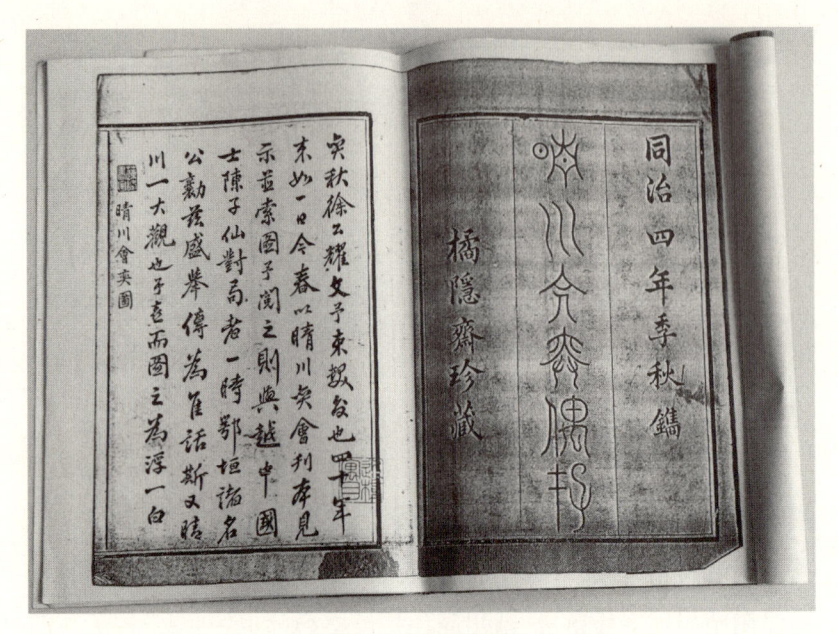

《晴川会弈偶存》书影

蔡善堂诗云：

> 才子怜才自古同，楚江浙水竟相通。
> 不矜智巧名儒派，别具英奇健将风。
> 海内千秋传二局，阁中一日薄三公。
> 半生好弈空依傍，此遇天教起聩聋。

楚江浙水两相通，以围棋结缘，名流雅集，堪与当湖之盛媲美。这些诗文棋谱，后被编成《晴川会弈偶存》刊行。

同治九年(1870)，陈子仙游皖，客巡抚英翰署中，与周小松重逢，两人相聚甚欢，枰上手谈，留下二十多局棋谱。不少棋谱被周小松编入《皖游弈萃》中。

晚清围棋的这双子星座，本有更多的机会交流。惜天不假人命，一年后，陈子仙即因病去世。周小松在1872年刊行的《餐菊斋棋评》中追忆老友，称"少时即与剧棋不下百数十局，今都无存者"，二十年后同客皖上，"相聚甚欢"，后各以事归省，不想陈子仙以滞下疾，年未五十即下世，"惜哉！独弦哀张，抚局陨涕"。

陈子仙去世后，周小松成了清代棋坛最后一位霸主。他成名于道光年间，之后经历了咸丰、同治、光绪三朝，称霸棋坛有半个世纪之久。然而，他自称棋力还赶不上范西屏与施襄夏两位前辈国手。他这话虽是谦虚，却也是实情。清代围棋到范、施时期已是极盛，有人请周小松为范西屏与施定庵的对局写棋评，周小松称不敢置评而推托了。

周小松晚年著有《餐菊斋棋评》，选评晚清国手对局。周小松于1891年逝世，长达二百余年的清代棋坛至此到了尾声，也标志着中国围棋的一个时代就要结束了。

〔明〕冷谦 《蓬莱仙弈图》(局部)

第二节 众生百态

清代围棋,棋待诏制度已不存,经济的发展,又使围棋在社会各阶层间广泛地流行开来,官宦、文人士子、社会大众,亦男亦女、亦仙亦鬼……清代小说,如《聊斋志异》《儒林外史》《三国演义》《西游记》《红楼梦》《镜花缘》等,也多有关于围棋的描写。正所谓黑白世界,百态人生。

一、《聊斋志异》之围棋奇缘

从魏晋开始,中国小说即多涉及志怪仙异。到清代,蒲松龄的《聊斋志异》更是将这一小说类型发展到一个新的高峰。

蒲松龄(1640—1715),字留仙,号柳泉居士,世称聊斋先生,自称异史氏。蒲松龄出身于书香世家,他早年也曾想借助科举入仕,可考中一个秀才就到顶了,此后屡次参加乡试而不中,只好一生以教书为生。既无法在正途中立言立功,只好别有怀抱于怪力乱神、谈狐说鬼。据说,为了搜集素材,他曾在家门口开了一家茶馆,来喝茶的人可以用一个故事代替茶钱。《聊斋志异》俗名《鬼狐传》,"聊斋"是蒲松龄的书斋名,"志"者,记述也。"异"自然是奇异之事了。《聊斋志异》全书将近五百篇,多以爱情故事为主,兼涉科举及其他社会之弊。而其中也有一些涉及围棋的篇目,如《棋鬼》《云萝公主》《狐梦》《连琐》《娇娜》等,其主人公虽然多为鬼怪,但反映了围棋在社会各阶层中的存在状况。

《聊斋志异》中的不少篇目都是爱情故事,故事的女主人公多是鬼或狐仙之类,但她们又往往充当了棋艺智慧的开启者之类的角色。如《连琐》讲述书生杨于畏与女鬼连琐的超越阴阳两界的爱情故事。连琐来到杨于畏住处,"与谈诗文,慧黠可爱。剪烛西窗,如得良友"。两人情投意合,欢同鱼水,"女每于灯下为杨写书,字态端媚。又自选宫词百首,录诵之。使杨治棋枰,购琵琶。每夜教杨手谈,不则挑弄弦索",让人顿觉心怀畅适,乐而忘晓。直到窗上有曙色,连琐才张皇遁去。

"教杨手谈",这女鬼充当的是棋艺的教化者的角色。类似的故事在《狐梦》中有更生动的描写。《狐梦》写书生毕怡庵与狐仙的一段奇异故事。毕怡庵梦里得狐仙造访,入怀香软,轻若无人,抱与同杯饮。他们还一起下棋:

> 女每与毕弈,毕辄负。女笑曰:"君日嗜此,我谓必大高着。今视之,只平平耳。"毕求指诲。女曰:"弈之为术,在人自悟,我何能益君?朝夕渐染,或当有异。"居数月,毕觉稍进。女试之,笑曰:"尚未,尚未。"毕出,与所尝共弈者游,则人觉其异,咸奇之。

嗜弈如毕君,却棋艺平平,得女指点,大有进步。虽在狐仙看来,这棋还不行,但出去跟平时那些人对局,已让人觉得大不一样,他人为此大为不解,不知毕君有了什么样的奇遇。

这让我们想起王积薪遇蜀山妇姑棋艺大进的故事。仙人成为凡人智慧的开启者,几成一种文学原型。

在《聊斋志异》的人鬼之恋中,女鬼或女仙往往都是主动投怀送抱、自荐枕席。就像《云萝公主》中的主人公安大业,韶秀无俦,慧而能读,世家争婚之。他的母亲却梦见说儿子当娶公主。他也信了。过了十五六年,公主还没影子,正在有点后悔的时候,一日安独坐,忽闻异香。一美婢进来说:"公主到了。"果见一女郎进来,服色容光,映照四堵。婢女曰:"此圣后府中云萝公主也。圣后属意郎君,欲以公主下嫁,故使自来相宅。"

〔清〕佚名 《云萝公主》

天上掉下个林妹妹,安公子惊喜之下,不知所措,讷讷不能言语。以下是关于围棋的一段描写:

  安故好棋,楸枰尝置坐侧。一婢以红巾拂尘,移诸案上,曰:"主日耽此,不知与粉侯孰胜?"安移坐近案,主笑从之。甫三十余着,婢竟乱之,曰:"驸马负矣!"敛子入盒,曰:"驸马当是俗间高手,主仅能让六子。"乃以六黑子实局中,主亦从之。主坐次,辄使婢伏座下,以背受足;左足踏地,则更一婢右伏。又两小鬟夹侍之;每值安凝思时,辄曲一肘伏肩上。局阑未结,小鬟笑云:"驸马负一子。"进曰:"主惰,宜且退。"女乃倾身与婢耳语。

  后来,女再至,给安公子指下两条道,"若为棋酒之交,可得三十年聚首;若作床笫之欢,可六年谐合耳。君焉取?"让他选择。安选择了后者。"女乃默然,遂相燕好。"
  看来,棋酒再有魅力,也还是挡不住床笫之欢啊!仙女自荐枕席,人仙交合,其实已成中国仙鬼故事的一个文学原型。
  《聊斋志异》还有一篇专门以围棋为题材的小说《棋鬼》。它写的是一个嗜棋如命的"棋鬼"的故事。
  话说扬州督同将军梁公,解甲归田,每天携棋酒,游林丘间。这天,正是九九重阳佳节,登高与客弈棋。忽有一人来,逡巡局侧,耽玩不去。看这人面目寒俭,穿着破旧,然而意态温雅,有文士之风。梁公请他坐,指棋曰:"先生当必善此,何不与客对垒?"其人逊谢多时,才就局。局终而负,神情燠热,若不自己。又着又负,更为愤惭。酌之以酒,亦不饮,只缠着客与之对弈,从早晨一直到日头西落,也没见他溲溺(小便)。棋盘上正杀得不可开交,忽然,书生离席悚立,神色惨然,屈膝向公乞求救命。梁公骇异,扶他起来,说:"游戏而已,何至如此?"书生曰:"乞嘱付圉人(养马之人),勿缚小生颈。"公又异之,问:"圉人谁?"曰:"马成。"公派人去看马成,则已僵卧三日矣。公乃呵叱马成不得无礼。忽见书生即地而灭,公叹咤良久,才明白,原来这是一个鬼呀。

过了几天,马成苏醒了,公召来问话。马成方道出书生来历:书生为湖襄人,嗜弈成癖,荡尽家产。其父忧心忡忡,将他关在屋子里。书生逾墙而出,仍旧下棋去也。无论父亲怎么痛骂,也无济于事。其父被活活气死。阎王以书生不德,没收他的阳寿,将其罚入饿鬼狱,至今已七年。适逢东岳凤楼成,岳帝下牒诸府,征文人作碑记。阎王将他从狱中放出来,使其应召自赎。不料书生就因为与梁公的客人下棋,耽误了限期。岳帝问罪于王。王怒,派马成来抓他回去。公问:"那现在怎么办?"马成答:"仍付狱吏,永无生期矣。"公叹曰:"癖之误人也如是夫!"

作者蒲松龄也由此感叹:"见弈遂忘其死;及其死也,见弈又忘其生。非其所欲有甚于生者哉?然癖嗜如此,尚未获一高着,徒令九泉下,有长死不生之弈鬼也。哀哉!"

人最无法超脱的是生与死,一介书生,因为嗜弈而倾家荡产,气死老父,被阎王罚入饿鬼狱。而有了生还机会,又因为弈棋而永世不得超生。迷棋如此,"尚未获一高着",真棋迷也。天上世界中的神仙高高在上,受人膜拜,让人难以亲近,而这一棋鬼,反让人更感到一分亲切与随意,一种浓浓的人情味。

二、小阁轩窗静弈棋

中国古代,下棋多为男性之事,西汉的杜邺就直接宣称"博弈,男子之事",女子以"妇德、妇言、妇容、妇功"为规范,其天地永远只能局限在一屋之内。若不甘于此,便只好易装。《南史·崔慧景传》就记载了一个故事:南朝时浙江东阳有一女子名娄逞,"粗知围棋,解文义",偏偏生为女儿身,在汉代以来即形成的"博弈,男子之事"的传统下,咋办?无奈之下,娄逞只好女扮男装,"遍游公卿,仕至扬州议曹从事"。后来终被揭开真面目,齐明帝萧鸾"驱令还东,逞始作妇人服而去"。娄逞无可奈何,叹曰:"如此伎,还之为老妪,岂不惜哉!"

女子下棋成为社会风气是从唐代开始的。棋成为琴棋书画"四艺"之一,成为文人士子和大家闺秀的必备才艺。宫廷中杨贵妃侍棋邀宠,也带动了官宦阶层中的女子弈棋之风。宋代,世俗生活进一步对妇女开放,宫中女弈之风更盛。"忘忧清乐在枰棋,仙子精攻岁未笄",宋徽宗御制《宣和宫词》中就有多首写到宫中女子围棋。而士宦女子读书作文,填词下棋,也成雅事。宋人刘铉(一作吴可元)作《少年游·戏友人与女客对弈》:

> 石榴花下薄罗衣。睡起却寻棋。未省高低,被伊春笋,拈了白玻璃。　钏脱钗斜浑不省,意重子声迟。对面痴心,只愁必局,肠断欲输时。

这里写的是充满情趣的闺阁围棋场景。当女子坐在棋枰边的时候,充满争斗气氛的棋局也就多了一些情趣与柔情。

明清,随着围棋日益走向大众,走入民间,围棋也日益进入女性的日常生活中。明代绘画中就有不少以弈棋为题材,如仇英的《汉宫春晓图》、姜隐的《芭蕉美人图》。

〔明〕姜隐 《芭蕉美人图》

到清代,仕女围棋画就更多了,丁观鹏《乞巧图》、焦秉贞《桐荫对弈图》、禹之鼎《闲敲棋子图》、陈枚《仕女弈棋图》、佚名《仕女候弈图》、喻兰《仕女自弈图》、胡锡珪《桐窗弈棋图》等,再现了女子弈棋的各种生动场景。如焦秉贞的《桐荫对弈图》,一群女子,在桐树荫下下棋,有下棋的,看棋的,还有在边上走动的,形成了一幅安逸闲适的下棋场面。

而禹之鼎的《闲敲棋子图》,一个女子,自己跟自己下棋,研究棋局,看她那么入神的样子,让人深深地感觉到围棋的魅力!

喻兰的《仕女自弈图》,一个女子在桌前自己与自己下棋,边上一个孩童趴在暖笼上安静地睡着,充满了一股浓浓的生活气息。

围棋对于女子来说,还有其他用途。像清代丁观鹏的《乞巧图》所示,一群女子在用棋盘来做祈祷,祈求上天让她们更加聪明,心灵手巧。

女子围棋,为作为"男子之事"的围棋增添了许多别的情趣。清代黄景仁有一首《虞美人·弈》:

> 昨宵博簺今宵棋,曲院云屏隔。月明犹界粉窗梅,只此春宵一局不须催。　　金枰碎玉敲还寂,觅个中心劫。心知负了晕红腮,忽地笑拈双子倩郎猜。

小院云屏,梅影扶疏,月华如水,春宵一刻却弈棋。娇羞女子,看看将败,顾左右而言他,拈子倩郎猜。清景佳人,情趣盎然。李渔曾在《闲情偶记·声容部》中说:"但与妇人对垒,无事角胜争雄,宁饶数子,而输彼一筹,则有喜无嗔,笑容可掬;若有心使败,非止当下难堪,且阻后来弈兴矣。纤指拈棋,踌躇不下,静观此态,尽勾销魂。

〔清〕焦秉贞 《桐荫对弈图》

〔清〕禹之鼎 《闲敲棋子图》

〔清〕丁观鹏 《乞巧图》

〔清〕喻兰 《仕女自弈图》

必欲胜之,恐天地间无此忍人也。"怜香惜玉,弈棋亦然。

明清小说中也有不少关于女子围棋的描写。如明代的《金瓶梅词话》,清代则有《红楼梦》《镜花缘》等。

《红楼梦》写贾、史、王、薛四大家族的故事。这些大家族的生活,自然离不开各种娱乐活动,当然也包括围棋。在《红楼梦》里,会下围棋的不少,男的有詹光、贾政、贾宝玉,女的更是小姐丫鬟齐上阵,有宝钗、宝琴、香菱、湘云、探春、惜春、妙玉等。连贾府中元春、迎春、探春、惜春的丫鬟,都以琴棋书画命名,分别叫抱琴、司棋、侍书、入画。迎春有两个丫鬟名司棋、绣橘,古人有"橘中戏"之谓,"棋""橘"合起来即为棋局。

《红楼梦》第二回回前诗即以棋作喻:

一局输赢料不真,香销茶尽尚逡巡。
欲知目下兴衰兆,须问傍观冷眼人。

而对于大观园里的小姐丫鬟们来说,世事纷扰,大观园便如桃源一般,可让她们暂时得一安宁。《红楼梦》第四回写薛宝钗与她哥哥、母亲一起住进了贾府的梨香院,宝钗每天与黛玉、迎春姊妹一起"或看书下棋,或作针黹,倒也十分乐业"。

《红楼梦》第十七回"有凤来仪"处的对联曰:

宝鼎茶闲烟尚绿,幽窗棋罢指犹凉。

小阁轩窗静弈棋,茶香袅袅,棋声丁丁,便成闺阁围棋之一景。正如《红楼梦》第七回写到的迎春、探春"窗下围棋":

李菊侪《金玉缘图画集》之
《宝钗出场》《二春围棋》《花下人来》《观弈轩闲棋》

> 迎春的丫鬟司棋与探春的丫鬟侍书二人正掀帘子出来，手里都捧着茶钟，周瑞家的便知他们姊妹在一处坐着呢，遂进入内房，只见迎春、探春二人正在窗下围棋。

《红楼梦》写围棋，不少地方还涉及围棋的具体下法。第六十二回，写探春和宝琴下棋，宝钗、岫烟观棋，林黛玉和宝玉在一簇花下唧唧哝哝说话……关于棋局本身，小说有一段描写：

> 探春因一块棋受了敌，算来算去总得了两个眼，便折了官着，两眼只瞅着棋枰，一只手却伸在盒内，只管抓弄棋子作想，林之孝家的站了半天，因回头要茶时才看见。

为了做两个眼，可能要损官子。探春在那里冥思苦想，就是想找一个两全其美的办法，既做活又不损官子。从这一段描写，看得出作者曹雪芹也是懂棋之人。

围棋不光让大观园里的小姐们入迷，也让方外之人挂心。《红楼梦》第八十七回，写宝玉去见住在蓼风轩的惜春，刚到窗下，只见静悄悄一无人声，刚想走，却突然听到屋里传出响声：

> 宝玉站住再听，半日又拍的一响。宝玉还未听出，只见一个人道："你在这里下了一个子儿，那里你不应么？"宝玉方知是下大棋，但只急切听不出这个人的语音是谁。底下方听见惜春道："怕什么，你这么一吃我，我这么一应，你又这么吃，我又这么应。还缓着一着儿呢，终久连得上。"那一个又道："我要这么一

吃呢?"惜春道:"阿嗄,还有一着'反扑'在里头呢!我倒没防备。"

和惜春对弈之人便是出家人妙玉。后面,写宝玉进屋看棋,还看到妙玉弄出一个"倒脱靴"的妙手来,惜春只好乖乖认输。妙玉是出家人,见了宝玉,反惹出一段相思。这"倒脱靴",难道有某种局外之意吗?

《红楼梦》还有一段有趣的描写,那就是写大观园的小姐丫头玩"赶围棋"的游戏。"赶围棋"就在围棋盘上,以掷骰子来行棋,并且可以好几个人一起玩。这有点像在围棋盘上玩跳棋。围棋对于大观园里的小姐来说,不过是消愁解闷之闲情雅致,在棋盘上能玩出各种花样来,何必要在胜负场上执迷不悟呢?

《红楼梦》更多的还是写闺阁围棋,充满日常生活的烟火气息。李汝珍(约1763—约1830)的《镜花缘》写唐代武则天开科考试才女,录取的一百名才女,都是被贬谪下凡的花仙。小说叙述这些花仙的出身、遭遇、赴考、生活、聚散等情况。其中有几段弈棋的描写:

> 一日,百花仙子因时值残冬,群芳暂息,既少稽查之役,又无号令之烦。清闲静摄,颐养天和。一日忽然静中思动,因命牡丹、兰花众仙子看守洞府。去访百草仙子,不意适值外出。又访百果、百谷二仙,亦皆不遇。忽见阴云四合,飘下几点雪花。正要回洞,偶然想起麻姑久未会面,于是来到麻姑洞府。彼此见面,各道久阔。麻姑道:"今日这般寒冷,满天雪片飘扬,仙姑忽来下顾,真是意想不到。如果消闲,趁此六出纷霏之际,我们虽不必学人间暖阁围炉那些俗态,何妨清吟联句,遣此长宵?现在家酿初熟,先请共饮数杯,好助诗兴。"百花仙子道:

"佳酿延龄,乃不易得的,一定遵命拜领。至于联句,乃冷淡生涯,有何趣味!不如以黑白双丸,赌个胜负,倒还有些意思。——莫要偷棋摸着,施出狡狯伎俩,我就不敢请教了。"

——《镜花缘》第二回

那百花仙子那日同麻姑着棋,因落雪无事,足足着到天明。及至五盘着完,已有辰时光景。只见女童来报:"外面众花齐放,甚觉可爱,请二位仙姑出去赏花。"二人出洞朝外一望,果然群花齐放,四处青红满目,艳丽异常,迥然别有天地。

——《镜花缘》第六回

这是仙子之棋,雪花纷飞,清景无限,与《红楼梦》中的闺阁围棋相比,则自有另一番雅趣。

三、中兴名臣的棋局

晚清,清朝日趋没落,特别是太平天国起义,使本已风雨飘摇的腐朽政权,更加雪上加霜。在这危难之际,几个儒家士大夫出身的大臣,力图挽狂澜于既倒,他们是曾国藩、李鸿章、左宗棠、张之洞,被并称为"晚清中兴四大名臣"。

其中曾国藩、左宗棠,都是湖南人,都与棋结下种种缘分。他们既在棋盘上怡情养性,消磨时光,又在晚清的历史风云变幻中,下了一盘大棋。

曾国藩(1811—1872)出生于湖南湘乡白杨坪(旧属湘潭,今属娄底市双峰县)。作为湘军的创立者和统帅,因镇压太平天国起义有功,官至两江总督、直隶总督、武英殿大学士,封一等毅勇侯,1872

年去世,谥文正。

曾国藩嗜棋,棋艺却不高,清野史中载曾国藩曾招周小松弈棋,周让曾九子,而把曾棋裂为九块,曾因此大怒而不赠一文。但"技不能高谩自娱",本就是中国文人士子的围棋传统,"技不能高"并不影响弈者沉溺其中。《曾国藩日记》中有大量下棋的记载。"早饭后,围棋一局","旋围棋二局",成了日记中最经常的表述。有时一天最多达五六局,并且下棋还兼观棋,如同治二年(1863)二月的日记:

> 初八日:早起,大风怒号,竟日不止。营内棚席皆坏,不能治事。饭后写对联七付。旋与柯小泉围棋二局,又观柯与薛君围棋二局,余亦与薛再一局。中饭后与沅弟邕谈。申刻又围棋二局。
>
> 十四日:与屠晋卿、薛炳炜各围棋二局,又观渠二人一局。……中饭后与沅弟邕谈。旋又围棋二局。
>
> 二十五日:在船共围棋六局,每局约二刻许。

曾国藩下棋之狂热,可见一斑。

对曾国藩来说,下棋主要是为娱乐、休闲。他于道光二十年(1840)进京,在京为官的那段时光,有时沉溺于围棋中,他也会时时自省:"可恨!好光阴长是悠忽过了。又围棋一局,此事不戒,何以为人?日日说改过,日日悔前此虚度,毕竟从十月朔起,改得一分毫否?"(《曾国藩日记》道光二十二年十一月廿二日)"酒后,观人围棋,几欲攘臂代谋,屡惩屡忘,直不是人。"(《曾国藩日记》道光二十二年十一月廿四日)他时时告诫自己戒棋,但刚发完誓,第二天依然如故,由此也可见围棋的魅力。围棋确如那木野狐,魅惑人如狐啊!

1851年，洪秀全在广西桂平金田村起事，太平军兴。清军之八旗、绿营兵早已衰朽，太平军势如破竹。1853年，为镇压太平天国运动，曾国藩在家乡湖南开始训练湘勇，1854年2月，湘军倾巢出动，开始了与太平军长达十年的征战。在戎马倥偬的战事中，围棋成了最好的调剂生活、打发时光、缓解焦虑、养其静气之物。曾国藩在战事不利，"悲愤之至"时围棋，在"天雨纷纷，不胜郁闷"时围棋，在"牙痛殊甚，不能治事"时围棋，在"愁闷无聊"时，甚至"陈氏妾葬于茅岭冲山中"之日亦围棋，当然当捷报传来，战事将了时，更要围棋一局了。

在紧张的军务中，围棋本为休闲，但劳累过度，"日来疲困，不克自振，荒于围棋"，有时也让他自责。但总的来说，军旅中的围棋，还是缓解了他的许多焦虑，戒棋云云，也就少见了。况且，围棋还让他时时想起兵家之战理，还有为人之道。如他思考"上知下愚"的道理："是夜，思孔子所谓'性相近，习相远''上智下愚不移'者，凡事皆然。即以围棋论，生而为国手者，上智也；屡学而不知局道，不辨死活者，下愚也。此外，则皆相近之资，视乎教者何如。教者高则习之而高矣，教者低则习之而低矣。"（《曾国藩日记》咸丰九年九月廿四日）

曾氏幕府人才济济，号称"晚清第一幕府"，恐怕即与其因势利导、善于用人有密切关系吧。围棋亦通兵法。咸丰六年（1856）正月十三日，曾国藩致信罗泽南，就近期的军事局势，提到"凡善弈者，每于棋危劫急之时，一面自救，一面破敌，往往因病成妍，转败为功；善用兵者亦然。今江西之势，亦可谓棋危劫急矣"。以围棋喻兵势，正是曾国藩围棋思维在军事上的体现。

曾国藩一生有大量的棋友。《曾国藩日记》中记载的就有六十多位。这些棋友中，有的是老友，如刘蓉、欧阳小岑（兆熊）、郭嵩焘，有的是湘军中的幕僚和将领。曾国藩军中的一大批将领都是读书人。湘军中围棋的流行,有一方面跟作为主帅的曾国藩"上有所好"有关,另一方面围棋既是"雅艺",又通"兵法",也很容易获得这些"文人将军"的共鸣。他们在湘军系统内部,形成了一种共同的交际语言,诚如吴强《晚清湘军系统围棋活动探析》一文中所说:"这样的一个群体,也因此体现出明显的'围棋色彩',在晚清局势动荡不停,围棋整体发展日渐低迷之际,形成了一个局部的小气候。虽然对围棋的整体技战术水平提高并未有较明显的贡献,但对围棋氛围的浓厚和保持还是发挥了不可或缺的作用的。"

在与曾国藩往来甚密的湘人中,有一位后来建立了不亚于曾的事功。他叫左宗棠(1812—1885),字季高,湖南湘阴人。左宗棠是中国近代著名的军事家和政治家,熟读兵法,平定太平天国,参与洋务运动等,尤其是在国家内外交困的时候,率军进入新疆,平定叛乱,并把沙俄赶出了新疆,为中国收复了辽阔的新疆大地。

左宗棠与曾国藩有过密切的交往,但《曾国藩日记》中没有他们下过棋的记载。左宗棠应该是会下棋的,甘肃平凉地方志《柳湖志》曾记载左宗棠与围棋的一段逸事:据传,左宗棠酷爱围棋,棋艺不俗,下属都不是他的对手。有一次,左宗棠率军出征,路过一间屋子,门上挂着"天下第一棋手"的匾额,他心想什么人这么狂妄,就进屋想要跟对方过过着。屋里只有一个七十多岁的老人,左宗棠没放在眼里,三局棋下来,老人全输了。左宗棠让老人把"天下第一棋手"的匾额给拿下来,然后得意扬扬地走了。不久之后,左宗棠打赢了仗,回军途中,又路过了这间屋子,看到那块匾额还挂在上面,觉得这老人真是不知天高地厚,就进去与老人再战。这次,左宗棠三战三败,被老人打得落花流水。这时老人才说:"上次您即将出征打仗,我不能挫伤您和军队的锐气,就故意让您赢了。"左宗棠听后恍然大悟,惭愧不已。

左宗棠在自己的书信、奏折、文章中,也多次以围棋打比方。如1874年十一月初三日,左宗棠在一篇奏折中以"譬如围棋,一着活而满盘俱活矣",来说明所奏之事的必要性。1877年,在筹划西征事宜时,左宗棠给陕西巡抚写信,说大地山川,兴亡成败,就像一局棋,胜局要防一着之错,败局其实也有生路,关键是下棋的人如何用心谋划,合理布子。

由此可见,左宗棠会下围棋,虽然棋艺可能不高,但他用围棋的道理,下了一盘大棋。

第九章 转型复兴

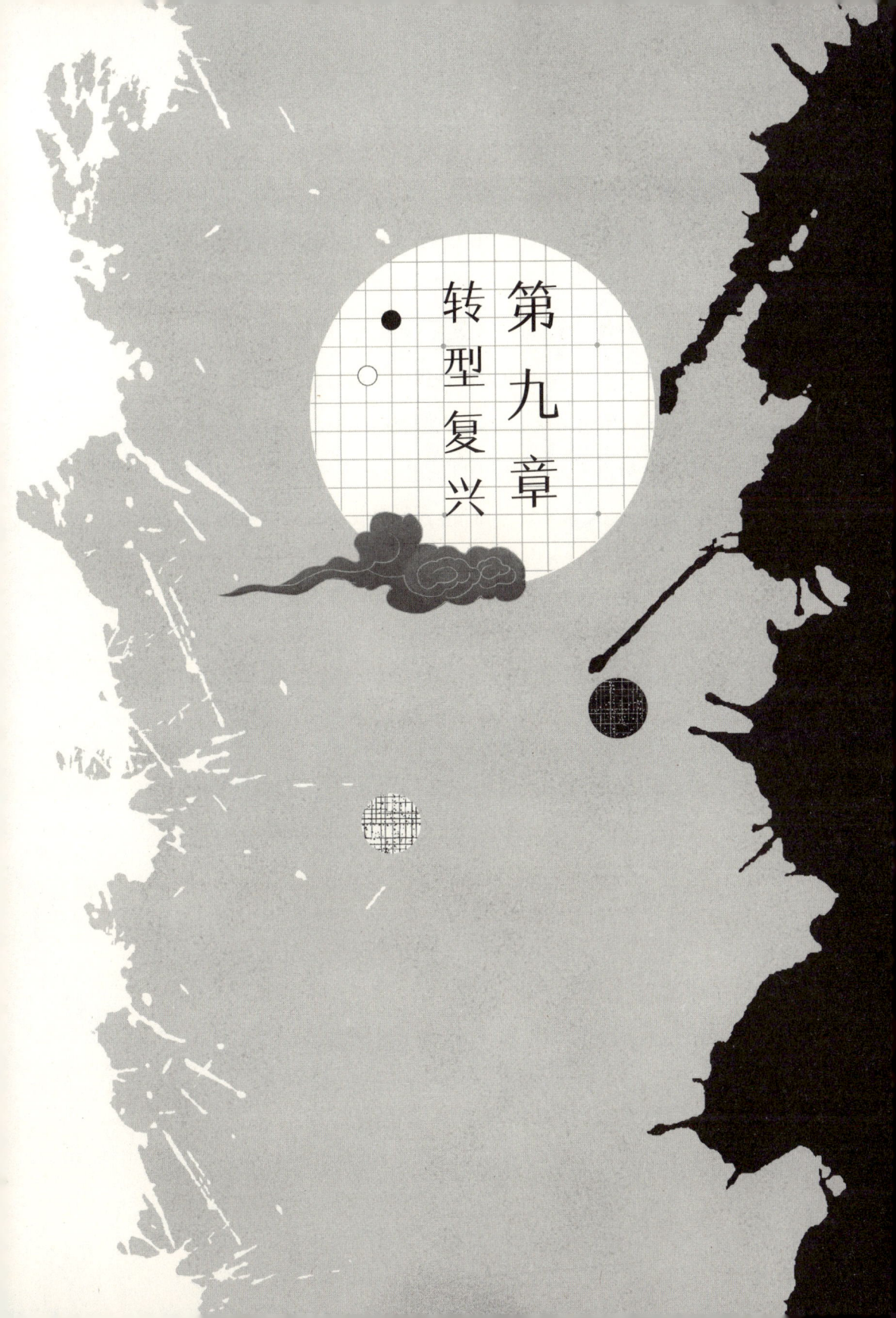

棋虽小道，恒视国运为盛衰。日本高部道平横扫中国棋手，引发了中国围棋的现代变革。少年吴清源东渡日本，成一代大师；顾水如、刘棣怀、过惕生等名手，引领了中国现代围棋艰难的复兴之路。

新中国围棋百废待兴，数风流人物，还看今朝。陈毅同志大力提倡，陈祖德超越自我，聂卫平擂台显威，文人墨客写黑白，棋声侠影数金庸……黑白世界，无限妖娆。

第一节 世纪之路

1909年,日本一个四段棋手高部道平到中国,将中国名手纷纷打到让二至三子。"洞中方七日,世上已千年",中国棋界震惊了,由此开始了反思、变革之路。中国围棋的现代转型也就由此开始。座子制被废除,日本围棋成了中国棋界学习、追赶的目标,不少的日本棋谱被译介过来。20世纪,中国围棋正是在学习、追赶日本中完成了自我的超越。

一、棋运与国运

高部道平,生于1882年,是日本围棋组织方圆社的成员。1909年,当时为四段棋手的高部道平出国旅游,到达中国河北保定后,被当地日本翻译推荐给北洋系军阀段祺瑞。段祺瑞酷爱围棋,本身也具有一定实力,在他身边聚集了一批棋手。高部道平与段祺瑞在内的中国棋手进行了多次交流,大获全胜。段祺瑞惊讶地问他:"您在日本棋界,一定是大高手吧?"高部道平据实回答:"我只是一名普通的四段棋手。如果和名人秀哉下棋,还要先摆上两子。"此语一出,举座皆惊。

随后,高部道平受中国棋界邀请,到南京等地与中国名手们对弈,中国高手们都被高部让两子,且让两子局也是胜少负多。其中有一盘弈于1910年10月,高部道平让两子战胜中国当时顶尖高手之一的张乐山,这清楚地体现了清末民初中日围棋之间的差距。

其实中国围棋的衰落,早已现出端倪。晚清时期,中国积贫积弱,落后挨打,中国围棋也陷入前所未有的低谷。1891年,晚清的最后一大国手周小松谢世,中国围棋进入了一个"世无英雄"的时期。清末到民初前后约二三十年的时间,虽然还活跃着一些知名棋手,如汪序诗、刘云峰、张乐山、王彦青、范楚卿、陈子俊、林诒书、何星叔、汪云峰、李子干、常仲卿、金芝亭等十几人,但他们中稍前一辈的均被周小松让二三子。而1909年,高部道平的访华,使国人认清了一个现实,中国围棋,真的是落后了。

中国围棋的没落,原因是多方面的。首先在于国运的衰落。所谓国运兴,棋运兴,反之亦然。一代国手周小松在世时便有切身体会:"弈虽小道,恒视国运为盛衰。"(《问秋吟社弈评初编·王伯恭序》)鸦片战争时期,西方列强用大炮轰开了中国的大门,在封建主义和殖民主义的双重压迫下,不仅民不聊生,连国家也要面临国将不国的窘境。国势的衰落,使围棋之类的"游戏艺术"也失去了它生存、发展的社会根基。王蕴章在《天香石砚室弈选》序言中说:

> 余尝窃论夫弈之盛衰矣。弈莫盛于有清一代,而其衰也,亦于有清一代为最。极盛于施、范,中衰于陈、周,非施、范能盛之,陈、周能衰之也。施、范生于国家全盛之秋,民丰物阜,心无分骛,一枰黑白,若将终身,其以弈名世也固宜。降至陈、周,世

变稍稍丕矣。士或怀才不得逞,则奔走为衣食计。手谈坐隐,余事蓄之。有能与陈、周敦槃玉帛、狎主齐盟者,已视为登峰造极而不可复进。若更责以施、范之绝诣,则骇且走耳。

而反观日本棋界:"日本人之治弈矣,争雄于坛坫,受成于天府,给廪以敬之,设官以宠之,高髻广袖之效,遂有遗弃一世之务而为之者。"王蕴章由此感叹:"呜呼!弈学之不振,岂第世运隆污之所由分,抑亦国民强弱之所由判也。"

这段话极好地说明了晚清棋道衰落的原因。王蕴章(1884—1942),是近现代文学家、教育家,曾任上海沪江大学、南方大学、暨南大学国文教授,上海正风文学院院长。倡"中学为主,西学为用",以棋而论,"西学"大概应为"东洋之学"了。

其次,晚清棋道的衰落,也与棋道中人的故步自封、一味因袭前贤、缺少创新精神有关。中国文化,本来就有尊祖敬宗的传统。这种祖先崇拜,导致人们习惯于遵循旧制,而少变革精神。在政治上,唯祖制是从;在思想上,多因袭,少创新。体现在棋道上,也是环环相扣。相传周小松成名后,安徽巡抚英翰曾聘请他去评解范、施的"当湖十局"。小松独居一楼,"覃精研思,历月余,不著一字",然后下楼向英翰辞谢,自认技艺浅薄,未能窥范、施棋艺奥秘,不敢妄加评论。小松谦逊的美德固然值得称道,但对前人名局竟钦佩到"不能赞一词"的程度,这除了棋艺上的原因外,说明他也受到当时"尊贤虚己"风气的束缚,在思想方法和气魄上比提倡"戛戛独造,不袭前贤"的范西屏等国手已输一筹。晚清第一国手尚且如此,遑论他人?高部道平也曾一针见血地指出:"中国之弈,有退化而无进步者,皆束缚于前人之谱,不求变古而为胜。"

可怕的是，中国围棋就像中国社会与文化，在封建社会后期，很长时间处在闭关自守的状态，夜郎自大，故步自封，自认老子天下第一。当日本职业棋手横扫中国棋坛，还有人停留在过去的思维定式中。民国裘毓麟《清代轶闻》中有一篇《记十八国手》，其中有一段比较中日围棋：

> 东洋诸国，朝鲜、日本、琉球皆知弈，盖皆传自中国者也。朝鲜、琉球皆视为游戏之事，不甚措意。日本则嗜此者颇多，其国品评弈手之高下，有九段之说。仅解常法者为初段，渐进则渐增，至九段止。每岁新出棋谱甚多，并有围棋杂志。工此者可以授徒而征其束修，故研究者颇热心也。其着法多与清初诸国手相仿佛，盖尚未能得乾嘉时诸国手着法也。而日人盛自夸大，谓中国弈手最高者为黄月天，尚仅与彼国五段相当云，可谓颜之厚矣。使日人弈品而在中国诸国手上，则乾嘉时诸国弈，应不敌清初诸公，而进化之理，为诬罔矣，何以证之事实绝不尔尔邪？！
>
> 中国对手弈者，先于局上四角四四路，各置子二，谓之势子，日本则无之。彼因讥中国弈家为失自然之局面。不知中国旧亦无之，后乃增置之也。所以增置之者，盖无势子则起手即可于角上四三路置子，以为固守之计，而变化少矣。有之，则彼此皆不能借角以自固，非力战不足以自存也。譬之群雄逐鹿，真英雄必思奠定中原，决不肯先割据偏隅以自固也。故势子亦为弈家一进化，日本人特尚滞留于旧境耳！

以日本近代棋手着法与"清初诸国手相仿佛"这一不切实际之论为

证据,而后以"进化之理"批驳"日人弈品而在中国诸国手上"之论,前提已错,结论自然差之千里了。而一定要证明座子制之先进,"日本人特尚滞留于旧境",只能说代表了当时的一种时代风尚。

与此同时,高部道平带给中国棋手的刺激,也迫使中国棋界开始对自己的围棋传统做出反思。宣统年间,李子干在《咏棋十绝》中写道:

古法拘泥计本疏,兵情顷刻不相如。
赵家十万长平骨,误在将军读父书!

名手张乐山的棋友黄铭功更大胆提出:"棋法自范西屏而精,亦自范西屏始坏。"认为后来的棋家唯有"大抉其藩篱",方能开拓中国围棋新境。古棋着法受到质疑,那么,唯有"先生"放下架子,从过去的"学生"日本围棋那里吸取养分,学习其棋理棋法,"礼失若援求野例,未妨俎豆本因坊"。

问题是,中日围棋规则、着法均不尽相同。特别是中国古棋的座子,首先导致了中日围棋在布局上的极大差异。黄铭功《棋国阳秋》称:"日人对弈,不置角子,即其破陈式之道。华人与之对局,古谱公式,废然无所用之。"废除座子制已成当务之急。

随着座子制的废除,其他的一些棋规如还棋头之类也相应地被废止,标志着中国现代围棋的诞生。

二、现代中日围棋交流

中国现代围棋的变革,很大程度上是在日本围棋的刺激、影响之下引发的。民国时期,棋手的构成,一方面是从清末进入民国的棋手,如张乐山、林诒书、何星叔、汪云峰、金芝亭等,他们多受中国传统棋法的影响,虽开始接触日本围棋,但涉猎不深,难以真正脱胎换骨。而比他们稍晚一些的棋手,如张澹如、段俊良、吴祥麟、潘朗东、陶审安等,他们多在民国初至20世纪20年代出名,与日本棋手的频繁交流,对日本棋书的译介、钻研,使他们逐渐熟悉了新法。而在民国时成长起来的一代棋手,如顾水如、王子晏、刘棣怀、雷溥华、王幼宸、魏海鸿、金亚贤、崔云趾、过旭初、过惕生、汪振雄、胡沛泉等,则是直接接受了日本围棋的养分成长起来的。在棋理棋法上,中国棋手有的继续发扬日本围棋好战的风格,如被称为"一子不舍刘大将"的刘棣怀,有的开始更注重布局、官子,注重全局的均衡。像顾水如这样的名手,甚至直接去日本留学,吸收其养分,从而给中国围棋带来新的气象。而围棋大师吴清源,1928年东渡日本,更是吸收中日文化的养分,成就了在棋盘上的伟业。

如果说高部道平揭开了现代中日围棋交流的序幕,之后近三十

东渡日本的少年吴清源

年,中日围棋交流迎来了一个繁荣期。

高部道平1913年曾回日本,并晋升为五段。此后他又来到中国,先后游历东北、北京、青岛、济南、南京、上海,居留中国前后达十七年之久,与中国棋手多有对局。此外,"南张北段"之张澹如、段祺瑞都曾延请高部道平到棋府中指导。高部道平早期在北方的对局主要收入《问秋吟社弈评》(1917年版)中,在南方的对局收入《中日围棋对局》(1919年版)中,此外还有一些对局发表在报刊的围棋栏目中。高部道平与中国棋手的数百局对局,在介绍日本围棋的先进技术,推动中国进行废除传统座子制的重大革新方面,可以说有开拓之功。

与此同时,经过高部道平宣传中方对来访日本棋手的优厚待遇,在随后的一段时间里,日本棋手掀起了一阵"访华潮"。

1918年秋,广濑平治郎六段(当时)应段祺瑞邀请访华,同行的有其弟子、年方十七岁的岩本薰初段。中国棋手汪云峰、潘朗东、吴祥麟均被广濑让三子,只有老棋手汪云峰凭借广濑不熟悉的中国古定式金井栏套路,让广濑在序盘吃了大亏,赢了一局。

1919年秋,通过高部道平的居中牵线,段祺瑞施展大手笔,请到日本本因坊秀哉到访北京。秀哉号称"不败之名人",是日本棋界的最强者。当时日本的著名棋手濑越宪作也受邀在北京盘桓,中方特别请秀哉和濑越下一盘示范对局。两位日本高手冥思苦想,沉浸棋中,整整三天,仅仅下了百余手,给中国棋手留下深刻印象。

中途封盘的这盘示范对局,让当时的中国棋手感到十分震撼。秀哉指导了身在北京的中国棋手后,又受邀到上海,与沪上棋手对局。中国棋手大多被让四子,这些与秀哉对弈的棋手中,成绩最好的是年轻的顾水如——受三子中盘获胜,顾水如引为平生得意之作。

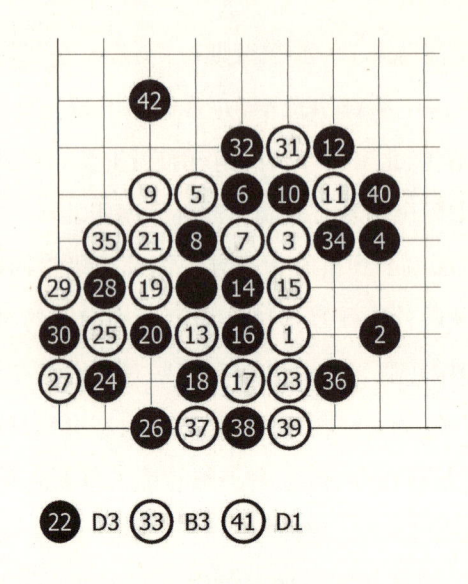

金井栏变化图

在1919年濑越宪作、本因坊秀哉访华之后，1920年、1921年加藤信、铃木为次郎又与上海棋手进行交流。这四人在日本棋界都是鼎鼎有名的大人物，秀哉的地位自不必说，濑越、加藤、铃木是当时日本棋界的少壮派，在秀哉引退后并称为"三长老"。与这些日本顶尖棋手对弈，中国棋手均被让多子，且很难获胜，但这对中国围棋痛定思痛，摆脱传统束缚，接受先进理论起到了至关重要的作用。

中国棋手中，对日成绩最好的是王子晏（1892—1951）。王子晏，浙江嘉兴人，1920年来上海，棋风精密严谨，官子细腻。1923年他与日本三段棋手安腾馨在沪对弈，共二十九局，取得胜十七局、负十局、和两局的优良成绩。1925年三四月间，在上海连胜日本四段棋手山平寿七局。1929年7月，濑越宪作、桥本宇太郎访问上海，王子晏与桥本宇太郎四段对弈一局，连弈三天，耗时超十五个小时，最后巧成和局。濑越宪作称赞王子晏是中国南方棋手第一人。

1930年7月至8月,日本小杉丁四段、筱原正美四段访问上海、苏州,与中国棋手魏海鸿、刘棣怀、潘朗东、吴祥麟、陈藻藩、张澹如等在张澹如府对弈。其中小杉丁对魏海鸿(魏先,胜一子),筱原正美对刘棣怀(刘先,和棋),陈藻藩对筱原(陈先,负三子),双方殚精竭虑,经激烈争夺,最终旗鼓相当。说明中国年轻一代棋手与上一代国手相比,水平有了长足的进步。据当代棋手赵之云六段估计,棋力约提高了两子。

1934年5月至8月,吴清源回国,同行的还有木谷实、安永一和田冈敬一。吴清源少年成名,1928年东渡日本,在日本崭露头角。1933年在与秀哉名人的纪念对局中,下出"三三·星·天元"布局,在中国国内亦产生巨大影响。吴清源的回国,成了中国棋界的一件大事。吴清源一行先后访问上海、无锡、青岛、北京、天津,与国内名手雷溥华、顾水如、刘棣怀、伊耀卿、魏海鸿、崔云趾、张澹如、张恒甫、潘朗东、王幼宸、沈君迁等对弈。当时,吴清源正与木谷实研究新布局,新布局"构思奇特,气势宏大",中国棋手亦纷纷仿效。

在邀请这些日本棋手访华的金主中,有两个重要人物,他们在中国近现代围棋史上被称为"南张北段":"南张",指的是居住在上海的中国财界名人张澹如;"北段",则是一度执掌北洋政府最高权力的段祺瑞。张澹如是国民党元老张静江之弟,家资不菲,常常招募棋客,资助围棋国手,对于近现代中国围棋火种的存续是有功的。日本棋手来华对弈,往往需要大笔的酬金,这些酬金大多数都由"南张北段"募集而来。

这一段中日围棋交流史,是中国棋手的惨败史,也是中国棋手开始"开眼看世界"的奋发史。见识了日本棋手的在布局阶段的多样着法和先进理念,新一代的中国国手们,如顾水如、过惕生等,开始接受日本围棋理论,慢慢摸索着迈开追赶日本围棋的步伐。

三、新中国围棋复兴之路

1949年,中华人民共和国成立,百废待兴,政府首先面临的是如何巩固新生的政权和恢复、发展经济,暂时没工夫考虑围棋之类的游艺活动。但民间的弈棋活动,还是生生不息地开展着。

在围棋基础最好的上海,集中了一批围棋高手,活动也最频繁。棋手们还效法日本,推行段位制试验。上海棋界公推刘棣怀为"标准四段",如果哪位棋手能与刘棣怀保持"先相先"的棋份,就承认其有三段实力。如能经得住刘棣怀让先,就是二段棋手。先二能打成平手,就是初段。首次定段赛在1950年7月至9月举行,王幼宸从北京去上海,与刘棣怀共弈十局,王定先,结果王六胜四负,后又弈四局,王三胜一负,遂由王定先升为"先相先",定为三段。之后,胡沛泉、过惕生先后请求二段、三段资格测试,获得二段和三段资格。1951年4月至5月及7月至9月,上海举行了两次围棋升段赛。参加者有刘棣怀(四段)、王幼宸(三段)、过惕生(三段)、胡沛泉(二段)、王志贤(初段)五人,结果王幼宸升为四段,胡沛泉升为三段。此外,上海和北京棋手之间还有一些自发组织的交流活动。

20世纪50年代初期,许多棋手无固定的职业,生活没有保障。1949年5月,上海解放,陈毅任上海市市长。1950年,在他的关心下,一批民国时期的著名棋手,如顾水如、刘棣怀、王幼宸、魏海鸿等,被聘为上海市文史馆馆员。这些老棋手自此结束了在茶馆、街头下棋的生涯,有了固定的收入,可以安居乐业,集中精力从事围棋技艺的钻研和探索工作。

1952年,北京棋界发生了一件大事,那就是北京棋艺研究社的诞生。

1950年，过惕生北上，拜会曾经的棋友黄炎培、李济深，申请成立一个围棋组织。李济深时任中央人民政府副主席，十分支持过惕生提出的建议。经民主人士李济深、章士钊等提议、书写报告，毛泽东、周恩来批准，1952年4月，北京棋艺研究社正式成立。

北京棋艺研究社选址在什刹海南岸2号院的一座小楼，原为晚清重臣张之洞的故居，后又成为伪满洲国政府外交部大臣、解放前逃亡日本的张燕卿的住宅，后被人民政府查封。小楼半壁临湖，风景秀丽，宽敞僻静，确是研究棋艺的理想之地。经多方努力，爱国人士章士钊亲自给毛泽东主席写信，才使得小楼为棋社所用。

因为国家经济困难，棋社成立时，李济深、黄绍竑、周士观拿出自己的部分积蓄来支持创办棋社。1953年3月，经周恩来总理批示，文化部每年拨款七千元。棋社从此有了固定经费支持。

北京棋艺研究社由李济深担任名誉社长，并题写社名。黄绍竑担任棋社主任，周士观、罗任一、巨赞、于敏等知名人士担任常委，聘请老国手过惕生、金亚贤、雷葆申、崔云趾为技术指导员。

北京棋艺研究社普及与提高相结合，一方面面向广大市民，组织比赛、辅导爱好者、兴办茶座等。许多后来成长起来的新中国国手，如谭炎午、吴玉林、程晓流等，都是在北京棋艺研究社聆听前辈传道，从而产生对围棋的兴趣，走上围棋之路的。

在棋社内部，四位指导员也进行了多次的循环赛。从某种程度讲，这其实就是竞争中国北方棋界第一人的较量。不过在"除旧立新"的新时代里，获胜者除了奖金，还有显示时代风貌的一面小红旗作为奖励。1952年至1954年，这类比赛共进行了五次，过惕生一人独得三面小红旗。

北京棋艺研究社成立后,还编辑了各种资料。1953年6月,编印了一本小册子《围棋艺术的新认识——北京棋艺研究社创立缘起及其方针和任务的说明》,该小册子共一万七千多字,内容分三个部分:围棋的发展历程,围棋的构造性质及其优点,北京棋艺研究社的方针与任务。其中方针与任务包括四个方面:第一就是要使围棋科学化;第二是要促使围棋技术提高;第三就是要以一定的步骤促使围棋普及;第四是要扩大和加强围棋的国际化,加强围棋向西方发展,首先是向苏联人民介绍围棋。

另外,研究社还编辑了油印本《北京棋艺》第4期、第5期,《北京棋艺研究社社员名册》《围棋死活研究》,以及《固天手谈录》手写对局记录本等资料。

北京棋艺研究社是中华人民共和国成立后建立的第一个棋艺机构,为新中国的围棋发展奠定了基础。

经过初期几年的经济发展,1956年,围棋正式被定为国家开展的体育运动项目,由国家体委组织举行了一次全国围棋表演赛,过惕生获得冠军。从1957年开始定期举行全国性的围棋比赛。1959年,在第一届全国运动会上,围棋被列为比赛项目。此后,1960年、1962年均举办了全国围棋锦标赛,而1962年还在北京市举行了六城市少年儿童围棋比赛。这一系列的比赛,让围棋的竞技之火重新在棋界燃起,开创了围棋发展的新局面。

有了正式的比赛,围棋比赛规则的制定也就成为当务之急。1957年9月,有了第一部《围棋规则》。1961年,国家围棋集训队成立。1962年,中国围棋协会成立,国家体委副主任李梦华担任主席,陈毅担任名誉主席。围棋作为竞技运动,正式的组织、规则、竞赛体制,为围棋的发展提供了有力的制度保障。

与此同时,中日围棋交流活动也开展起来,1960年日本围棋代表团首次访华,1962年,中国围棋代表团首次访日。1963年,中国棋手陈祖德受先胜日本杉内雅男九段,1965年又在分先条件下战胜日本岩田达明九段,创中国棋手首次在对等条件下胜日本九段的纪录。中日间的围棋交流,既增进了两国人民间的友谊,又促进了中国棋手围棋水平的提高。

1966年"文化大革命"开始,围棋也被当作"封资修"和"四旧"受到批判,围棋基本上处于自生自灭的状态。70年代中期,围棋运动才逐渐恢复。1973年,国家围棋集训队恢复;1974年,恢复了全国围棋比赛。1976年,中国围棋代表团访日,中国棋手以胜二十七局、和五局、负二十四局的成绩,首次在友谊赛中战胜日本,其中聂卫平取得六胜一负的佳绩。1985年,中日围棋友谊赛更名为"中日围棋对抗赛",标志着中日围棋交流正式进入对抗时期。1985年,第一届NEC中日围棋擂台赛的举行,标志着中日围棋正式进入了平等对抗的时期。中方主将聂卫平,连克日本超一流棋手小林光一、加藤正夫、藤泽秀行,为中国赢得首届擂台赛的胜利。擂台赛的胜利,带动了中国的围棋热潮,中国围棋也开始走向一个新的阶段。

四、陈毅元帅的围棋情缘

新中国围棋的复兴,跟一个领导人密不可分,他就是陈毅元帅。

陈毅(1901—1972)是无产阶级革命家、军事家、外交家,同时又是诗人、围棋爱好者。1901年8月26日,陈毅出生于四川省乐至县,十九岁时到法国勤工俭学。他接触围棋,就是在赴法之前,那是1919年6月。因为那时到法国的轮船从上海出发,他们在上海待了两个月的时间,这段时间里他到处跑,在公园或大学里,看到有人下围棋,由此产生了浓厚兴趣。

在法国勤工俭学期间,一帮中国学生时不时聚在一起下棋,后来因为闹学潮,他们即将被遣返回国。他们被关在一个军营里头,没有事情做,几个会下棋的,就在小河边上,捡黑白的小石子,自己画棋盘,做了一副围棋。在回国的轮船上,大海茫茫,时间漫长,围棋自然成了最好的消遣。陈毅之子陈丹淮也好棋,他曾在何云波的《口述史:我的围棋往事》访谈录中谈到其间的一段趣闻:

> 而押送到轮船上遣返回国,这一走走了几十天,他们的消遣就是下围棋。年轻人一下子就分成了两派——川派和湘派,因为大家得支援自己的棋手。有一天陈毅和李立三各自代表川、湘下棋,下得热火朝天,吵吵闹闹的,最后李立三输了。本来输了就恼火,性子比较急,连下三盘输掉了,川军笑话他没本事,湘军也笑话他、埋怨他,所以他一怒之下就把棋子扔到海里去了,大家一看要打他,他吓得跑到船舱底下躲着去了。
>
> 后来过了些天,大家又没事干,李立三又想起来下棋,他们说棋子都被你扔掉了,你还嚷着下棋,要找揍啊。这就是他们早期的围棋爱好和一些趣事。

回国后,陈毅进了中法大学,在大学里自然也离不开围棋。1925年毕业后,投身革命。在战火纷飞的年代,在硝烟弥散之际,陈毅偶尔闲下来,就在棋盘上再起硝烟。在曾经是中央革命根据地重要组成部分的闽西,流传着"陈邓三局"的故事。陈,就是陈毅,邓是邓子恢。1929年春天,毛泽东、朱德、陈毅率领红四军入闽,在攻下龙岩城后,陈、邓二人利用军队整训的间隙,在棋盘上开始较量,结果邓赢了一局。不久,古田会议召开前后,二人又下了两局,陈毅连赢两局。二人不只是战友,亦是棋友。革命胜利后,20世纪50年代,在京的一些领导去十三陵水库休闲,有人拍下陈、邓偷闲再战一局的照片。

抗日战争时期,陈毅先后担任新四军第一支队司令员,新四军代军长、军长。戎马倥偬中,他经常随身带着两个分别装着黑白子的布袋,将布袋搭在马屁股上,一有空闲,就坐下来手谈一局。有时,附近就有炮弹在轰炸,头上有敌机盘旋,陈毅仍旧若无其事,从容手谈,正所谓大将风度。

围棋,既是消闲调剂之具,也常常发挥着其他的作用,陈丹淮将军谈道:

> 在抗日战争成立新四军以后,要搞抗日统一战线,要开发敌后根据地,必定要和那些知识分子、商人、绅士打交道。在这个时候,他的文化素养,他的诗词,就比一般的工农干部更容易跟这些人交心。这里实际上就包括围棋,他一直下围棋,因为下围棋有一个特点,大家通过下围棋会觉得沟通比一般人容易,而且有时候通过下棋对人品的肯定,更容易取得信任。这在苏南、苏北算是村镇文化的最高的层次,大家觉得陈毅不但会打仗而且文化素养高。他的围棋在这个时代变成了他的一个交友的、团结抗日的"文化武器"。

新中国成立后,陈毅担任华东军区司令员兼上海市市长。1950年,在他的关心下,一批民国时期的著名棋手被聘为上海市文史馆馆员。为了中国围棋早日赶上日本,陈毅不仅关心老一辈棋手的生活,更关注下一代棋手的成长。陈祖德、聂卫平等都曾深情地回忆小时候与陈老总下棋的经历。陈祖德自传《超越自我》中,有一章"陈毅与李立三"。其中就写到一次顾水如带他去跟陈毅市长下棋,顾先生不断地叮嘱他下棋要讲礼貌,不能杀得太凶。可一坐到棋盘边,陈祖德就把这叮嘱忘到了九霄云外,一顿猛杀猛砍,顾先生等看棋的急了,纷纷出谋划策,"陈毅市长的棋艺本来就相当高明,如今又有了仙人指路,便如虎添翼,不一会儿就击败了我"。陈毅市长乐了,连说是因为参谋高明,并勉励十岁的陈祖德,要向前辈们好好学习,争取早日打败他们。

1954年,陈毅离开上海到北京,出任国务院副总理。聂卫平《我的围棋之路》也有一节"陈毅伯伯和我",说1962年夏天,他十岁的时候,爸爸带他和弟弟聂继波去跟陈老总下棋。那次他打败了陈老总,陈老总鼓励他努力学习,将来战胜日本九段,为国争光。聂卫平还谈到一件趣事:

> 自从和陈老总相识后,只要有时间,他便把我接去杀几盘。在陈老总面前,一开始我还有些拘束,后来见陈老总脸上老是笑咪咪(眯眯)的,胆子就大起来。有一次对局,陈老总刚刚下了一步棋,可能发觉不妥,就伸手要把棋子拿回来,不曾(承)想被我一把拉住了手腕,硬是不让他悔棋,当时我气急败坏的样子逗得陈老总哈哈大笑,周围的人都哭笑不得。后来,这件事不知怎么传了出去,成了棋界的笑谈。

可以说,陈祖德、聂卫平一代棋手,都是在陈老总的关怀下成长起来的。1960年,全国围棋锦标赛在北京举行,陈毅亲自前往劳动人民文化宫观战,并与部分棋手和裁判员亲切交谈。他认为棋类活动可以锻炼人的品德、头脑,劳动之余下棋,很有好处,要郑重其事地提倡,在广大群众中开展这项有益于身心的健康活动。在比赛闭幕式上,他更是发表讲话,勉励棋类运动员要加强政治修养,努力钻研技术,迅速提高我国棋类运动水平。1962年11月,中国围棋协会在安徽省合肥市宣布成立,陈毅被推选为名誉主席。

  1960年,上海《围棋》月刊创刊。陈毅提出"国运盛,则棋运亦盛;国运衰,则棋运亦衰",可以说是对国运与棋运关系的很好概括。1962年陈毅在《围棋名谱精选》上题词:"纹枰对坐,从容谈兵;研究棋艺,推陈出新;棋虽小道,品德最尊;中国绝艺,源远根深;继承发

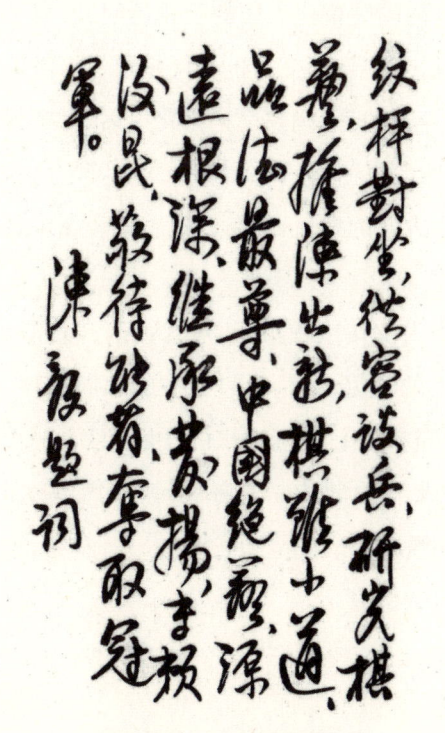

陈毅为《围棋名谱精选》题词

扬,专赖后昆;敬待能者,夺取冠军。"这展示了他对围棋事业的关心和对后来者的期望。

1958年陈毅兼任外交部部长。作为外交家的陈毅,在中日关系上,用围棋架起了中日两国沟通的桥梁。1959年,在第一次会见日本访华代表团时,陈毅向日本代表团团长提出一条建议:"围棋、乒乓球、书法、兰花,都可以交流。不谈政治,只谈友好。"于是,1960年,第一个日本围棋代表团来中国访问。这次访问,就是陈毅和日本著名的自民党议员松村谦三共同发起,以中国人民对外友好协会名义邀请的。1963年,日本棋院和关西棋院代表团访华,日本棋院授予陈毅副总理"名誉七段"称号,以表彰他对推动两国围棋交往所做的贡献。中日两国围棋代表团的互相访问,谱写了中日围棋交流的新篇章,也为后来中日邦交的正常化起到了积极的作用,人称"围棋外交"。1973年,中日两国邦交正常化以后,日本棋院又追赠已故陈毅元帅"名誉八段"的称号。在"名誉八段"证书上,填发的日期正是中日两国联合声明的发表日期,以纪念陈毅在中日两国邦交正常化上的贡献。

陈毅元帅大力支持围棋事业,他曾强调,"我是提倡下围棋的,这不仅是我个人的意见,是请示过毛主席和周总理,并且得到批准的"。陈毅元帅对推动新中国围棋的发展,起了很大的作用。1992年,中国棋院建成,大厅即有一尊陈毅元帅的塑像,以永久纪念他为中国围棋做出的贡献。

中国棋院陈毅塑像

第二节 黑白英雄会

20世纪初,中国棋手经历日本围棋之冲击,"励勇武之精神,挽颓靡之末俗",发扬棋道,期与日本抗衡。吴清源东渡日本,成一代围棋大师。民国的一批棋手亦相继成长起来,其中顾水如、刘棣怀、过惕生即是其代表。而当代中国棋界,江山代有才人出,从"陈吴"(陈祖德、吴淞笙)到"聂马"(聂卫平、马晓春),再到常昊、古力、柯洁,从追赶到超越日本、走向世界,中国围棋从复兴到兴盛,正所谓天下英雄谁敌手,风流人物看今朝。

一、一代大师吴清源

无论中国还是日本的现代围棋史,都有一个绕不过去的人物,那就是一代围棋大师吴清源。他是一个棋手,一个胜负师,更是围棋文化的巨匠,一个以棋发言的思想家、悟道者。

吴清源的成功,源于他的天赋、勤奋,也与他的"双重身份"有关——出生、成长于中国,又长期生活在日本,接受日本围棋的熏陶与磨炼,使他得以吸收两种文化的养分,兼收并蓄,最终成就了他在棋

晚年吴清源

盘上的伟业，在人生中的大修为。

1914年旧历的五月十九日，一个电闪雷鸣、大雨滂沱的夜晚，在福州吴家，水不断地涌进屋子，一个孩子诞生了。这个与水结下不解之缘的孩子被取名为泉，字清源。长大后，他的性格也像水。而当他委身于围棋的流势中，任其漂流时，他的棋，也就有了水的自然、飘逸、柔韧、灵性。

吴父名吴毅，曾作为官费生留学日本，在日本学会了围棋。回国时，行囊中便多了一副棋具及十几本棋书。回国后，生性耿直的他,仕途失意,索性信了道教,又教孩子们下起围棋来。而三兄弟中,吴清源最具棋的慧根,所以慢慢地,父亲便把更多的精力投注到吴清源身上。

父亲带回的棋书中,有秀策的《围棋百局》。秀策与道策被并称为棋圣,其平和悠远、妙入精微、善于调和全局的棋风,在日后的吴清源身上,我们同样可以看到。

不到十岁的吴清源,学棋陷入一种狂热状态,每天从早上九点到夜里十二点,几乎都在摆棋谱。父亲不仅让他看中国的对局谱,还为他订购了日本方圆社发行的月刊《围棋新报》合订本。吴清源每天托着厚重的书打谱,以致左右两手受力最重的中指都被压弯了。人们经常把吴氏称为天才,其实天才首先源于勤奋。

十岁时,父亲开始带吴清源到名为海丰轩的茶馆下棋。茶馆曾是中国棋手成长的摇篮。吴清源既在这里得到了与当时中国最高手交手的机会,受到中国好战棋风的洗礼、熏陶,又因为对日本现代棋的潜心钻研,在棋的境界上很快有了飞跃,这使他几年工夫便赶上乃至超过了当时中国的一流高手,十三岁即战胜了清末民初国手汪云峰。1928年,十五岁的吴清源又执白战胜了当时中国第一高手刘棣怀,坐上了北京棋界的第一把交椅。

吴清源的棋才也逐渐引起日本棋界的注意。为了天才棋童取得更大的发展,日本方面积极努力,几经周折,终于促成了吴清源的赴日。1928年10月18日,吴清源与母亲、大哥一起,踏上了去日本的商船,从此开始了他的异乡漂泊之旅。

吴清源到日本后,师从濑越宪作门下,开始了他的职业棋手生涯。他进步神速,而真正使他在日本声名大振的是与秀哉名人的一盘棋。

年轻时代的吴清源先生

　　1933年,二十岁的吴清源,作为日本围棋选手权战的优胜者,获得了与秀哉名人展开纪念对局的机会。各大报刊均以"不败的名人对鬼才吴清源的决战"为题大肆宣扬。一时间,山雨欲来风满楼。特别是黑棋起手便打出了"三三·星·天元"的布局,在社会上引起轩然大波。一些棋迷为之喝彩,认为这是对日本棋坛旧传统的挑战。但另一方面,这三手棋都与本因坊家的布局教条格格不入。尤其是三三,在本因坊门中被规定为禁手。因此,不仅本因坊门中棋士个个怒气冲天,有的棋迷也认为这是对名人的大不敬,"岂有此理"之类口气的信件雪片般地飞向报社。而作为当事人的吴清源,在他看来,不过是"升段大赛中的抽空下一盘罢了",他以一颗平常心对待这事关重大的一局棋。而所谓"标新立异"的着法,不过是顺着棋的流势自然而然形成的,因为当时他与木谷实正热衷于研究新布局。这局棋,濑越先生曾十分担心:打出这样罕见的布局,恐怕不到百手就会溃不成军。然而事实上黑棋一直保持着优势,只是吴清源以一人之力对抗整个坊门,加上对局又是在极不公平的情况下进行的,这导致了吴清源最后的失利。

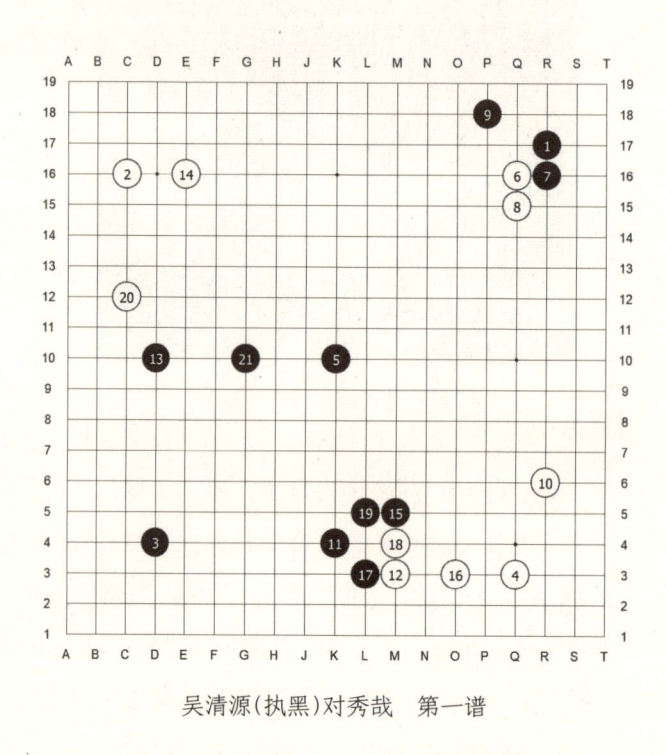

吴清源(执黑)对秀哉　第一谱

　　这盘棋完全按传统惯例进行,特别规定只有两项:一是双方的用时限制,各为二十四小时;一是每周只对弈一次。但在对局的进行过程中,当秀哉碰到疑难不决的地方时,可随时宣布打挂。其间,第八次对弈时,秀哉坐定后,打出先研究好的一手,吴清源略加考虑,即应了一手,这手棋出乎秀哉的意料,名人随即陷入长考,默坐三小时三十七分钟后,宣布打挂休息,起身走了。一天只下了一手棋,弄得在场观战的新闻记者们也抱怨连天,不知道当天的新闻该怎么写。

这盘棋的转折来自第十二次对弈时,秀哉名人的白棋已经相当不利,那天秀哉只下了两手棋,当吴清源落下第159手时,秀哉发现形势更加紧迫,遂宣布打挂休战。回到家后,本因坊门下徒众集体研究,据说是其中的一个弟子前田陈尔想出了一着妙手。休战一星期后,第十三次交锋,秀哉名人胸有成竹,打出第160手,这石破天惊的一着,令黑棋左右为难。吴清源全力补救,实战黑161靠,是将损失减少到最低限度的防守之策。但高手比武,势均力敌之下,这么稍一退让,失利也就不可避免了。一星期后第十四次对局,吴清源

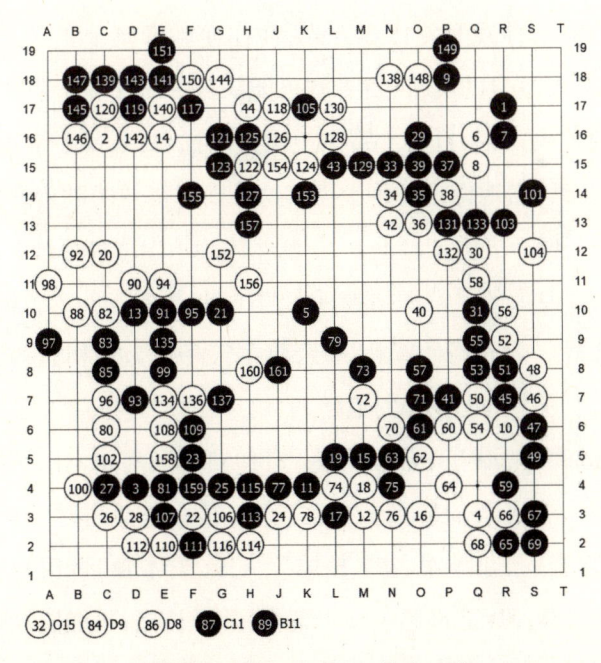

㉜O15 ㉞D9 �ls86D8 ㊼C11 ㊽B11

吴清源(执黑)对秀哉　第十二谱

黑棋以两目落败。

这一局的失利，不但没有让吴清源名声受损，反而使他威名远播。它不仅使新布局从此深入人心，同时也引发了围棋赛制的变革。日本棋界后来普遍采用的"封手制度"，就是因这局棋而起的。

昭和十四年(1939)，二十六岁的吴清源晋升为七段。就在这一年9月底，吴清源对木谷实七段的擂争十番棋在镰仓建长寺拉开战幕。

从1939年开始，吴清源经历了总共十次十番棋对局，这种棋士间的比赛被称为"悬崖上的白刃格斗"。比赛实行升降级制，十盘棋中每多输四盘，就要改变交手棋份，如从分先变为先相先(三局中二局执黑，黑先不贴目)，再多输四局，就要以相差两段的棋份(长先)交手了。

十番棋这种残酷的比赛方式，往往使胜者坐上棋界第一把交椅，成为万人瞩目的英雄，负者则可能从此一蹶不振。特别像吴清源这样的外乡人，一旦在十番棋中被赶下擂台，后果不堪设想。吴先生曾无限感慨地说："擂争十盘棋这种白刃格斗决胜负的形式，若不是身临其境地去尝试着下一下，断然体会不出那种恐怖的滋味。"

作为外乡人的吴清源顶着巨大的压力，与木谷的十番棋历时一年又九个月。前六局吴五胜一败，将木谷降级为先相先，吴清源也从此走上了光荣的大棋士的道路。

从1939年的镰仓十番棋开始，到1955年与高川本因坊的大战，吴清源在十番胜负的舞台上坐擂十回，对手包括当时所有的最强者，如雁金准一、藤泽库之助、桥本宇太郎、岩本薰、坂田荣男、高川格等。除与藤泽库之助第一次十番棋，藤泽长先，吴四胜六败外，其余全部获胜，并且将这些对手几乎全部打入先相先乃至长先的境地,吴清源由此得了个称号——"十番棋的吴清源"。

而在其后的新闻棋赛中,吴清源却时运不济,始终没能夺得桂冠。特别是1964年的一场车祸,让他身体受损,逐渐淡出棋坛,1974年在医生的劝告下不再参加各种比赛,1984年正式退役,结束了作为棋士的生涯。

吴清源"中的精神"题词

退役之后,吴清源仍然致力于21世纪围棋的探索。在他看来,"与其说围棋是竞争和胜负,不如说围棋是和谐"。21世纪的围棋,就是一手一手保持平衡,在全局和谐上下功夫。他由此提出了"六合"的概念,即天地东西南北之调和,"和谐相依,方成棋局"。在吴清源看来,棋道即和谐之道,这也是他的人生之道。吴清源一生都游弋于两种文化(中日文化)、两种人生(胜负与信仰)之间,一生都在各种冲突中寻找和谐。这和谐,既是棋盘内的,顺应棋的流势,在黑白子的冲突中达到和谐,也包括棋盘外的,在人与自我、人与自然、人与他人、民族与民族间,通过努力,达到理想的和谐之境。和谐,是一种棋的艺术、精神的艺术、人生的艺术;和谐,就是吴清源的宗教;和谐,也是中国文化所追求的最高境界。

二、南刘北过

从民国到20世纪50年代,棋坛领袖经历了从"南刘北顾"("北顾"是顾水如)到"南刘北过"的变化。"南刘"是桐城大将刘棣怀,"北过"即从上海到北京的过惕生。

刘棣怀祖籍安徽桐城,当他在棋界出名后,就有了一个名号:桐城大将。1897年,刘棣怀出生在江苏南京。作为这个旧时大家庭的长子、长孙,父辈为他取名昌华,字棣怀。"孔怀兄弟","常棣之华",昌明华夏,寄托了长辈对他的期望。

不过,刘棣怀的童年并不美满。母亲再生了一个妹妹和弟弟后就去世了。刘棣怀十三岁时在南京一所中学读书,在茶馆里接触到围棋,从此入了迷,进步很快。据说刘棣怀还曾从一个叫可慧的僧人学棋。十六岁时已在南京小有名气。1914年,父亲在北洋政府中谋得一个职位,于是,刘棣怀也跟随父亲到了北京。在北京,刘棣怀出入海丰轩、润明楼、静宜轩、中山公园等茶室下棋,认识了汪云峰、顾水如等人,经常与之对弈,棋力大有长进,逐渐进入一流棋家之列。

1924年,刘棣怀娶妻生子,有了更多的生活负担,只好一方面出入段祺瑞、李律阁等权贵富豪门下,陪着下棋,得点赏钱,另一方面更经常地出入茶楼,赚点彩金。赵之云先生的《桐城大将》写道:

> 从酷暑到寒冬,他(刘棣怀)出入各处茶楼下彩,有时通宵

达旦对局,熬得两眼红肿,第二天仍照常应酬往来棋客,甚至大年除夕,也不敢稍事休息。

民国时期,中国棋界响当当的名手的生活境遇尚且如此,更不用说那些水平低的棋手了。有日本友人认为刘棣怀中盘力量强大,如能到日本深造,不难达到高段水平,劝刘棣怀移居日本。刘棣怀考虑再三,还是婉言谢绝了。

20年代中期,顾水如、刘棣怀被公认为北方棋界盟主。20年代南北对峙,由于北伐军北伐,北洋军阀政权土崩瓦解。茶馆生意萧条,要求下彩和指导棋的人数锐减,不少棋手纷纷另寻门路。1928年,顾水如出走天津,吴清源东渡日本,刘棣怀也携家眷南下,来到上海。上海是南方围棋的重镇,名手荟萃,如潘朗东、吴祥麟、余孝曾、过旭初、过惕生、张恒甫等,都聚集于此。这些棋手与刘棣怀交手,都稍逊一筹。于是,人们便把目光集中在被誉为"南方棋界第一人"的王子晏身上。刘棣怀亦战而胜之。

刘棣怀的棋艺也得到"南张北段"之"南张"张澹如的赏识。1932年,张澹如在上海私宅创办上海围棋研究社,聘请刘棣怀做指导,月薪六十元。这在当时已经是很不错的待遇了。

1934年5月,木谷实、吴清源、安永一一行来华,与中国棋手交流。刘棣怀执黑负于吴清源,但击败了当时担任日本棋院编辑长的安永一。

1935年,作为国民政府首府的南京成立一个群众文艺组织公余联欢社,下设围棋组。刘棣怀被聘担任围棋教练员,回到久别的南京。1937年,刘棣怀在南京成立南京围棋社,并筹办创立首都弈社,发起全国围棋大比赛。眼看一个梦想中的围棋盛会即将来临,时局的动荡却使刘棣怀踏上了奔波流亡的旅途。

抗战时期,刘棣怀来到重庆。因为刘的到来,重庆棋界有了盟主。刘棣怀与冯震、张恒甫三人,被称为"西南三杰"。1940年,以刘棣怀为代表的四十八名棋手发起成立中国围棋总会,棋会以"发扬国粹"为宗旨,在战乱年代,为围棋留下一颗火种。

抗战胜利后,1946年,刘棣怀回到上海,他曾受邀与胡沛泉、过惕生下六番棋。特别是与过惕生的六番棋,一个是"一子不舍刘大将",一个是棋风灵活、善于弃子的高手,双方各展所长,一时成为棋坛热点。

提起过惕生,对棋史有一定了解的读者可能马上会想到明末清初的国手过百龄。确实,过百龄正是过惕生的高祖父。五代之内,一门出了两位围棋国手,正可谓家学渊源,基因相传。

过惕生与聂卫平

过惕生(1907—1989)出生于安徽歙县。歙县棋风颇盛,明末的汪汉年、清初的程兰如等著名棋手,都诞生于此。过惕生的父亲过铭轩也好棋。程晓流在《一代大师过惕生》一文中有一段描写:

> 过父本是前清监生,他因性情豪放,又看破朝廷腐败,故此一生无意于功名。为了维持生计,过铭轩在城里开了一家小小的古玩字画店,号曰"乾和"。店虽然开了,过铭轩却不怎么关心生意上的得失。十次中总有八九次,前来光临的顾客会看到他正在聚精会神地筹划着围棋盘上的"收支"。

有其父便有其子。古玩店后院棋子的叮咚之声,自然也让过家的两个儿子过旭初和过惕生怦然心动。兄弟俩在观战中,无师自通便学会了围棋。据说哥哥过旭初曾拜皖南高手许甫廷为师。刚去时,许要让他三子。两年后,过旭初便把差距缩小到让先。十三岁,过旭初便离开家乡,到上海闯荡去了。

过惕生身体不好,只得留在家里,而家里存着的许多棋谱,如《四子谱》《仙机武库》《兼山堂弈谱》《弈理指归》《桃花泉弈谱》等,甚至还有一册日本高手丈和的对局集,便成了他的精神滋养。过惕生棋艺大进,十七岁时,成了皖南地区首屈一指的高手,不但击败了久负盛名的老将许甫廷,还击败了许甫廷那青出于蓝而胜于蓝的儿子许石秋。

1926年,二十岁的过惕生在哥哥的召唤下来到上海,因战胜名手吴祥麟而引起注意,使他得以有机会与当时上海棋界的各路名手如王子晏、陈藻藩、魏海鸿、张澹如、张静江等对弈,胜多负少,由此锤炼了棋艺。

其时，北平是当时的围棋中心。段祺瑞身边聚集了汪云峰、顾水如、刘棣怀、金亚贤、伊耀卿等一帮高手。过惕生有心去闯荡一番，1927年4月，他来到北京。但北京的经历并不圆满。过惕生第一次面见顾水如，顾水如让年仅十四岁的吴清源与他对弈，他被让两子，勉强以一子获胜，颇觉胜之不武。顾水如引见其去段府，被段祺瑞让三子，竟还不敢赢。在北京盘桓一月，居京不易，还是回到了上海。

过惕生在上海将近十年，基本上是在茶馆下棋、赌彩，或靠同乡和棋界名流接济为生。1928年夏天，曾在上海西门路开办南华弈社，但最终还是难以维持。其中曾三次应邀去汉口开辟围棋新世界，三次都铩羽而归，徒留下许多痛苦的记忆。

1933年，回到上海的顾水如邀过惕生共同创办上海弈社。此时过惕生棋艺正处于上升时期，得顾水如指点，棋艺又有较大进步。

1936年末，过惕生重返北京，盘下老国手崔云趾经营的位于中山公园内的四宜轩茶馆，苦心经营，总算有了些许盈余。其时金亚贤、雷溥华、崔云趾等棋手都在北京，过惕生与他们一起在1937年发起成立北平围棋会。过惕生被称为"北过"，大概也就是在这时打下的基业。

过惕生的围棋事业刚刚有了起色，卢沟桥事变爆发，日寇全面南下，过氏兄弟只好一路南逃。过惕生响应刘棣怀在重庆成立中国围棋总会的号召，在江西打起"中国围棋总会江西分会"的牌子。但战时艰难，根本无法施展自己的围棋才华。直到抗战胜利后，过惕生重返上海，才得到了与"南刘"真正在棋盘上交手的机会。

早年过惕生的棋风攻势凌厉、一味搏杀，其长处是着法锋锐，计算精确。其生吞活剥古谱所导致的消化不良性后遗症是：棋形僵硬、地域感差、大局观差。其后钻研日本棋谱，棋理日明，棋风趋向柔和均衡，但经常还是顶不住刘棣怀的"蛮力"，与刘对弈，胜少负多。到20世纪40年代后期，过氏棋力日进。那么，过惕生与刘棣怀，能否真正分庭抗礼，也引起棋迷的兴趣。为此，胡沛泉出资邀请，1948年10月，上海终于迎来了"南刘北过"的六番棋升降大战。

由于刘棣怀辈分高，成名早，因此六番棋的棋份是刘棣怀让过惕生先相先。这六盘棋二位名将各展所长，刘棣怀下棋依靠计算力，战力强大，过惕生则受日本围棋理论影响，行棋重视棋理。刘过六番棋升降赛的结果为过惕生三胜二负一和取胜，将棋份追为与刘棣怀分先对抗。

1949年，中华人民共和国成立，刘棣怀在陈毅市长的关心下，入上海市文史馆，有了稳定的工作，得以潜心钻研棋艺。他曾在1958

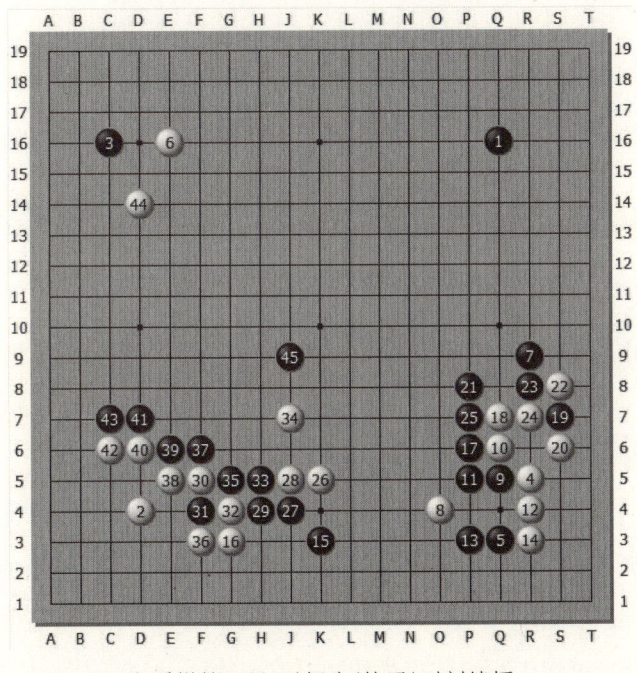

六番棋第三局，过惕生（执黑）对刘棣怀

年和1959年,两获全国冠军,不愧"刘大将"之名。而过惕生也宝刀不老,棋力不退反进,1956年获全国围棋表演赛第一名。1957年、1962年又两次获得全国围棋赛冠军,还培养了聂卫平、程晓流等后辈棋手,"南刘北过"的江湖名号就此确立下来。他们著书立说,培养后进,为新中国围棋的发展贡献了很大的力量。

三、超越自我陈祖德

陈祖德

新中国培养起来的第一代围棋国手人数不少,有陈祖德、吴淞笙、黄永吉、王汝南、华以刚、罗建文等。在这些棋手中,陈、吴二人无疑是成就最高的两位。他们称霸中国棋坛的时期,也被称为"陈吴时代"。过惕生写给陈祖德的一首诗云:

北去南来羡壮游,堪称国手信无俦。

他年弈史评人物,当有陈吴胜弈秋。

后两句的意思是说,后世的围棋史评价围棋国手,陈祖德与吴淞笙两人的地位,应当超过弈秋了吧。而其中,陈祖德又始终盖过吴淞笙一头,王汝南在《弈坛争霸三十年——从冠亚军之战探中国围棋的发展》一书中,把20世纪六七十年代那一段称作"陈祖德的篇章"。

陈祖德于1944年出生在上海。他出身书香门第。祖父曾创办上海最早的幼稚师范学校——上海私立幼稚师范学校并任校长,同时从事幼儿教育研究。父亲在美国哥伦比亚大学留学后归国,是个上厕所也读着古书,睡梦里每每讲着英语的学识渊博之人,也是围棋爱好者。陈祖德幼年时期的围棋启蒙,就是受父亲的指引。只是,他天资聪颖,两个月后父亲就已经不是他的对手。

陈祖德师从围棋名手顾水如。在他的自传《超越自我》中,关于围棋启蒙的那段时期,有过绘声绘色的描写:他经父亲学校的一个爱好围棋的同事引见,在上海襄阳公园和已是花甲之年的顾水如第一次下棋。那是1951年的一个星期天,很多棋迷在室外围着一张桌子观棋。顾水如让了陈祖德七个子,用各种下法考验陈祖德。顾水如毕竟是国手,在他的步步紧逼下,陈祖德的黑子慢慢地没了优势,但是黑子并不溃散,依然扎住阵脚,尽量保持着残存的优势。对局进行了一大半,顾水如突然高兴地一拍桌子:"这个孩子我收下了!"

1959年,上海市组织了围棋集训队,陈祖德入队,得到了刘棣怀和王幼宸两位前辈棋手的指点。在这年秋季的上海围棋赛上,陈祖德获得第一名,开始受到大家关注。

1960年6月,日本围棋代表团访华,代表团在北京赛了两场,又来到上海。陈祖德先后与坂田荣男九段、铃木五良六段、濑川良雄七段对阵,尽管三场比赛都输了,但经过与日本高手的对局,陈祖德学习并研究日本棋手棋艺,棋艺有了很大的进步。在1961年日本围棋代表团访华时,他对上日本业余棋手安藤英雄,五局,先负三局,最后扳回两局。

1962年,中国第一次派围棋代表团访问日本,刚满十八周岁的陈祖德是最年轻的团员。在与日本棋手的七局比赛中,他的成绩为四胜三负,是代表团中成绩最好的,其中受让二子战胜了桥本昌二九段,引起了日本棋界的关注。

1963年,是陈祖德棋艺取得飞跃的一年。这一年,他在和访华的日本棋手的对局中五战连捷,最重要的是,在被让先的情况下战胜了杉内雅男九段,实现了中国棋手对日本九段棋手胜绩零的突破。这盘棋在陈祖德的棋艺人生中具有重要的意义,他曾在后来的著作中说道:

> 这不但是我第一次战胜了日本九段棋手,而且在中国围棋史上这也是第一次。半个子是那么微不足道,然而这半个子又重逾千斤啊!

这一天,吴淞笙战胜了宫本直毅八段。新中国的年轻棋手同时战胜日本九段和八段,为新中国围棋史揭开了重要的一页。

1965年10月,日本围棋代表团访华,陈祖德与日方主将岩田达明展开五局对抗,陈祖德连输四盘,第五局移师上海,陈祖德终于取胜,这是中国棋手第一次在分先的对抗中战胜日本九段棋手。

陈祖德棋风极有特色,攻杀凌厉,尤其是在中盘战斗中,常能以凶狠的搏杀力挽狂澜。他早年钻研日本的棋理,融会贯通,研究出适合自己所追求的理想布局。这种积极主动、不落俗套的布局法,后来被日本围棋界称为"中国流"。

1962年,在全国围棋锦标赛上,由于经验不足,在前期取得优势的情况下,痛失好局,负于老国手过惕生,与冠军失之交臂。

1964年,陈祖德终于拿下全国围棋锦标赛的冠军。

1966年,陈祖德又蝉联冠军。

而这两年的亚军,都是吴淞笙。所以有人称这是"陈吴时代"。正当二十三岁的陈祖德踌躇满志,准备再登新台阶的时候,长达十年之久的动乱开始了。

"文革"使中国的围棋事业进入一个低潮期,突如其来的浩劫打断了年轻棋手们的围棋生涯。中国围棋队解散,陈祖德和其他一些棋手先是到"五七"干校,之后又被下放到北京第三通用机械厂当工人,长期无棋可下。直到1973年,由中日友好协会会长率领的中日友协代表团访问日本,因周恩来总理指名代表团内要有围棋界的代表,陈祖德得以随团出访,终于恢复了棋手的身份,重新开始了在棋界的拼搏。

1974年,全国棋类比赛在成都举行。围棋成年组比赛分预赛、决赛两个阶段进行。预赛采用单循环制,决赛每组前三名共三十人进行十六轮积分循环赛,陈祖德第三轮输给黄德勋,第五轮与五战五胜的聂卫平相遇。本以为是一局漫长激烈的龙虎斗,结果求胜心切的聂卫平仅81手就败下阵来。陈祖德最终如愿以偿,在时隔八年

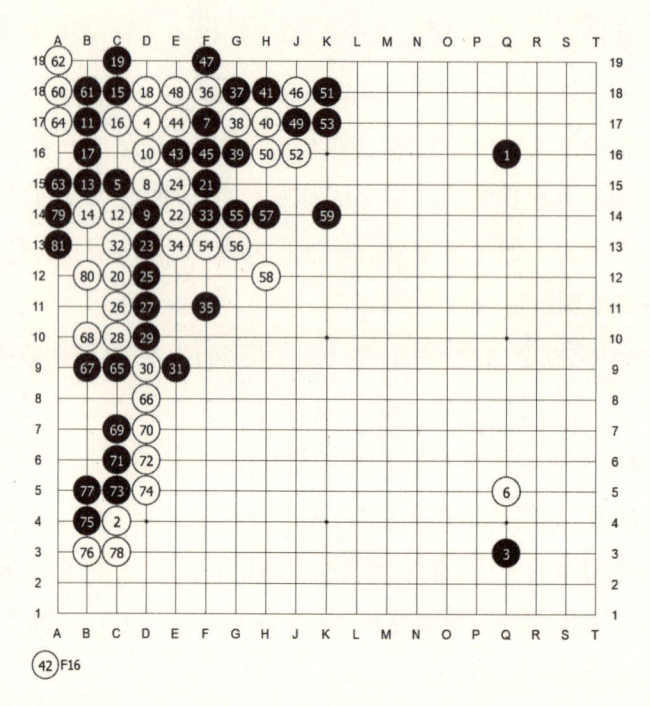

陈祖德(执黑)对聂卫平,共81手,黑中盘胜,1974年7月23日弈于成都

后再一次蝉联冠军。

而这时,一个棋手的黄金时代,已经过去了。

1980年9月,陈祖德被查出身患胃癌。他在与病魔抗争的同时,历经四年,完成了自传《超越自我》。这本著作回顾了作者从围棋启蒙开始、与围棋结缘的一生,书的最后写道:

> 我活下来了。我终于出了医院的大门。看到了那原来是司空见惯而如今一切都那样新鲜、动人、充满生气的街道、商店、行人……我想起美国盲聋女作家海伦·凯勒写的《假如我能看见三天》。我总不止看见三天吧?我从死亡线上又回到了这个

《超越自我》书影

世界里。我已经"死"过一次了,我体味过失去这个世界的滋味,我充分地享受着重新获得这个世界的欢乐!

我的心脏在我的虚弱的身子里强烈地跳动着……

从病痛中站起来的陈祖德,超越自我,开始谱写人生的新篇章。他先后担任国家体育总局棋类运动管理中心主任、中国棋院院长、中国围棋协会主席。2003年退休后,又致力于对中国古代棋谱的整理,不仅出版了《当湖十局细解》,还着手中国围棋古谱的解说。2011年查出罹患胰腺癌。他在病中仍然坚持"中国围棋古谱精解大系"的撰写。"中国围棋古谱精解大系"一卷一卷地出来,这仿佛是生命在与时间搏斗。2012年11月1日,陈祖德与世长辞。2013年,"中国围棋古谱精解大系"十四卷全部出齐,他的生命也仿佛在书中获得了延续。

陈祖德曾将超越自我看作渴望追求的一种人生境界。他在国内三次拿到全国围棋冠军,一生致力于赶上并超越日本围棋,几次与癌症搏斗,在病魔缠身时还在著书立说,可谓一次又一次超越自我。

四、擂台英雄聂卫平

提起聂卫平,你可能就会想到中日围棋擂台赛。中日围棋擂台赛,是中日围棋从学习交流进入对抗时代的标志,而第一届擂台赛中国队的胜利,更成了中国全面赶超日本的一个标志性的事件。作为主将的聂卫平十一连胜,也使他从此打上了"擂台英雄"的标签。

聂卫平

聂卫平于1952年出生于一个围棋气氛浓郁的家庭。外祖父、母亲和父亲聂春荣都爱好围棋,家里时常摆开棋局。在家庭的熏陶下,聂卫平和弟弟聂继波二人耳濡目染,都表现出对围棋浓厚的兴趣。聂卫平患有先天性心脏病,不能进行激烈运动。作为静的运动的围棋,为其开辟了一个新的天地。有一次,聂卫平的外祖父带他和弟弟二人到棋艺室和少年棋手比赛,结果,聂卫平下赢了在场所有的少年棋手,让少年棋手的指导老师、围棋名手张福田惊诧不已。张福田随即让聂卫平进入训练班。这事儿传到了陈毅那儿,陈毅很想试试两兄弟的棋力,便约二人下了一盘棋。对弈现场,李立三和著名棋手过惕生也在。结果,聂卫平先赢了李立三,又赢了陈毅。陈毅和在场的其他人,都对聂卫平赞许不已。陈毅得知聂卫平还不到十岁,于是又嘱咐他将来要战胜日本九段棋手,为国争光的任务就靠他们这辈人了。

与陈毅的对局及陈毅的嘱托,对聂卫平来说,可谓巨大的精神力量。加之一代国手过惕生及老棋手过旭初的精心培养,聂卫平的棋艺进步飞快。1965年,聂卫平在成都的全国十单位少年儿童围棋比赛中,获得儿童组冠军。1966年,十五岁的他就开始代表北京市参加全国围棋比赛。

从1966年开始的"文化大革命",让围棋变成要破的"四旧"之一,聂卫平被下放到黑龙江山河农场。在农场,没人可下棋,却也有"棋盘之外的收获"。聂卫平曾在《我的围棋之路》中谈道:

> 正是农场的这段"逆境"生活锻炼了我的意志,使我在攀登崎岖的棋艺高峰时,经受住了失败与挫折,而且至今还在向顶峰冲击。扪心自问,假如自己的经历一直是太太平平,一帆风

顺,那么还会有那种"不达目的,誓不罢休"的奋斗精神吗?我没有自信。

此外,在聂卫平看来,农场的自然环境,那"一望无际的绿色原野",那"透明般的蔚蓝色天空"也对他的精神与棋艺产生着影响:"在这样的天空下,人似乎都会被净化。……于是,思想境界好像高了许多。也许就因为大自然的启示激发了我的灵感,潜移默化地影响了我的棋艺吧。"

20世纪70年代初,聂卫平作为农场的业务员常驻北京,这样有了大量的时间。正好陈祖德、王汝南、华以刚等七名国手都在北京第三通用机械厂,聂卫平便每天去那里,从白天到黑夜,谁不当班,就逮住谁下棋。在与国手的较量中,他的棋艺有了很大的进步。

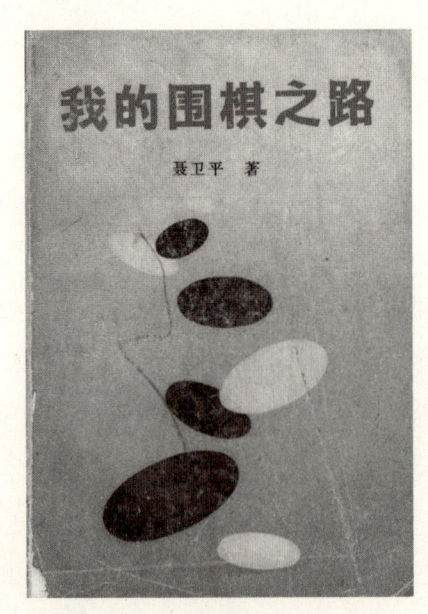

《我的围棋之路》书影

1973年，他入选国家围棋集训队，作为中国队队员，先后迎战日本围棋访华团的加藤正夫、西村修等人，接受国际比赛的锻炼。1974年，聂卫平在访日比赛中，力挫宫本直毅九段，崭露头角。1976年，聂卫平在访日比赛中，连续战胜了日本九段棋手藤泽秀行、濑川良雄、岩田达明、加田克司等人，并战胜了"终身名誉本因坊冠军"石田芳夫，让日本报纸惊呼："聂旋风刮起来了。"

在国内，聂卫平要建立棋坛的霸主地位，则必须过陈祖德这一关。1974年的全国围棋比赛，五连胜的聂卫平，正欲再谋进取，却被四胜一负的陈祖德拦住去路。面对这事关冠军归属的一局，聂卫平因过于紧张兴奋而失眠，"睡眠不足加思想包袱"，使他在棋盘上81手便败下阵来。聂卫平在《我的围棋之路》中称之为"刻骨铭心的惨败"。

一年之后，1975年全运会围棋赛，聂卫平第一轮就碰上陈祖德，聂卫平在《我的围棋之路》中将此局称为"棋风形成的代表作"。这是聂卫平第一次在正式比赛中战胜陈祖德，也是聂卫平第一次获全国冠军，堪称中国围棋新旧时代的交接。

之后，聂卫平又先后在全国围棋个人赛中六次获得冠军，同时在各种邀请赛中折桂。在1979年开始的"新体育杯"赛中，他曾九次问鼎，在前五届决赛中先后击败前辈陈祖德、吴淞笙，后辈曹大元，同辈程晓流，后辈钱宇平，取得五连霸。1987年起，《围棋天地》杂志也举行了经棋迷票选产生参赛者的十强战。在前后举行了八届的十强战中，聂卫平一人独中六元，从而建立了他在国内棋坛的霸主地位。

聂卫平在中国棋坛获得许多冠军，然而真正让他的影响超出棋界，为国人所熟知并推崇的，当数在中日围棋擂台赛上的卓越表现。

当时，日本在世界围棋领域中可谓龙头老大。就整体实力而言，那时中国围棋与日本围棋相比，差距还是十分明显的。结果，聂卫平作为擂主，连克日本超一流棋手小林光一、加藤正夫和日方擂主藤泽秀行，为中国赢得第一次擂台赛胜利。之后，第二届、第三届擂台赛中，他担任擂主，连续卫冕成功。直到第四届负于羽根泰正为止，取得擂台赛十一连胜。擂台赛的胜利，在中国产生重大影响，聂卫平成为"擂台英雄"，也因此被授予"棋圣"称号。

第一届中日围棋擂台赛于1984年10月拉开战幕，历时一年有余，其间充满了戏剧性。中方江铸久五连胜，日本小林光一登场，力挽狂澜，将中方六员战将打下擂台。中方只剩主将聂卫平，日本则还有三位超一流棋手：小林光一、加藤正夫、藤泽秀行。小林光一在前年的访华比赛中七战全胜，此时，擂台六连胜，气势正旺。此前，聂卫平从未赢过小林光一，他已没有任何退路，绝境中的聂卫平，反而被激发出旺盛的斗志。为做到知己知彼，赛前，聂卫平精心研究了小林光一的棋谱，小林光一偏好实地，注重均衡，功力深厚，喜好平行型布局，其败局往往对角布局稍多。为此，执黑的聂卫平赛前制定了针锋相对的方针：走对角布局、先捞实地。

但是，对角布局，如果对手不配合，是走不成的。为实现战略目的，聂卫平煞费苦心。他在《我的围棋之路》中谈道：

> 在现代对局中，黑1占星是最平凡不过的，但在北京准备期间，我却为黑1到底是走星位还是走小目而煞费苦心，最后才决定下在星位。因为我在研究小林九段的棋时，发现他走对角型布局的胜率不太高，所以我想引诱他走对角型的布局。如果黑1占小目，小林九段常常走在左下角，那么黑无论占哪个空角都

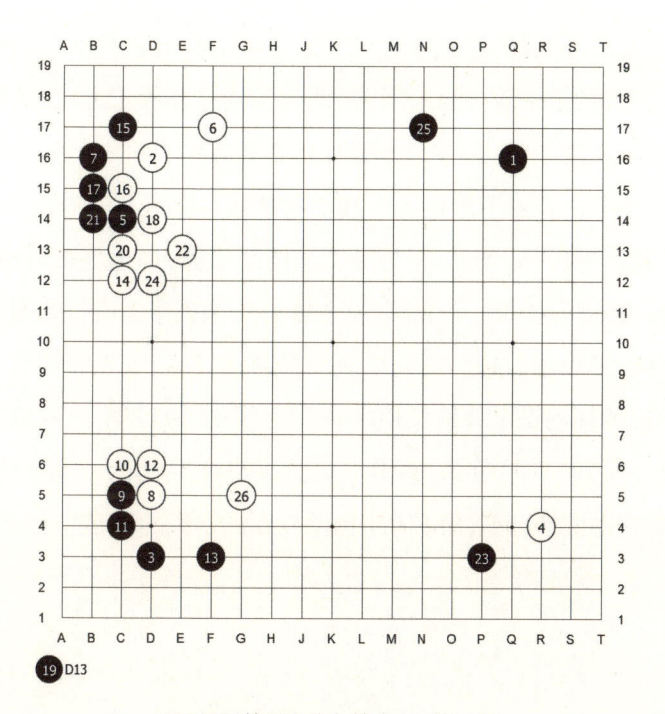

聂卫平(执黑)对小林光一,第一谱

走不成对角型了。

　　白2占这个星位,可以说是小林的气质所决定的,正在我意料之中！至黑5,行棋的步调和我预想的完全一样,不禁长出了一口气。

　　就这样,第一步的战略意图实现了。接着,聂卫平又开始实施第二步战略:抢实地,让小林占外势。至白26,布局大体完成,黑方步调较快,实空领先,而白棋厚实,势力较广。

　　聂卫平在布局阶段的战略意图全部达成。经中盘激战,一波三折,最终黑棋以两目半取得胜利。

聂卫平称此局"是我有生以来最惊心动魄的一局棋"。置之死地而后生，聂卫平攻下这一天险，此后又连克加藤正夫、藤泽秀行，帮助中国队赢得第一届中日围棋擂台赛的胜利。

擂台赛使聂卫平的棋艺生涯走向鼎盛。此后，在1988年，几项世界围棋大赛先后创办，正当聂卫平踌躇满志，向世界最高峰攀登的时候，却遭遇挫折——首届"富士通杯"，聂卫平孤身打入四强，在半决赛中不敌林海峰。第一届应氏杯，在二比一领先的情况下，连负两局，被韩国棋手曹薰铉逆转，痛失冠军。1995年，第六届"东洋证券杯"决赛，聂马争霸，聂卫平又负于马晓春，留下人生的遗憾。马晓春获得世界冠军，预示着中国围棋新的一代的崛起。

第三节 黑白之道

当代中国文坛,出现了不少以围棋为题材的文艺作品,小说主要有胡廷楣的《名局》、旅法作家山飒的《围棋少女》和储福金的《黑白》等,电影有《一盘没有下完的棋》《吴清源》等,而金庸的小说,虽然只是零星出现关于围棋的描写,但往往折射出浓厚的文化意味和人生况味,正所谓黑白之道、黑白人生。

一、黑白人生

江苏作家储福金2007年由人民文学出版社出版的一部小说,题目就叫《黑白》。黑白,既指黑白子,当然也是人生。

《黑白》以民国初期到抗战胜利为背景,两个主人公也是一黑一白。陶羊子和方天勤是一对一生的对手。二人自幼相识,陶羊子出身书香门第,因失去了父母,由舅父照顾,虽是小户人家,生活还算无忧。方天勤则自小就出来做工,给乡村隐士任守一做僮仆。二人对围棋的态度从根本上形成了巨大的差异。陶羊子对围棋是出于一种天性的喜爱,因此不允许自己在棋盘上弄虚作假。他离开舅父

《黑白》书影

家的小镇去城里独自生活,困难的时候,即使身无分文,靠卖报、在戏院打杂度日,也不愿意故意输给芮总,讨芮总的高兴,以便谋一个棋士的职位。须知一个棋士的月供有几十块大洋,比他做苦力一年挣的钱都多。

方天勤却不一样。对他来说,下棋就是为了赢。赢了,就有饭吃,有钱拿,有女人,有社会地位。因此,他在棋盘上可谓不择手段。同时,如果故意输棋能够给他带来好处,他一定不会拒绝。正是因为这样,陶羊子还在打杂的时候,方天勤早早就成了芮府的棋士,打扮气派,出入高级场所,身边的女人每次都不同。他们体现了对围棋的两种不同的态度:陶羊子追求的是围棋作为游戏的无功利的愉悦身心的感觉,方天勤注重的则是围棋作为竞技的胜负搏杀带来的物质满足感。

黑与白,也代表了两个人物不同的心性品格和人生态度。陶羊子从小就对"白"有一种执念。幼年失去母亲,死亡于他是"黑"的世界。从最开始与人下棋,陶羊子就只拿白子。他视黑子为侵略者,白子为防御者:

> 在陶羊子看来,整个棋局便是黑棋的侵略与白棋的防御,他潜在的意识中,黑棋的进攻便是黑色世界的扩张,他总是希望白棋能够抵挡住黑棋的作恶,围起自己那片很大的、黑棋无法渗入的世界来。
>
> 一旦接触到了围棋,陶羊子发现了通过白棋围着、让黑棋无法进入的空间,是他在孤独中寻找到的一种产生希冀的方式,一种展示梦想的现实。围棋也使他看到一个让他的想象无限回转的天地,进入一个让他的生活盎然生趣的世界。①

白,作为一种色调,一般象征着光明、纯洁。在小说中,"白"奠定了陶羊子的性格基调,他为人至纯至真,总是从最善最美的角度来看待人与世界。但同时,这也意味着他的性格的缺失,以及对世界认识的不完整。在小说中,他的几次受骗经历,即体现了这一点。

与陶羊子相反,方天勤的性格基调则是"黑"。他爱执黑棋,着法奸诈狠辣,行的是如魔之术。小说开头不久,任守一留给陶羊子一副棋,托方天勤代为转交。方天勤却故意赌棋,赢了陶羊子三块大洋之后,才将原本就属于陶羊子的棋交给他。其心术狡诈,由此

---

① 储福金:《黑白》,人民文学出版社2007年版,第19页。

可窥一斑。

方天勤的争强好胜、攀附权贵、不择手段，其人性的"黑"，在拿任秋做赌注的事上体现得最彻底。任秋是任守一的女儿，从小与方天勤和陶羊子相识，成年后的三人，彼此之间都有些说不清道不明的情愫。在陶羊子也成了芮府的棋士之后，芮总要看他与方天勤对局。以方天勤的棋力，对局应该会输给陶羊子。可是在对局前，方天勤私下找到陶羊子，要拿任秋做赌注，输了棋的人，得到任秋，而赢的一方则从此不再纠缠。自然，陶羊子只能输了，因为他无法像方天勤一样，认为女人不值一提，可以随意当作棋局的赌注。棋局结束后，陶羊子才知道，芮总本意从他与方天勤之间选一个做副官，而方天勤根本不是赌任秋，他只是看准了任秋是陶羊子的软肋，让陶羊子不得不输。他借这一局棋成了副官，又摆脱了任秋，娶了官小姐，可谓精心算计，薄情无义到了极点。

棋子分黑白，棋品有高下。陶羊子与方天勤的对弈，也代表了世界的光明与黑暗、人性之善与恶的斗争。小说结尾，陶羊子最终执白赢了方天勤，也意味着真善美的力量最终会战胜丑恶。至此，小说的意义也就昭然若揭。

小说把人物放在动荡的社会中，写他们的人生选择，黑与白也就具有了不一样的意义。储福金称，故事中的人物与情节都是虚构的，唯有围棋的各种着数来自他与棋友的实践："其实这部小说不是围棋教材，不懂围棋的读者可以跳过小说中的棋术，只看情节；初学围棋者则可以将其作为棋谱，细细研究；棋艺高深者则可以从棋道中参透人生之道，以此发掘传统文化中蕴含的魅力。"

如果说《黑白》是发生在民国时期的围棋故事。胡廷楣的《名局》则以20世纪六七十年代的中国为历史背景,写两个棋手宋元明和唐清,下乡成为知青,历经重重挫折,终成一代围棋大师的人生故事。这样的故事,也是中国那个年代棋手生活的缩影。而"名局",代表的就是一代棋手对棋艺的境界、人生的理想的追求。

《名局》是一部知青小说、围棋小说,也是一部关于人生的小说。几个去黑龙江插队的知青,回到上海之后,他们的人生就被边缘化了,觉得自己已经没有希望了,于是就想着如何让自己的孩子活得有意义、活得好一些。在《口述史:我的围棋往事(三)》的一篇访谈《胡廷楣:围棋的境界》中,胡廷楣谈道:

> 有谁见过在赛场门外等待棋童的家长?我见过,我也曾经是他们中间的一个。记得有一位家长,因为孩子的棋下得好,

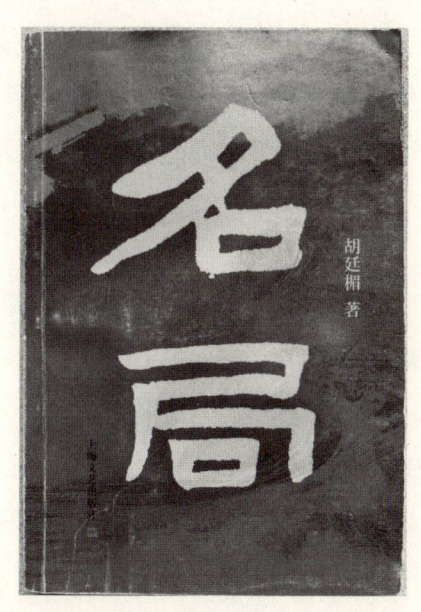

《名局》书影

就说:"你们的孩子都是来'陶冶陶冶'的,我儿子今后才会成为专业棋手。"当然,最后结果是他的儿子拥有专业段位,但是没有成为叱咤风云的棋手。这位父亲也是老三届,书读得少,还不知道"陶冶"不该说成"陶治"。还有一次,在少年赛场外,某省的一位家长,抡起巴掌直接打在孩子脸上,因为他输了棋……我想,这是我们那一代人在回城之后充满期盼,又焦躁不安的写照。①

小说的主人公唐清终于成了著名棋手,在一次重大比赛中,与韩国棋手相遇,因为不愿意违背意愿,下出丑的棋形而输掉了比赛。但宋元明对终局进行了特别的研究后,却发现唐清完全可以顺着美的感觉下子而赢下那局棋。小说这样写道:"当宋元明最后的思路照亮了棋盘上每一个棋子的时候,就成了现代围棋美学的范本:那不是理论,那是所有黑子和白子的总和,两个高手隐隐约约的梦想,他们的妙手和失误互相交织配合构成了最美的棋局。"

也许这样的最美的棋局只能出现在事后的复盘,出现在想象中,但又可能成为棋手一生的理想追求。棋局如此,人生何尝不是这样?

二、棋声侠影说金庸

作家金庸,是文人,是侠客,也是棋迷。

金庸于1924年出生在浙江海宁。海宁在棋迷心目中,是一个围棋圣地。清代大国手,被称为棋圣的范西屏、施襄夏,都出生在此,

---

① 《胡廷楣:围棋的境界》,见何云波:《口述史:我的围棋往事(三)》,杭州出版社2020年版。

晚清国手陈子仙也是海宁人。这自然影响到这个地方的围棋氛围。

　　金庸的祖父、父亲都好棋。旧时他家有一小轩,是他祖父与客人弈棋处,挂了一副对联:"人心无算处,国手有输时。"金庸读中学时正值抗日战争,烽火连天,课余常和同学下棋。他转学到衢州中学,除了生活必需品,随身携带的还有一副围棋。据说到重庆考大学时,一天考化学,他和两个同学路过一茶馆,见有茶客下棋,两人驻足观战,聚精会神,一不留神,开考已半个小时,匆忙赶到考场,幸亏监考老师网开一面,破例准许进场。

　　金庸后来到香港,办《明报》,忙碌之余,围棋不止。他曾在一篇名为《围棋杂谈》的文章中说:

　　　　当聂绀弩兄在香港时,常来找梁羽生与我下围棋,我们三人的棋力都很低,可是兴趣却真好,常常一下就是数小时。

　　金庸好棋,与不少人的交往,都是因为围棋而结缘。他与梁羽生,同为武侠小说大家,又是棋友,由于政治上的原因,曾一度断了往来。复交后,以棋相会,"盈盈一笑,尽把恩仇了"。金庸太平山顶的华屋,一般不接待客人,但国手陈祖德,却被金庸接去,住了几个月之久。一方面是休养,一方面是便于请益,正可谓相得益彰。北京的聂卫平,台湾的沈君山,都是在交流棋艺中与金庸结下情谊的。

　　因为好棋,金庸便有了一个特殊的嗜好,拜高手为师。如果说历史上徒弟段位最多的,要数木谷实,总共超过五百段,那么世上师父段位最多的,就是金庸了,据称有二百段。对此,沈君山在为聂卫平的《围棋人生》所作的序中有一段精彩描写:

2001年贵阳国际围棋文化节"围棋之道·名人论坛"
右起：金庸、陈祖德、吴启泰、何云波

　　金庸之有此成就，是因为他完全不守武林中入门以后从一而终的行规。不分门派不分辈分，只要艺高，他就要拜为师父，而且学不学得到本领不论，拜师的仪式却一点不肯马虎，往往坚持要行跪叩的大礼。有一次，他要拜王立诚为师，林海峰和我都被请去做观礼的嘉宾，那时他已拜了吴清源、林海峰为师。王是林的弟子，林又是吴的弟子，论年纪王也不到金庸的一半。金十分诚意地要拜，王却怎样也不敢受，僵了好一阵，最后还是搬了一张太师椅来，立诚端坐其上，金庸毕恭毕敬地鞠了三个大躬。海峰虽已是师父，但此时升格为师祖，又受了三鞠躬；立诚出国赴日学艺是经过我的手试，所以我亦沾光地受了金庸斜斜一拜。卫平的自传中，说金庸坚持对他要行跪叩拜师之礼，经过想亦如此。

武侠一代宗师,因为棋,肯一次次向后辈行叩拜之礼,"天真烂漫,胸中更无半点机心",真棋迷也。

棋迷写小说,自然不可不写棋。

金庸小说中,爱棋成痴者,往往兵器也换作棋盘棋子,如《碧血剑》中的木桑道长,《笑傲江湖》中的黑白子,《天龙八部》中的函谷八友之一范百龄。而以棋盘棋子作为兵刃,突出的不是打斗,而是其文化与审美意义。主人公也往往由此多了几分雅气。

再说武功。武侠小说,在江湖豪杰的打打杀杀、快意恩仇中,总难免带有过多的杀气、戾气,为求中和,金庸又常常赋予武道中人一分书卷气,使他们不仅仅是只会武功的粗人,同时也具有一些儒士风范。在这侠客名士化的过程中,琴棋书画自然融入武侠中,发挥着重要的作用。就像《笑傲江湖》对"江南四友"的描写。

话说日月神教左使向问天为救前任教主任我行,与令狐冲化装成五岳剑派弟子,来到囚禁任我行的梅庄。居住在此的"江南四友"黄钟公、黑白子、秃笔翁、丹青子,分别痴情于琴、棋、书、画。小说的描写,极为传神。如写棋痴黑白子,"头发极黑而皮肤极白,果然是黑白分明"。他的棋室,"只见好大一间房中,除了一张石几、两只软椅之外,空荡荡地一无所有,石几上刻着纵横十九道棋路,对放着一盒黑子、一盒白子。这棋室中除了几椅棋子之外不设一物,当是免得对局者分心"。在向问天摆《呕血谱》时,面对棋盘上的激烈缠斗,可以玄天指化水成冰、内功修为已达极高境界的黑白子,竟瞧得满头大汗,此所谓爱棋成痴,关心则乱。

接下来,小说别出心裁地将琴、棋、书、画融入武功较量中。秃笔翁拈一支判官笔,每一套"笔法"均从名家书帖中变化而来;黄钟公轻拨瑶琴,令狐冲以箫作剑,双方仿佛在合作演奏一曲音乐;黑白子以一块铁铸的棋枰做兵刃，招式与棋理相通。琴声、画境、书意、棋势，与武功融合无间，紧张的对峙中也就多了几分舒缓之气，杀伐中有了一些诗情画意。一张一弛，动静相宜，亦文亦武，雅俗共赏，正是金庸小说的魅力所在。

　　武侠与围棋，本质上都是一种为征服他人而展开的力与智的较量。但同时，"侠"又往往比"力"更重要。《天龙八部》写黄眉僧与段延庆斗棋斗力，论武功、棋力，黄眉大师比段延庆均稍逊，但胜利者却是黄眉大师，这固然有段誉搅局的因素，但更重要的是，在胜负拼争中，还有一些东西，是斗力所无法获得的。在段延庆与黄眉僧的棋争中，段纯粹是出于个人私欲，黄是为民请命，"黄眉僧五年前为大理通国百姓请命，求保定帝免了盐税，保定帝直到此时方允，双方心照不宣，那是务必替他救出段誉"，黄眉僧由此下决心以死相争。得道者多助，正是这种侠义精神，最终影响了这局"棋"的胜负。

　　于是，棋道、武道、侠义道，也就取得了沟通。

　　金庸是棋迷，更是文人，因而，他写棋，常常是醉翁之意不在酒，而在乎山水之间。棋道即人生之道，最典型的莫过于《天龙八部》中虚竹破解珍珑棋局一节。

　　却说逍遥派掌门被逆徒丁春秋暗算，推下悬崖，幸喜保得生命，隐居于洞中，苦心布下珍珑棋局，希望有慧缘之人能破解棋局，将毕生功力和衣钵传之，以诛除叛逆。一晃三十年已经过去，大弟子苏星河装聋作哑，苦思棋局，一无所成，能破解棋局之人也始终未出现。时不我待，苏星河只好广下帖子，遍邀天下英雄，一时山中高手云集。段誉、慕容复、段延庆纷纷上阵，均无功而返。段延庆在苦思棋局、心神不宁之际，被丁春秋施以摄魂之术，差点自尽。虚竹本对围棋一窍不通，为救段延庆，想搅乱棋局，闭着眼睛，投下一白子，正好自紧一气,一队白棋就此自杀身亡,这一匪夷所思之着,引来众多哂笑。不承想,正是因为白棋这一自杀之手,棋局反而有了回旋余地。此后,段延庆以腹语传音之法,指点虚竹,一着一着下来,最后白棋柳暗花明,胜了黑棋。

这段描写,重要的不在棋术,而是其中包含的人生与文化的妙味。

小说中有一段点出段誉、慕容复、段延庆失败的原因:段誉之败,在于爱心太重,不肯弃子。慕容复之失,由于执着权势。鸠摩智嘲他:"你连我在边角上的纠缠也摆脱不了,还想逐鹿中原么?"慕容复心事被触动,差点自杀。段延庆贵为皇子,却只能剑走偏锋,身入魔道,于这"似正非正,似邪非邪"的棋局,也是一筹莫展。虚竹之"成功",在于对这棋局的胜负并不挂怀。比武、下棋均以胜负论英雄,"倘若在比武、下棋之时能无胜败心,那便近道了",佛经有云:"胜者生怨,负者自鄙。去胜负心,无诤自安。"佛教认为人生的烦恼与痛苦皆源于一个"执"字,若能破"执",人生,便将进入一个自由之境。正如少林玄难大师所言:"这局棋本来纠缠于得失胜败之中,以致无可破解,虚竹这一着不着意于生死,更不着意于胜败,反而堪破了生死,得到解脱……"

虚竹之"成功",还在于他的"笨"。众多好手,竭尽心力,摆出各种变化,机巧用尽,均无功而返。虚竹无意间投下一子,先挤死自己一大块,以后的妙着反而源源而生。"任你是如何超妙入神的高手,也决不会想到这一条路上去。任何人所想的,总是如何脱困求生,从来没人故意往死路上去想。若不是虚竹闭上眼睛、随手瞎摆而下出这着大笨棋来,只怕再过一千年,这个'珍珑'也没人能解得开。"金庸小说中的主人公,不少以"笨"闻名,如虚竹、段誉、郭靖,因为种种因缘,而成为一代武学大师。也许,在"聪明"与"愚笨"之间,便包含了一种中国传统的辩证法。

　　虚竹无心于棋,反而破解了棋局;无心于天下武功第一和掌门之类的"名"与"利",却无意中得到了逍遥派北冥神功和掌门之位,这正所谓有心栽花花不发,无心插柳柳成荫。也许,世间的许多事情,本来就是如此,"输赢成败,又争由人算"。而虚竹这一"得",究竟是祸是福,同样难以预料。武功高强未必是福,而世间不会半分武功之人,反而可无忧无虑,少却许多争竞与烦恼。人生中的许多事情,谁能说得清呢？

　　珍珑者,围棋之难题也,金庸在这里何尝不是出了一道人生的难题？谁能破解,就看你的慧根与造化了。

第十章 未来之棋

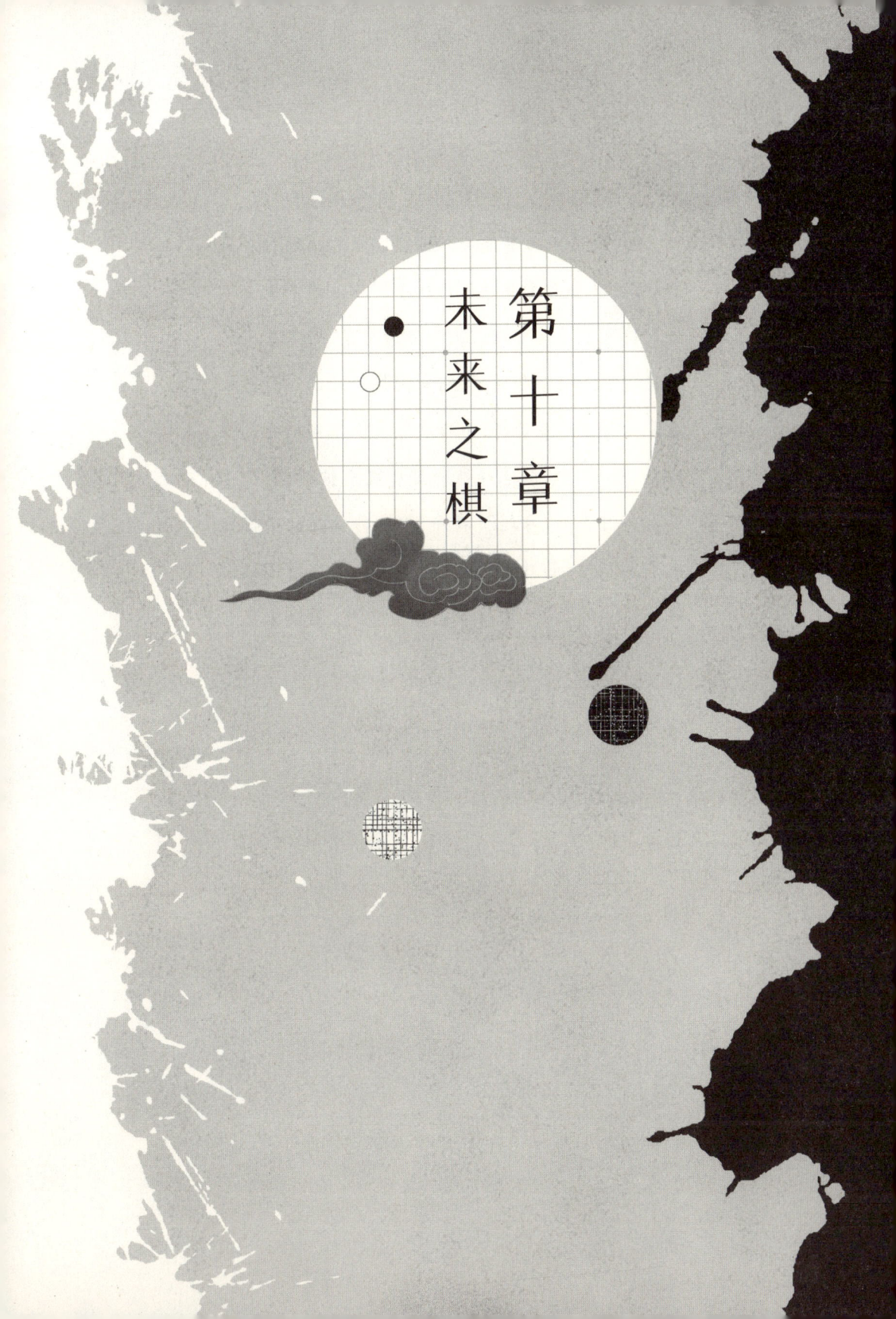

当然，自人工智能进入围棋以来也出现种种负面效果，其中最主要的便是棋手的下法逐渐失去了个人特色。人人皆以人工智能为圭臬，而人工智能的背后则是数字和胜率，它所提供的是通过计算机运算后得出的最优解，是标准答案。不同棋手的性格、情感、心理、弱点等在一定程度上被解构，似乎不再有过去如"六超""石佛"等多种多样的个性化棋手。不过，面对人工智能时，人类仍然对围棋保持着高涨的热情，因为除了胜负之外，围棋文化与情怀，是机器永远替代不了的。

1997年5月11日，IBM（国际商业机器公司）研发的计算机程序"深蓝"(Deep Blue)战胜了俄罗斯国际象棋特级大师加里·卡斯帕罗夫。电脑战胜人类，这在当时全球范围内引起了轰动，人们纷纷议论电脑究竟能走多远。这时，不少人想到了围棋，认为相较于国际象棋，围棋的算法要复杂得多，电脑要在围棋上战胜人类是相当困难的，它需要的不能仅仅是"深蓝"那样"强力检索"的程序和逻辑。当年，《读者》杂志的一篇文章《看看电脑会有多高明，让它下盘围棋吧》说道："如果真有一天电脑能打败围棋高手，那将标志着人工智能开始成为实实在在的东西了，也将宣告又一个科技时代的到来。"现在看来，文章所言可谓准确。

但是，围棋人工智能发展之快，还是出乎人们的意料。2016年，Google（谷歌）公司旗下DeepMind（深度思考）公司研发的人工智能程序AlphaGo Lee（俗称阿尔法狗，后文简称AlphaGo）问世，并向围棋世界冠军、韩国九段棋手李世石发起了五番棋的挑战。3月9日，人机大战在韩国首尔打响。在面对强大的人工智能时，李世石频频陷入长考，耗时过多，而AlphaGo则轻松取得了前三局的胜利。

紧接着，五番棋来到了3月13日的第四局，李世石在两个半小时后对局时间仅剩下十七分钟，而AlphaGo仍有一个小时。此时李世石下出了白78挖的妙手，重新盘活了中腹，胜率也开始向自己倾斜。此手引得当时电视和网络的诸多解说皆惊呼：此乃"神之一手"！而AlphaGo显然对此手并没有充足的准备，事后研发团队也表示AlphaGo在此前的训练学习中，并没有接触过这样的情况。也正因此，AlphaGo在后续陷入了混乱，多次下出昏着，逐渐使得自身的胜率不足10%，并且首次被李世石拖入了读秒阶段。最终，李世石赢得了此局胜利。

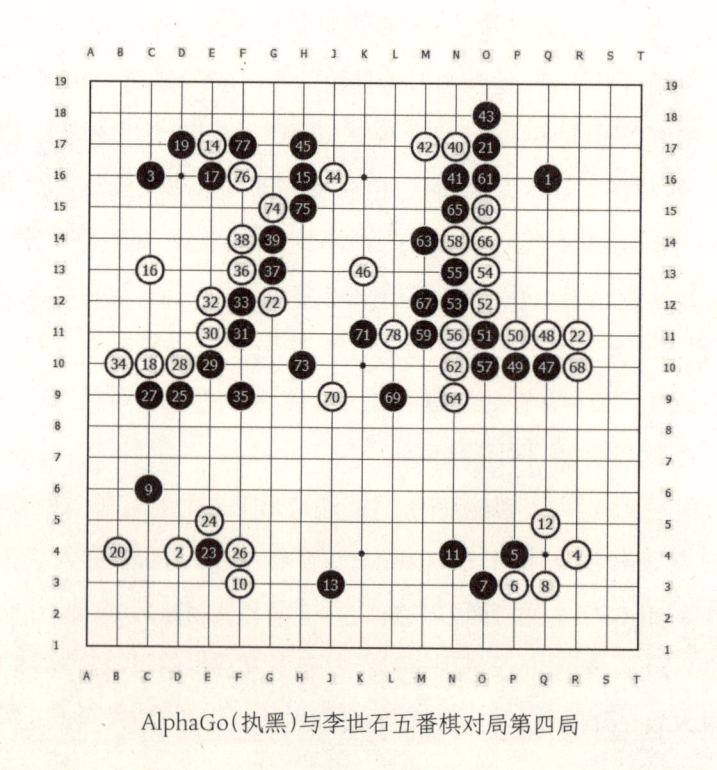

AlphaGo（执黑）与李世石五番棋对局第四局

不过,李世石赢得的此局胜利,成为人类战胜人工智能的最后一局。3月15日,AlphaGo以四比一的总成绩战胜李世石。而当AlphaGo时隔一年后再次回归,它不再给人类任何反攻的机会,并且更名为AlphaGo Master。

2017年5月23日,DeepMind携最新AlphaGo Master(后文仍简称AlphaGo)来到中国浙江乌镇,挑战当时世界排名第一的中国九段棋手柯洁,双方以三局定胜负。在上一年见识过AlphaGo的水平后,柯洁意识到仅凭常规手段不足以战胜对方。因此,他在第一局便频繁使用了很多打破常规的下法,试图搅乱AlphaGo的布局,但几乎都被AlphaGo轻松化解。不仅如此,在运算速度远超人类的人工智能面前,柯洁的思考时间也逐渐增加。第一局弈至第289手告终,柯洁负于AlphaGo。

5月25日,双方展开第二局的较量。这一局虽然柯洁在AlphaGo执黑下出155手后便投子告负,但仍被视为柯洁生涯中的名局。在下至第100手时,AlphaGo之父哈萨比斯在社交平台推特(Twitter)上说:"根据AlphaGo的判断,柯洁的表现堪称完美,在前100手都与对手保持势均力敌的态势。我发这条推特是为了表示对柯洁的尊重,在前100手双方都有机会。"下至第116手时,柯洁看到了打断上下黑棋,并将自己右边"大龙"危机解除的希望,露出了杀气。然而,AlphaGo拥有人类所无法比拟的运算能力,这种运算能力体现在棋盘上就是超越人类的大局观。随后,AlphaGo下出了第119手,试图通过威胁左边的白棋来牵制右边白棋向上连接,接着以第121—127手将白棋封锁。此后,白棋终未找到破解之法,在劫争中也逐渐失利,只得中盘告负。

5月27日,柯洁与AlphaGo的最后一局结束,AlphaGo以三比〇

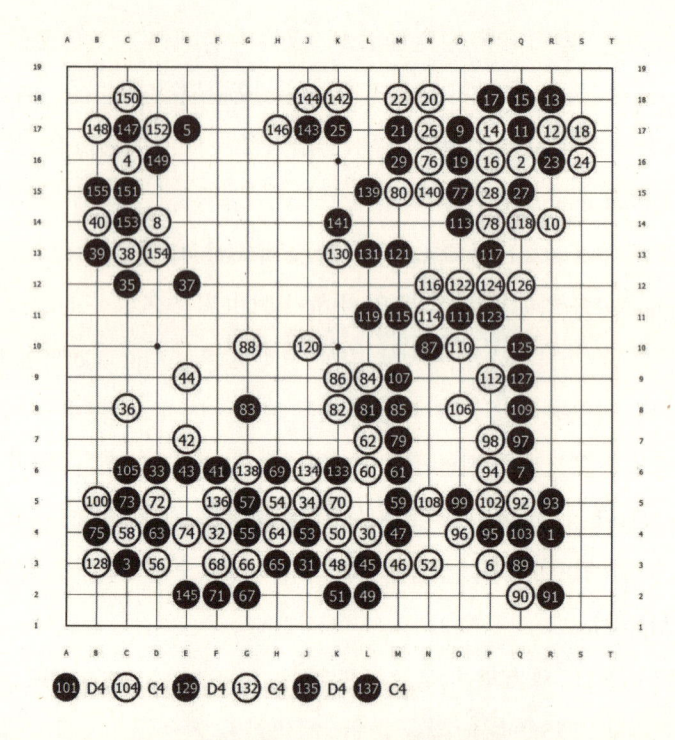

101 D4 104 C4 129 D4 132 C4 135 C4 137 C4

AlphaGo（执黑）与柯洁三番棋对局第二局

的总成绩打败柯洁。柯洁在最后一局的中盘时，在强大的人工智能面前，不禁摘下眼镜掩面而泣。在围棋胜负世界，一个新的时代来临了。

  2017年10月19日，DeepMind公司在学术期刊 *Nature* 上发表论文称，最新版的AlphaGo Zero（阿法元）可以在空白状态下，通过自我学习，训练三天即以一百比〇的成绩击败"前辈"Lee，训练四十天便击败Master。此前的Lee和Master均是从人类自古以来的上千盘棋谱那里开始学起，而Zero则不再依托任何人类的先验成果。对于围棋人工智能技术的发展和革新，职业棋手李喆在《AlphaGo——未来的围棋》一文中总结道：

早期的计算机围棋,逻辑运算是其中的重要部分。对于难以量化的局面,作者将人类的一些已有的围棋知识转化为机器语言输入软件,这种做法是当时在人工智能领域流行的"专家系统"在围棋上的应用。这种方法在当时取得了一定的成效,但很快就陷入了瓶颈。这一代围棋AI,以"手谈"为代表。

第二代计算机围棋,引入了"蒙特卡洛算法",这同样是在人工智能领域取得了一些进展的算法。这种方法建立在概率论的基础之上,将对弈局面理解为一个有很多分支的、具有随机性质的搜索树。这种方法对于模糊局面的搜索处理相当有效,使得计算机围棋的水平大幅提升,达到了业余4—5段的实力。但这一方法也遇到了瓶颈,它缺乏类似于棋感这样的有效剪枝手段,以至于它的搜索树太广而无法深入精确计算。这一代围棋AI,以"CrazyStone"和早期的"Zen"为代表。

第三代计算机围棋,即以AlphaGo为开创者的围棋AI,其关键算法是引入了深度学习算法,并构建了一套适合于围棋应用的算法架构……

值得注意的是,AlphaGo的算法结构在一定程度上模拟了人类思维。人类在对弈中做出决策的过程大体上可分为三个要素:直觉、计算、判断……

非常有趣的是,与以往的围棋软件不同,AlphaGo的算法结构几乎完全复现了这三要素。神经网络中的策略网络(Policy Network)基本上相当于人类的棋感,即盘上直觉;价值网络(Value Network)基本上相当于判断;传统的蒙特卡洛算法(MC)加上快速走子(Fast rollout)则充当了计算的功能。整个Alpha-

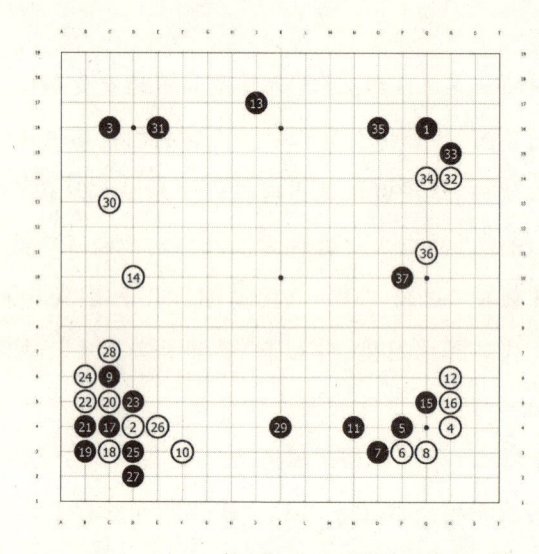

AlphaGo(执黑)与李世石五番棋对局第二局

Go 的架构在理论上可以理解为将神经网络和蒙特卡洛等算法工具结合为一个充分实现了对局决策三要素的系统。

2017年12月,DeepMind宣布不再进行围棋人工智能的研究,并在之后公布了五十局 Zero 自我对弈的棋谱,其中包含全新的对弈思路和策略;上线了一款基于 Zero 的围棋教学软件 AlphaGo Teach。

AlphaGo 虽已退役,但人工智能的时代才真正开始。首先,AlphaGo 给围棋带来了新的对弈思路和下法。比如"三三","三三"容易导致对手走得太厚且限制自身的向外发展,在人类围棋下法中常常是禁着。但 AlphaGo 开拓出这一着的新下法,通过减少二路扳粘的交换,避免让对方走得太厚。再比如前图所示的黑37"尖冲",这在 AlphaGo 的对局中频繁出现,给人留下深刻印象。人工智能的下法,无疑给围棋带来了新的思路和策略,大大促进了人类围棋技术的发展。

其次，AlphaGo之后，各国开始争相研发自己的围棋人工智能程序。中国有"绝艺""星阵""弈小天"等，韩国有"石子旋风"，日本有"Zen"，法国有"高卢"，比利时有"里拉零"，等等，每年还有专门的世界人工智能围棋大赛。人工智能可以逐渐缩小不同国家和地区之间的围棋水平差距。过去的世界棋坛一直由中日韩三国垄断，三国有着雄厚的师资力量，而这种局面也由于人工智能的出现被逐渐打破，其他国家和地区的棋手打败中日韩围棋高手也不再是神话。同时，借助人工智能，再加上互联网的快速和便捷，围棋向更广泛地区传播的速度大大加快。

被缩小的不仅是国家和地区之间的差距，也有职业与业余的差距。在围棋人工智能出来之后，大家学棋都以人工智能为师，人工智能能够提供最优解。而人工智能不再是需要一定机缘才可以求取到的师资。能够拉开差距的，主要就是天赋和努力程度。

最后，围棋人工智能也对人类的围棋教育带来种种的影响。2019年5月18日，国际人工智能与教育大会在北京闭幕。会议通过《北京共识》，提出各国要制定相应政策，推动人工智能与教育的系统性融合，将人工智能平台和基于数据的学习分析作为构建终身学习系统的关键技术，实现人人皆学、处处能学、时时可学。首先，人工智能赋能教学，运用"双师模式"，教师和虚拟教学助理并行工作，可提高教学效率，降低教师负担。其次，人工智能改变学习方式，将系统化、规范化与个性化学习结合起来，加强自主式与探究式学习，自我强化学习，助力个性化培养。

当然，自人工智能进入围棋以来也出现种种负面效果，其中最主要的便是棋手的下法逐渐失去了个人特色。人人皆以人工智能为圭臬，而人工智能的背后则是数字和胜率，它所提供的是通过计算机运算后得出的最优解，是标准答案。不同棋手的性格、情感、心理、弱点等在一定程度上被解构，似乎不再有过去如"六超""石佛"等多种多样的个性化棋手。不过，面对人工智能时，人类仍然对围棋保持着高涨的热情，因为除了胜负之外，围棋文化与情怀，是机器永远替代不了的。

后 记

浙江文艺出版社约写一本《围棋的故事》，与《书法的故事》《绘画的故事》之类成一系列。且寄来已出版的《书法的故事》，说该书雅俗共赏，销量不错，且获了中国好书奖，可谓两全其美。

我一听便有了压力，一来围棋文化的书，自己也写了不少，有纯学术，所谓"高大上"的，如《围棋与中国文化》《弈境：围棋与中国文艺精神》《中国围棋思想史》《世界围棋通史》，它们或是博士论文，或者获国家社科基金、国家出版基金资助，算是入了庙堂。还有一类走的是通俗、悦读的路子，如《黑白之旅》《图说中国围棋史》《围棋100问》《坐隐忘忧》等，也在有关报刊连载过"黑白英雄会"之类的故事。要重写一本《围棋的故事》，既要有新意，且江湖与庙堂都要兼顾，难度自然不小。我踌躇好些日子，最后才下了决心，忐忑地说："那就试试吧！"

围棋是竞技，也是艺术，是形下之器，也通形上之道。中国文化古老精深，围棋文化亦底蕴深厚，讲好围棋故事，一方面，需要把围棋放在中国历史的大背景下，追踪围棋的起源与中国先民的生存、征战、思维的关联,历朝历代的兴废变迁对围棋起起落落的影响,近代中国在面对世界的挑战时,如何触发了围棋的现代化变革,所谓棋运国运,围棋"小史"映照的是中华民族之"大史",两者纠缠不清,成就了围棋之丰富内蕴。另一方面,围棋由江湖入庙堂,由庙堂归江湖,在皇帝贵胄、文人士子、大家闺秀、平民百姓中广为流传,它早已深入社会各阶层的人们的日常生活中,成为其人生的一部分,悲欢离合、喜怒哀乐,棋也就不仅仅是棋了。围棋的故事,也是人生的故事、情感的故事。人鬼棋未了,仙俗共一枰,或悲或喜,或坐隐或忘忧,或消闲或悟道,或自甘沉沦,或羽化登仙……围棋之为木野狐,真的是魅力无穷啊!

《围棋的故事》力求在纵横坐标系中,以历史为经,梳理围棋发展的历史脉络,与中国大历史之勾连牵绊;以人生为纬,揭示围棋之为"技"、为"艺"、为"戏"、为"道"的丰富内涵。同时图文互鉴,以图补文,以文释图,相互成就。至于效果如何,则要请广大读者明鉴了。

人生有许多的缘分,比如邂逅围棋,比如师生一场,比如在命运的拐角处,突然出现的那个她……既然有缘,那就好好珍惜吧!

何云波
2021年10月27日于潇湘听弈庐